Julie Johnston

# Mir doch egal!

Julie Johnston

# Mir doch egal!

Urachhaus

*Für Diane und Doug, Kathie und Malcolm*

Die kanadische Originalausgabe erschien unter dem Titel
*Adam and Eve and Pinch-Me*
bei Lester Publishing Limited (Toronto)

*Aus dem kanadischen Englisch von Eva C. Riekert*

ISBN 3-8251-7204-X

Erschienen 1998 im Verlag Urachhaus
Gesetzt nach den Regeln der Rechtschreibreform von 1996

Erschienen 1996 in Kanada bei Stoddart Publishing Co. Limited
Zuerst erschienen 1994 in Kanada bei Lester Publishing Limited
Umschlagillustration: Gabriëlle Huig
Umschlaggestaltung: Walter Schneider
Gesamtherstellung: Clausen & Bosse, Leck

# 1

Sei bloß still. Am liebsten würde ich meinem Kopf sagen: Sei bloß still. Hast du schon mal bemerkt, dass du deinen Kopf nicht abschalten kannst, auch wenn du versuchst, an überhaupt nichts zu denken? Dass du ständig weiter darüber nachdenkst, obwohl du die ganze Zeit versuchst, an nichts zu denken, weil du es vermeiden möchtest, an die Sache zu denken, über die du nicht nachdenken willst? Sei endlich still.

Ich rede doch tatsächlich mit einer Maschine.

Ich kann Menschen ausblenden. Sie einfach von der Tafel wischen. Oder übermalen. Einen Schlussstrich ziehen. Klick, löschen, weg. Nur vor mir selbst kann ich nicht abhauen. Ein Computer ist fast die totale Perfektion. Toll, wie man einfach die Rückwärts-Taste oder die Lösch-Taste drücken kann, und weg ist alles. Die Wörter auf dem Bildschirm wenigstens.

Ich geh hier weg. Mrs. K. und Frank sind Vergangenheit. Das bricht mir nicht das Herz, denn als Mündel des Jugendamtes bin ich ans Weggehen gewöhnt. Kapiert, was ich meine? Nee, wahrscheinlich nicht.

Hier ein Tip. Was macht man mit etwas, das man nicht will? Man wirft es natürlich weg. Und wie nennt man das Gerümpel, das man wegwirft? Genau.

Bei mir setzt's wohl aus. Glaub ich etwa, dass mir diese Maschine Antworten geben kann?

Meine neue Adresse ist: Sarah Moone, bei E. Huddleston, RR3, Ambrose, Ontario. Eine Adresse, die leicht zu merken ist, verglichen mit der alten: bei Mrs. Avartha Koscyzstin, 319 Campagnola Street East, North Malverington, Ontario. Und wie war doch noch die davor? Hudson Street. Bei den Lomers, glaube ich. Bei denen kann ich mich nur noch daran erinnern, dass Arn Lomer uns Kinder nie geschlagen hat. Diese Feststellung mussten wir aber auch auswendig lernen. Sonja, seine Frau, bekam dagegen regelmäßig was ab. Ich hab keine Ahnung, in wie vielen Pflegefamilien ich insgesamt war.

Einmal war ich in einem Heim, das war schlimmer als alle anderen Adressen. Die Kinder haben mir dauernd Sachen geklaut. Jetzt versteck ich alles, vor allem mein Geld. Eigenes Geld zu haben bedeutet mir unheimlich viel.

In dem Heim ist es auch ziemlich brutal zugegangen. Einer von den älteren Jungs hat mir den Finger gebrochen, hat mich reingelegt. »Steck den Finger in das Krähennest«, hat er gesagt, »die Krähe ist nicht zu Hause.« Und ich Idiot hab einen Finger in seine große Schlägerfaust gesteckt. Mein Finger ist seither krumm.

Ich hab nicht vor, meine gesamte Lebensgeschichte hier durchzukauen, das meiste hab ich sowieso vergessen. Und das, woran ich mich noch erinnern kann, würde einer toten Krähe das Gehirn verschrumpeln lassen. Zu Mrs. K. (jeder nennt sie Mrs. K., selbst ihr ältlicher Mann Frank) bin ich gekommen, als ich ungefähr dreizehn war. Jetzt bin ich fünfzehn. So lange bin ich sonst nirgends geblieben. Ende August werde ich sechzehn und dann – wumm! Dann fang ich zu leben an. Keine Sozialarbeiterinnen mehr. Keine Pflegeeltern mehr. Keine Schule mehr. Nur noch ich, alleine, unerreichbar.

Ich sollte lieber mit Packen anfangen. Vor ungefähr einer Stunde ist Mrs. K. ins Krankenhaus gebracht worden, obwohl sie eigentlich erst nächsten Monat operiert werden sollte. »Ich fühl mich nicht so recht wohl«, hat sie dauernd zu mir gesagt. Nicht wohl! Die ist doch seit ihrem ersten Lebenstag am Abnibbeln. Es hat Zeiten gegeben, da hätte ich nichts dagegen gehabt, wenn sie den Löffel abgegeben hätte. Die letzten anderthalb

Jahre hab ich hier für sie Krankenschwester gespielt, mehr oder weniger. Ach, was soll's? Jetzt haben wir Februar, also nur noch sechs Monate in der Warteschleife. Ich kann es kaum erwarten, mit meinem Leben anzufangen.

Jetzt ist alles außer dieser Maschine hier gepackt. In einem Koffer und einem Pappkarton ist das ganze Zubehör meiner sogenannten Existenz. Ein weiterer Pappkarton enthält meine Bücher. Meine zweite Existenz. Mein Geld hab ich mir an der Unterwäsche festgesteckt. Frank hat angeboten, mein Zeug runterzutragen. Vergiss es, hab ich gesagt. Das Zeug wiegt mehr als er. Vor allem die Bücher. Der schwächliche alte Frank, der dort drüben in seinem Schaukelstuhl am Fenster sitzt und darauf wartet, dass Ruth mich abholt, damit er stattdessen auf einem Stuhl im Krankenhaus sitzen und Mrs. K. zuhören kann, wie sie rülpst und jammert, wie unwohl sie sich fühlt. »Ich komm später nach, Liebling«, hat er zu ihr gesagt. Liebling! Ätzend!

Eins muss ich dem alten Frank allerdings lassen, er ist großzügig.

»Nimm den Computer mit«, hat er gesagt.

»Das ist doch nicht dein Ernst!«

»Warum soll es nicht mein Ernst sein?«, meinte er. Er ist gerade in Rente gegangen und da, wo er gearbeitet hat, haben sie lauter neue Computer gekauft, deshalb hat er den alten günstig gekriegt. »Vielleicht kannst du ja was mit ihm anfangen, denn Gott weiß, mit Menschen kannst du nichts anfangen.« Auf einmal entpuppt er sich als Psychologe. Frank Freud. Ich kann das nicht leiden. Ich kann es nicht leiden, wenn die Leute meinen, sie hätten einen durchschaut. Natürlich kann ich mit Menschen nichts anfangen. Warum sollte ich auch? Ich hab keinerlei Verwandte und niemand hat je mit mir was anfangen können.

Ruth behauptet, das sei nicht wahr. Sei doch still sei still sei still sei STILL.

Vergiss es. Genau darüber will ich nicht nachdenken.

Ruth ist gekommen. Ich muss das Ding hier von der Steckdose nehmen und in ihr Auto schleppen. Sie ist für mich zuständig und bringt mich zu meiner neuen Pflegefamilie. Ich drücke auf ›Escape‹. Ja, ich will es speichern. Wenigstens vorläufig.

Selig sind die Bekloppten ... Ich fass es nicht, wo ich gelandet bin. Eine Farm! Man hat mich auf so eine Art Farm verfrachtet. Soll das eine Strafe sein? Oder sind die der Meinung, dass ich so was wie ein Naturkind bin? Also wirklich! Ich hab mir nie im Leben was zuschulden kommen lassen. Ich befolge immer alle Regeln. Zum Beispiel, dass man in dieser Welt am besten zurechtkommt, wenn man sich unsichtbar macht. Platt machen und warten. Das hab ich doch immer getan. Rumsitzen, mit der Tapete verschmelzen und auf meinen sechzehnten Geburtstag warten. Ich hab geglaubt, meine dunkelste Stunde sei gekommen, als ich bei Mrs. K. und Frank gelandet war. Sie trieften vor Mitleid mit den armen Waisenkindern, in ihrem Haus, in dem noch jeder Kohlkopf herummiefte, den sie jemals gekocht hatten. Und sie liebten gekochten Fisch und dunkel gewachste Böden, und sie hassten geöffnete Fenster. Aber das hier jetzt!

Ehrlich gesagt, im Haus selbst riecht es ganz gut. Wie in einer Bäckerei, das kann man ja noch aushalten. Draußen, das ist schon was anderes. Sie haben darauf bestanden, mir eine Schar von glotzenden Hühnern und einen Stall voll halbverreckter Schafe zu zeigen. Als ich mir die Nase zuhielt, meinten sie lachend, daran würde ich mich schon gewöhnen. Ich sagte: »Darauf solltet ihr nicht wetten«, aber das haben sie nicht gehört. Das ist eins meiner Handicaps. Wenn ich mit Fremden rede, dann hör ich mich an, als ob ich meine Stimme zum ersten Mal ausprobiere.

Die Leute hier haben einen alten, räudigen Hund, der plötzlich neben mir auftauchte und seinen Kopf unter meine Hand schob. Ich meine, was erwarteten sie denn? Ich bin kein großer Tierfreund, aber ist es nicht eine natürliche Reaktion, den Kopf eines Hundes zu kraulen, wenn man ihn direkt unter der Hand spürt? »Nicht den Hund streicheln!«, schrie mir jemand zu. »Ist d-d-d-das hier ein I-Irrenhaus?«, versuchte ich zu fragen, womit gleich mein zweites Gebrechen ans Tageslicht kam.

»N-n-n-nein, es ist 'ne Kl-kl-klapsmühle!«, kreischte so ein dämlicher Junge, der davonrannte, ehe ich ihn packen konnte, um ihm seine freche Klappe zu polieren.

Aber Moment mal. Ich fang am besten von vorne an. Wie Ruth und ich zusammen in ihrem Auto loskutschierten, raus aus der Stadt. Keine Heizung. Das Wetter so kalt wie Hexentitten. Wir schlittern nur so um die vereisten Ecken. Völlig abgefahrene Reifen. Ich halt mich zurück, sag nichts – obwohl Ruth zu den wenigen Menschen gehört, mit denen ich reden kann, ohne dass es sich anhört, als ob ich Kekskrümel im Hals hab – und schau durch die kleine Stelle in meinem Fenster, die ich mit der bloßen Faust vom Eise befreit habe. Die Häuser wurden immer seltener, bis nichts mehr zu sehen war außer einem leeren, schneebedeckten Feld nach dem anderen. Ruth sagte: »Na, was hältst du davon, zu neuen Leuten zu kommen?«

»Ist okay«, erwiderte ich. Sie versuchte, mit einem ihrer viel sagenden Blicke Kontakt mit mir aufzunehmen, gab es aber auf, als wir ins Rutschen kamen. Immerhin hatte sie es geschafft, so viel warme Luft auf die Windschutzscheibe zu lenken, dass sie wenigstens stellenweise durchschauen konnte. Sie beschloss, lieber auf die Straße zu achten.

»Und wie findest du es, von den Koscyzstins wegzumüssen?«

»Ist okay«, sagte ich.

»Schlimme Sache mit Mrs. K. Wenn wir diesen Schritt hätten umgehen können, hätten wir es getan, aber die Lage sah ziemlich hoffnungslos aus. Tut mir Leid wegen deiner Freunde.«

»Freunde?«

»Du wirst doch deine Klassenkameraden vermissen.«

»Ach so. Genau.« Mit Ruth wird man am besten fertig, wenn man ihr die Antworten gibt, die sie hören will. Sie hat ihr gesamtes Berufsleben damit zugebracht, Leid und Elend zu untersuchen, Unglücksfälle in den Griff zu kriegen, ein bisschen Freude ins Leben von anderen zu bringen. Warum sollte ich sie damit belasten, dass ich keine Freunde habe?

»Bist du glücklich, Sarah?«

»Total.« Sie versuchte, mich anzusehen, daher schaute ich mit meinem Armen-Waisenkind-Blick zurück. Mit großen, runden Kulleraugen.

Wir fuhren weiter, ließen die flachen Felder hinter uns und tuckerten nun durch steileres Hügelland auf und ab. Die Straße wurde schmaler und war von Bäumen gesäumt. Von einer Wand aus Bäumen. Wir waren umgeben, umzingelt von einer Art vorzeitlichem Urwald. Tief, undurchdringlich, feindselig. Ruth brabbelte noch immer was von meinen Freunden vor sich hin und dass ich was von mir erzählen sollte. Ich sagte also, dass ich das Gefühl hätte, eine Mandelentzündung zu kriegen. Was kann ich denn schon erzählen? Sie hat doch sicher eine Akte mit den entscheidenden Stationen im Leben der Sarah Moone, Größe, Gewicht und so weiter. Sie muss mich nur in ihrem Computer abrufen, wenn sie was über mich wissen will. Was sie sieht, ist, was ich bin. Ziemlich groß. Ziemlich dünn. Rötliches Haar. Besondere Merkmale? Keine. Halt, vielleicht haben sie die Brandmale eingegeben, am linken Bein. Damit ist Sarah Moone auch schon hinlänglich beschrieben.

Ruth war wohl nicht der Ansicht, dass ich eine Mandelentzündung bekommen würde. »Erzähl mir von deinen Schulfreunden.«

Wenn ich eine Sache im Leben gelernt habe, dann diese: Wenn man nicht will, dass einem das Herz gebrochen wird, darf man nicht zugeben, dass man eins hat. Das ist mein Lebensmotto. Es erlaubt mir, mich auf Distanz zu halten. Kein Herz, kein Verstand, kein Mumm in den Knochen.

In der Schule im Informatikunterricht saß ein Mädchen vor mir, die hat mich mal zu sich nach Hause eingeladen. Zuerst hab ich einen Klumpen im Magen gespürt und gedacht, ich müsste mich vor ihren Augen übergeben, bis mir wieder einfiel, dass ich ja gar kein Gefühl im Bauch habe. »K-k-kann nicht«, sagte ich und ließ sie stehen. Wie hätte ich die Einladung annehmen können? Was hätte es gebracht? Das Mädchen hätte herausgefunden, dass ich ungefähr so viel Persönlichkeit habe wie ein schmelzender Eiswürfel, dass bei mir nichts dahinter steckt. Und tschüss. Ich bin ein Mängel-Exemplar. »Keine Zeit«, sag ich immer. Ich erfinde keine Ausreden, streng mich nie an, ein sanftes kleines Lächeln des Bedauerns hervorzubringen. Ich bin so wahnsinnig cool, dass es schon mein Markenzeichen ist. Ich habe nur ein Problem. Wenn ich nein gesagt habe, wenn ich den Leuten eine Abfuhr erteilt habe, ein paar Sekunden später, kommt es mir manchmal so vor, als ob ich zur Salzsäule erstarre, zu Stein. Eine von meinen Pflegeleuten hat mich mal angeschrien: »Pass auf, dass dir das Gesicht nicht so stehen bleibt!« Ich glaube, ich wollte aussehen wie ein Kampfhund, der Tollwut hat. Eisig. Genau so komm ich mir vor, wenn ich nein gesagt habe. Ich bin wie eingefroren – in dieser ablehnenden Haltung. Dann ebbt das Gefühl ab und ich kann mich wieder bewegen.

Ruth wartete immer noch darauf, dass ich von meinen Freunden erzählte. »Sie haben gern Spaß und sind nett«, sagte ich. Sie schüttelte den Kopf und starrte mit gerunzelter Stirn in die hereinbrechende Dunkelheit. Es fing zu schneien an. Der Robin-Hood-Wald wurde etwas lichter. Krumm wand sich die Straße durch rötliche Gesteinsschichten. Sie sah aus, als ob sie Stück für Stück aus dem Berg herausgemeißelt worden sei, von einem Steinmetz, der besessen war von einem einzigen Gedanken – hier muss ich durch! Ich muss einen Weg finden!

»Ich versuche nicht, dich auszuquetschen, verstehst du«, sagte Ruth. »Ich will dich nur ein bisschen besser verstehen lernen. Was tust du denn so, wenn du nicht in der Schule bist?«

»Drogen.« Ich machte mir ein neues Guckloch mit der Handfläche, aber daran, dass wir wieder ins Rutschen gerieten, merkte ich, dass sie mich ansah, statt auf die Straße zu schauen.

»Quatsch«, fügte ich schnell hinzu. Ist ja auch Quatsch. Nur Schwachköpfe und seelische Krüppel nehmen Drogen. Zum Glück gehör ich zu keinem von beiden.

Jetzt konnte ich ein paar Farmhäuser zwischen Büschen entdecken, die aus der hügeligen Schneedecke hervorschauten. In einigen davon brannte Licht, als ob sie noch Besuch erwarteten. Oder erhofften.

»Nein, jetzt mal ernsthaft«, fuhr sie fort, »hast du irgendwelche Hobbys?«

»Ein bisschen Stickerei ab und zu. Malen nach Vorlage. In Krankenhäusern aushelfen.«

»Ernsthaft, hab ich gesagt.«

»Kindergottesdienst halten.«

»Sarah!«

»Ich und Hobbys. Wofür hältst du mich?«

Bei den Koscyzstins habe ich ein trostloses Wochenende nach dem anderen damit verbracht, einfach herumzusitzen, mir Mrs. K.s nächste klägliche Bitte anzuhören und darauf zu warten, dass die Zeit vergeht. Ich muss zugeben, dass ich eine Menge gelesen habe – alles, was in Reichweite lag, Romane, Illustrierte, Zeitungen, Cornflakes-Kartons. Ich kann mich so sehr in Bücher versenken, dass es schon peinlich wird. Beim Lesen von *Der geheime Garten* hab ich mir eine richtig rotzige Sprache angewöhnt und bei *Die Farbe Lila* bin ich plötzlich in den Südstaatendialekt verfallen. Gegen Bücher bin ich nicht gefeit.

Manchmal knie ich mich richtig in ein Thema rein, nicht, damit ich gute Noten kriege, die hab ich sowieso, ob ich fleißig bin oder nicht, sondern weil ich gern durchblicke. Durchblicken, das hilft mir mal, zurechtzukommen, wenn ich mit meinem eigenen Leben anfange. Durchblicken und Geld.

Mrs. K. konnte man nicht gerade als gesunde Frau bezeichnen, fast die ganzen zwei Jahre lag sie mit dem einen oder anderen Leiden im Bett. »Meinst du, dass du gleich nach der Schule heimkommen kannst?«, fragte sie oft, mit einer Stimme, die nur eine Spur von weinerlich entfernt war. »Ich hab es gestern einfach nicht geschafft, die Teppiche zu saugen, und der Staub liegt zentimeterdick.« Oder sie sagte: »Nimm dir für Samstag nichts vor, ich hab eine kilometerlange Liste für dich. Wenn ich nur daran denke, krieg ich zu viel.« Dabei warf sie mir einen düsteren Blick zu und rieb sich den Bauch. Und dann ließ sie ganz lange und klägliche Rülpser los. »Bleib doch möglichst in Hörweite, Sarah«, sagte sie immer. »Wer weiß, wann ich was aus der Apotheke brauche.«

Aber meine Güte, und wenn schon! Mit Haushaltsarbeiten eingedeckt zu werden, das hat mich nicht umgebracht. Ich hab mich irgendwie dran gewöhnt, Besorgungen zu machen und Schüsseln voll fader Suppe und Teller mit trockenem Zwieback zu ihr zu bringen. Ich beklag mich nicht. Sie hat mir nicht direkt leid getan, die Gute. Ich hab mich eher ... verantwortlich gefühlt. Wen hätte sie denn sonst gehabt? Den schwächlichen Frank? Überhaupt, wozu sollte ich mein jetziges Leben mit Freunden belasten? Die Wirklichkeit fängt an, wenn ich sechzehn bin.

Stellt euch vor, ich sei ein kleiner Gedankenstrich auf einem leeren Bildschirm. Ein Cursor. Losgelöst von allem davor und dahinter. Ich bewege mich zeilen- und seitenweise weiter, bis ich auf Seite sechzehn ankomme. Erst dann fängt die Geschichte an. Ich, ganz für mich allein, in einer undurchdringlichen, kompakten Glasfestung, aus der ich hinaussehen kann, aber niemand kann von außen reinschauen. Königin Cool. Natürlich brauch ich Arbeit, weil ich noch nicht viel gespart habe, aber ich bin nicht wählerisch. Nachtwächter im Leichenhaus – das wär's.

So sieht mein Traum wirklich aus: Ich gehe rauf in den Norden, so weit nördlich, dass ich noch einen Job finde, auf irgendeinen Vorposten der Zivilisation, wo ich mein eigenes Fleckchen habe, das ich mit keinem anderen menschlichen Wesen teilen muss. Vielleicht mit einem Hund. So einem Husky, klug und treu. Ich wäre gern eine Pilotin, die Vorräte in noch weiter draußen gelegene Regionen fliegt.

»Ich glaube, dass du die Huddlestons mögen wirst«, sagte Ruth. »Es gibt noch mehr Kinder dort. Eine ideale Familie für dich.«

Kein Theater. Keine Geräusche. Keine Verpflichtungen.

»Zwei Jungs, beide jünger als du.«

»Herrliche Aussichten.« Ich zog wieder den Handschuh aus und drückte die Hand gegen meine Seite der Windschutzscheibe, um meine Sicht zu verbessern. Nichts zu sehen außer wütenden Schneeflocken, die horizontal angriffen und dann verschwanden. Die Straße wurde noch enger und gewundener. Wir waren mitten in der Wildnis. Oder noch weiter. »Mach doch die Scheinwerfer an«, sagte ich.

»Sind an.«

Ich bin noch nie Auto gefahren, aber ich weiß, dass ich es könnte. Ruth dagegen hat offensichtlich nie eine Fahrschule besucht. Sie schien uns unbedingt in den Graben fahren zu wollen. Wenn wir schlitterten, riss sie das Steuer zu weit herum – was jeder Idiot merken müsste. Aber wen juckt's? Mich nicht.

Ruth warf mir ab und zu einen Blick zu, als ob sie mir etwas Wichtiges mitteilen wollte und nicht wusste, wie sie anfangen sollte. Schließlich sagte sie: »Ich will dich ja nicht drängen, aber könntest du dich nicht bereit erklären, einen Brief von deiner Mutter zu lesen? Es ist jetzt über ein Jahr her, seit sie Kontakt mit uns aufgenommen und angefangen hat, nach dir zu suchen. Du musst ihn ja nicht beantworten. Aber vielleicht solltest du ihr eine winzige Chance geben, sich zu rechtfertigen. Du verurteilst sie voreilig.«

»Das Gleiche hat sie mit mir getan.«

»Ach, hör auf. Du weißt so gut wie ich, wie viele Gründe es für eine Frau geben kann, ihr Baby wegzugeben.«

»Aber keiner ist gut genug, wenn man zufällig das Baby ist. Das Ex-Baby.«

»Du bist doch gleich adoptiert worden. Das weißt du.«

»Kann mich nicht erinnern. Und überhaupt, toll gelaufen. Sie sind gestorben.«

»Sarah, aber doch nicht mit Absicht.«

»Hab ich auch nicht gesagt.«

»Naja, du klingst so ... Das Feuer war ein tragischer Unfall. Niemand konnte was dafür. Niemand hat sich vorgenommen, dich, dich ganz persönlich um dein Zuhause und deine Familie zu bringen. Es ist eben passiert.«

»Ich hab keine Lust, darüber zu reden.«

Ruth stieß einen ihrer langen, dramatischen Seufzer aus, so als ob sie das Thema fallen lassen wollte. Leider Fehlanzeige. »Ich muss bedauerlicherweise gestehen, dass deine Mutter weiß, dass du in die Gegend von Ambrose ziehst.«

»Ach nee? Läuft da so eine Art Verschwörung gegen mich? Warum versuchst du, mir ins Leben zu pfuschen?«

»Ich war es nicht«, sagte Ruth. »Aber leider ist die Information aus Versehen durchgesickert. Wir hatten eine Zeit lang jemand zur Aushilfe – und deine Mutter lässt einfach nicht locker. Als sie das letzte Mal mit mir in Verbindung getreten ist, hat sie gesagt, dass sie notfalls jeden im ganzen Bezirk fragt, um die Familie aufzuspüren, die ihre Tochter adoptiert hat.«

»Was will sie denn überhaupt?«

»Dein Wohlergehen, nehme ich an. Sie will sehen, ob du glücklich bist, und dich wissen lassen, dass es sie gibt. Ist doch völlig harmlos.«

Ich starrte in die Scharen von Schneeflocken, die gegen die Windschutzscheibe trieben, und versuchte, eine Formation, ein Muster zu erkennen, aber es machte mich nur schwindelig. »Moment mal«, sagte ich. »Ich bin ja nicht adoptiert. Sie sucht nach einem adoptierten Kind und das bin ich nicht.« Ich lächelte. Gerettet! »Stimmt's?«

Ruth warf mir einen Blick zu und wir fuhren haarscharf an einer Schneewehe vorbei. »Vielleicht brauchst du eines Tages eine Mutter.«

»Das muss *ich* ja wohl entscheiden. Wie sieht die Frau eigentlich aus?« Wenn diese Frau jetzt auf die Jagd nach mir gehen würde, dann brauchte ich einen Vorsprung. Aber es stellte sich heraus, dass Ruth es nicht wusste, und die Frau hatte auch kein Bild von mir.

Ich habe allerdings etwas, von dem ich niemandem etwas erzählt habe. Die Anzeige.

Ich kehrte in meinen Traum zurück: sechzehn zu sein, mich abzusetzen, mich von den Menschen loszusagen. Von allen. Ich will nichts als die völlige Kontrolle über Sarah Moone, denn bisher hat mein Leben keinem einzigen Menschen mehr bedeutet als ein Stück Papier, ein bekritzeltes, zerrissenes, weggeworfenes und zu Asche verbranntes Stück Papier. Ich habe noch nie mitreden dürfen, was mit mir geschehen soll. Als ich acht war, wurde meine damalige Pflegemutter schwanger und erwartete Zwillinge. Sie setzte sich zu mir, um ganz offen mit mir darüber zu sprechen. Ich war so begeistert von der Aussicht auf Zwillinge in der Familie, dass ich gar nicht hörte, wie sie mir sagte, dass sie mich wieder an die Fürsorge geben müsste. Ich strahlte wie eine Blöde, weil ich mir vorstellte, wie ich den Babys die Fläschchen geben würde, während sie sagte: »Es tut mir sehr Leid, aber ich weiß nicht, was ich sonst tun kann.« Und so weiter. Und ich stand einfach da, als ich zu kapieren anfing, mit einem eingefrorenen breiten Grinsen auf dem Gesicht, und meine Augen wurden zu runden, leeren Kreisen. In meinem nächsten Zuhause wurde die Pflegemutter für untauglich erklärt und die Familie brach auseinander. Dann folgte eine weitere, und wieder eine, bis ich nicht mehr in der Lage war, sie auseinander zu halten. Man hat mich so oft aufgenommen, zugeteilt, durchgemischt und wieder neu ausgeteilt, bis sich mein Kopf geweigert hat, alles zu behalten.

Jetzt ist auf jeden Fall Sechzehn meine magische Zahl. Dann kann ich laut Gesetz mit der Schule aufhören, ganz legal die Pflegefamilien verlassen ... und sozusagen ganz legal vom Erdboden verschwinden, ohne dass sich jemand drum kümmert.

»Es liegt mir wirklich am Herzen, was mit dir geschieht, weißt du«, sagte Ruth. Sie schaute kurz zu mir herüber, dann wieder auf die Straße. Wir fuhren gerade auf einer langen, sanften Anhöhe, die dünn mit Schnee bestäubt war. »Du könntest mir schreiben.«

»Und was soll ich schreiben?«

»Erzähl mir, was du von deiner Umgebung hältst, wie dein Leben sich abspielt. Du hast doch den Computer; mach was Sinnvolles damit.«

»Geht nicht. Ich hab keinen Drucker. Und selbst wenn, es würde dir nichts nützen. Ich mach mir keine Gedanken zu nichts, es kämen doch nur leere Seiten raus.« Mir fiel plötzlich auf, dass wir auf der abschüssigen Strecke ins Rutschen kamen. Ruth bemerkte es auch und trat heftig auf die Bremse. Wie in Zeitlupe drehte sich der Wagen um die eigene Achse und wir schlitterten von der Straße, Nase nach vorn, in den Graben.

»Na wunderbar«, sagte Ruth.

»Gibt's Überlebende?«, fragte ich.

Sie versuchte es mit Gasgeben. Die Reifen drehten durch. »Was machen wir jetzt? Wir sind meilenweit von jeglicher Zivilisation entfernt.« Ihre Tasche lag zwischen unseren Sitzen. Sie machte sie auf und fing an, darin herumzuwühlen, holte ein Päckchen Zigaretten heraus und ein Feuerzeug.

Der Innenraum des Autos erschien mir auf einmal unsäglich eng. »Was machst du da?«

Sie war dabei, sich eine Zigarette anzuzünden. »Macht's dir was aus?«

Die Flamme war zu stark eingestellt. Ich konnte ihr Gesicht sehen, ihren fragenden Blick, der in Erfahrung bringen wollte, ob ich was gegen ihr Rauchen hätte, und die Hoffnung, dass es mir nichts ausmachte, weil sie nach einer Zigarette gierte; und ihr Haar, fahles Braun, wie trockenes Gras, es schaute in kleinen Büscheln unter der grünen Strickmütze hervor und kringelte sich zu der Flamme hin.

Ich glaube, es war die hochschießende Flamme, die mich in Panik versetzte. Vielleicht habe ich sogar aufgeschrien. Ich hab auf jeden Fall was gerufen, denn Ruth zuckte zusammen und die Zigarette rutschte ihr durch die Finger. Funken sprühten durch die Luft und ich – ach, Schluss.

Ich stürzte aus dem Auto. Zigarettenrauch im Auto ist eklig.

Ich weiß noch, dass Ruth mir nachgerannt ist. Dass wir zwei mitten in dem weißen Nichts standen und uns anschrien. Sie versuchte, mir den Arm um die Schulter zu legen, doch ich schubste sie heftig weg und dann kam hinten der Bus um die Kurve. Aus dem weißen Schleier von wirbelnden Schneeflocken, mit aufgeblendeten Scheinwerfern. Und Ruth lag ausgestreckt auf der Straße. Einen Moment lang wurde ihr Körper angestrahlt, dann verschwand sie im Halbdunkel, während der Bus hin- und herschleudernd und mit Scheinwerfern, die von einer Seite zur anderen schwirrten, den spiegelglatten Abhang herunterkam, begleitet von dem gepeinigten Stöhnen, das Dieselmotoren beim Bremsen machen und das alles andere übertönte. Ich packte Ruth am Arm und zerrte sie mit einem Ruck in den Graben, gerade als der Bus knirschend vorbeifuhr und kurz danach zum Stehen kam.

Es ist jetzt fast ganz ruhig hier im Château Huddleston, bis auf mein Geklapper auf dieser Maschine. Das Abendessen war eine mittelschwere Tortur. Essen hat in meinem Leben nie eine besondere Rolle gespielt. Hier kommt es jedoch vor allem auf die Menge an. Weiß der Himmel, was es war. Ich hab nicht genug davon gegessen, um das festzustellen. Nachdem sie alle ungefähr vierzig Tonnen von undefinierbarem gekochtem Zeug, das mit einer weißlichen Soße bedeckt war, in sich reingeschlungen hatten, machten sie eine Pause, um Luft zu holen, und starrten auf meinen Teller, der noch randvoll war. »Edith-Anne freut sich drauf«, sagte jemand. Wer das wieder sein mag? Womöglich eine debile Tochter, die irgendwo auf dem

Dachboden eingesperrt ist. Das wäre nicht völlig ausgeschlossen.

Der Herr des Hauses hat sich zurückgezogen, ebenso seine reizende Frau. Die beiden entzückenden Pflegesöhne sind im Zimmer neben meinem in die Heia gegangen, nachdem sie sich vorher gegenseitig die Luftröhren rausoperiert haben, nehme ich an. Sie prügelten sich um ein Taschenmesser und der eine von ihnen fing an zu würgen und zu husten, bis Ma (›Ma‹, man stelle sich vor!) Huddleston dem Kampf ein Ende bereitete. »Und drei Tage lang keinen Nachtisch«, entschied sie. Was für ein Irrenhaus.

Wie ich sehe, hab ich zu erzählen aufgehört, als der Bus zum Stehen kam. Ich bin unterbrochen worden. So etwas wie Privatsphäre gibt es hier nicht.

Um darauf zurückzukommen: Es war der Bus aus Ottawa und wir stiegen ein. Ruth sagte dem Fahrer, wo wir hinwollten, und er meinte, das sei die nächste Haltestelle. Wir saßen nebeneinander auf den beiden letzten freien Plätzen und waren nicht gerade gesprächig. Ich hatte mich eng an das Fenster gedrückt und schaute hinaus. Es hatte aufgehört zu schneien und die weißen Flocken wurden jetzt nur noch aufgewirbelt. Ich hatte Ruth schon gesagt, dass es mir Leid täte. Tat es auch. Ich hatte sie wirklich nicht unter einen Bus schubsen wollen. Ich bin zwar abgebrüht, aber keine Mörderin. »Mir tut's auch Leid«, sagte sie. »Hätte dran denken sollen, dass du's nicht magst, wenn man dich anfasst.«

Ich hatte die Ellbogen eng an den Körper gezogen, presste die Beine dicht an die Busheizung und beachtete ihre Bemerkung nicht. Durch das Fenster sah ich, wie sich die Wolken teilten und der Mond hervorkam, eine mickrige kleine gebogene Sichel, die tief im dunkler werdenden Himmel hing. Sie verfolgte uns.

Eine Viertelstunde später hielt der Bus an der Endhaltestelle

*Café L'auberge*, am Stadtrand von Ambrose. »Gehen Sie mal da rein«, sagte der Busfahrer zu Ruth, als wir aus dem Bus in die Schneemassen stiegen. »Die rufen Ihnen einen Abschleppwagen und Sie können inzwischen einen Kaffee trinken.« Die Bustüren schnappten zu und der Bus verschwand in einer Wolke von Abgasen und Schnee.

Wir sahen uns an und zuckten mit den Schultern. Man konnte kaum durch die Scheiben hineinsehen, so beschlagen waren sie. Drinnen wurden wir von der Wärme des Raumes fast erschlagen. Aus den Kaffeekannen hinter der Theke stieg Dampf auf und die kraushaarige Kellnerin goss die Tassen voll für so ein paar alte Typen in offenen Mänteln, die auf Hockern saßen und wie blöd aufeinander einredeten. Leuchtstoffröhren schienen hell wie Sonnenlicht auf sie runter. An den Fenstern standen ein paar leere Tische. Ich ließ mich auf einem der Stühle dort nieder und wartete darauf, dass Ruth die Kellnerin nach dem Abschleppwagen fragte.

Das Gequassel hörte schlagartig auf und alle spitzten die Ohren. »Von wo aus ruf ich an?«, rief Ruth der Kellnerin von dem Münztelefon an der Wand zu. »*Café L'auberge* an der Nummer sieben. Er weiß schon, wo das ist.«

»Nicht der beste Abend, um auf der Straße zu sein«, sagte einer der Gäste des *Lo-bersch*, ohne jemanden speziell anzureden.

»Der Neuschnee, der auf die Eisdecke gefallen ist, hat sie so richtig glatt gemacht«, sagte ein anderer.

»Wisst ihr noch, wie wir nach dem langen Tauwetter mal so 'nen Frost hatten und alles so gefroren war, dass im ganzen Bezirk fast keine Klospülung mehr ging? Ist jetzt zwei Jahre her.«

»Stimmt nicht. Das war letztes Frühjahr.«

Ruth kam an die Theke zurück, um sich Wechselgeld für ein weiteres Telefongespräch geben zu lassen, und alle verstummten wieder.

»Mr. Huddleston?«, sagte Ruth in den Hörer. »Ruth Petrie hier vom Jugendamt. Ich wollte fragen, ob Sie vielleicht ins *Café L'auberge* kommen können, um Sarah abzuholen? Ich hab mein Auto in den Graben gefahren.« Pause. »Ihre Pflegetochter. Sarah Moone.«

Ich wand mich vor Verlegenheit und wäre am liebsten unter dem Tisch verschwunden. Offensichtlich war ich noch nicht in Mr. Huddlestons Gedächtnis eingespeichert. Als ich aufblickte, sah ich nur eine Reihe von Augen, die mich aus dem Spiegel über der Theke anstarrten. Ich drehte mich zum Fenster um, konnte aber nicht hinaussehen.

»Ja.« Erleichterung in ihrer Stimme. »Genau, das ist richtig.«

Die Software hatte anscheinend zu arbeiten angefangen.

Nachdem sie aufgelegt hatte, holte Ruth uns beiden Kaffee und verschwand in der Toilette. Allgemeines Gemurmel setzte wieder ein und ein paar Fetzen der Unterhaltung drangen bis zu mir.

»Sind doch eigentlich nichts als 'ne Strafe, oder?«

»Ach, ich weiß nicht. Hud hat sie fest im Griff.«

»Die Frau ist 'n bisschen zu weich.«

»'n bisschen. Aber solche Menschen sind Gold wert.«

»Keine Frage. Aber warum sie immer solche Gören aufnehmen, das verrat mir mal einer.«

»Die reinste Strafe.«

# 2

Morgen und morgen und dann wieder morgen kriecht so mit kleinem Schritt – du lieber Himmel, so weit ist es gekommen. Ich zitiere Shakespeare, verdammt. Mir ist so unsäglich langweilig.

Als ich hier ankam, konnte Ma es kaum abwarten, mir mein Zimmer zu zeigen. An der Wand dieser – Zelle – hing eine Stickerei, gerahmt. Die eingestickten Worte lauten: »Zucker und Honig und alles, was süß ist, daraus sind kleine Mädchen gemacht«, und aus einer Ecke schaute mich so ein kleines Mädchen mit einem Häubchen schelmisch an. Zum Kotzen! Während der nächsten halben Stunde hat Ma mir erzählt, wie sie das Stick-Set auf einem Flohmarkt gefunden hat, und sie musste nur noch hübsches buntes Stickgarn nehmen und das Muster aussticken und dann einen Rahmen drum machen, und sie musste es einfach haben, auch wenn sie kein kleines Mädchen hatte, und dann hat sie doch ausgerechnet am nächsten Tag die Nachricht bekommen, dass sie eine Tochter kriegt, und so ist es doch immer, und man kann doch nie wissen ... blablabla. In dem Stil redet sie.

Als sie endlich rausgegangen ist, hab ich das Bild umgedreht.

Schon morgens reißt mich der Geräuschpegel von Ma's nicht abreißendem Redefluss aus dem Schlaf, in den sich Radionachrichten, Wetterbericht und Sportmeldungen mischen. Übertönt wird dieser Lärm nur noch von Josh, vier Jahre alt, der »Ich will!« oder sonst einen liebenswerten Befehl kreischt, und von Nick, keine Ahnung, wie alt der ist, Nick, der herumschleicht, sich bei

Ma einschmeichelt und jammert, dass einer von seinen Pfannkuchen angebrannt ist. Pfannkuchen! Kann sich einer das Essen hier vorstellen? Ma's Leben dreht sich fast ausschließlich darum, uns alle satt zu bekommen. Sie selbst isst nicht viel. Weil sie vor lauter Geplapper gar nicht dazu kommt. Trotzdem wird sie wohl nicht an Auszehrung sterben. Sie ist klein, aber drall. Eine kleine Kugel.

Und dann ist da noch Hud. Es gibt nicht viel zu sagen über Hud. Ein großer Kerl. Wirkt so, als könnte er das Haus an einer Ecke hochheben und wieder absetzen, ohne sein Kreuz auszurenken. Sein Gesicht ist wahrscheinlich dauergebräunt. Es sieht ein bisschen wie holzgeschnitzt aus, mit all seinen tiefen Linien und Falten.

Heute Morgen, als Hud in die Küche kam, sah Ma von ihrer Bratpfanne auf und legte los: »Jetzt setz du dich erst mal an den Tisch, bestimmt können die Mutterschafe da draußen noch 'ne halbe Stunde warten, ohne dass du sie betütteln musst wie eine Mischung aus Glucke und Hebamme, mit keinem Bissen Frühstück im Bauch, du könntest nämlich verhungern ohne umzufallen, bis dir jemand sagen würde, dass du mausetot bist, willst du Ketchup in dein Rührei reingemischt oder einfach oben drauf, die Hühner legen endlich wieder.«

»Jau«, sagte Hud.

Es scheint, dass Hud ein einsilbiger Mann ist. Ma mischte das Ketchup in sein Rührei und gab noch einen Klacks oben drauf.

Die Schule ist eine willkommene Ablenkung. Als die Neue ist man praktisch unsichtbar. Die Leute in dieser Gegend gehen nicht unbedingt auf einen zu, solange sie nicht schlau aus einem werden. Ich habe vor, undurchschaubar zu bleiben. Wenn ich nur nicht den Schulbus nehmen müsste. An meinem ersten Schultag machte Nick den Eindruck, als ob er sich neben mich setzen wollte, deshalb warf ich schnell meine Mappe auf den Sitz und sagte: »Besetzt.« Er ging weiter. Etwa drei Haltestellen später füllte sich der Bus und gegenüber vom *Café L'auberge* stieg so ein Typ ein und stellte sich neben meine Mappe. Er fragte nicht mal, ob frei sei, sondern warf sie mir einfach in den Schoß und setzte sich. Blödmann. Brillenträger. Er geht schon in eine höhere Klasse als ich, ist wahrscheinlich kurz vor dem Abschluss.

Ein paar Tage später hat er dasselbe gemacht. Und am folgenden Tag wieder.

Die Samstage sind tödlich. Es ist jetzt Anfang März. Fast kein Schnee mehr auf den Straßen, aber noch eine Menge auf den Feldern. Ich holte mir das, was die Huddlestons als Fahrrad bezeichnen, ein Relikt aus den fünfziger Jahren mit einem hölzernen Korb über dem Hinterrad, um reinzuradeln zur Endhaltestelle *Café Lo-bersch* und ein Päckchen abzuholen, das Ruth mir mit dem Bus schicken wollte. Bücher. Eins über den hohen Norden, das sollte ein Geschenk von ihr sein, einen Atlas, den ich behalten darf, und eins über Buschpiloten, das sie von einer Freundin geliehen hat und zurückhaben will.

Josh, der kleine Kerl, kann es nicht leiden, wenn jemand ohne ihn weggeht. Dummerweise sah er, wie ich das Fahrrad rausholte, und noch ehe ich das Ding die Hofeinfahrt runtergeschoben hatte, kam er hinter mir hergestolpert. Am Weg angekommen sprang ich auf und strampelte schnell los.

»Halt! Warte! Hast du nicht gehört? Warte!«

Ich drehte mich um und sah den Minigeneral in einem viel zu großen Skianzug stocksteif dastehen und Kommandos brüllen. Ich fuhr weiter auf dem festgestampften Feldweg bis zur Straße und blendete seine Stimme aus, indem ich mich auf die gefrorenen Furchen konzentrierte, die für die Ballonreifen des Rades zur Falle werden konnten. Josh rannte mir ein Stück weit nach, blieb dann aber anscheinend stehen, um auf ein paar gefrorene Pfützen zu stampfen. Als ich an dem Stoppschild anhielt, konnte ich das Eis splittern hören. »Das sag ich Ma!«, heulte er hinter mir her.

Ich wollte mich nicht umsehen, aber das Gefühl, zu Stein zu

erstarren, beschlich mich mal wieder. Ich musste einfach sicher sein, dass ich den Kopf noch drehen konnte, deshalb warf ich einen Blick über die Schulter. Da stand Josh mitten auf der Straße, seine Fäustlinge baumelten an einem Band aus seinen Ärmeln. Zuerst dachte ich, dass er sich mit seinen schmutzigen Händen die Augen rieb, weil er weinte. Aber das war es nicht. Ich glaube, er hob die Fäuste an die Schläfen und streckte die Zeigefinger drohend in meine Richtung. Haltet mir bloß die Bekloppten fern.

Ich schlug mir den Kragen der Jacke über die Ohren, die vor Kälte schmerzten, und fuhr weiter. Ich mag das Kind nicht. Warum sollte ich? Ich hasse es auch nicht oder so, ich mag es einfach nicht. Noch ein Kind, das nicht gewollt wird von seiner Mutter. Na und.

Ich verdrängte Josh aus meinem Kopf und fuhr schneller, obwohl ich kaum etwas sehen konnte durch den Wind, der mir Tränen in die Augen trieb und Raureif in die Wimpern. Der Klang seiner Stimme geht mir auf die Nerven.

Beim *Café Lo-bersch* lehnte ich das Fahrrad gegen den abblätternden Putz. Der Bus aus Ottawa war gerade auf die gepflasterte Fläche vor dem Café gefahren. Ich stand unter dem Vordach und sah zu, wie ein paar Leute aus dem überheizten Bus in die raue Märzluft stiegen und sich in ihren Mantelkragen verkrochen. Eine junge Frau mit Baby stieg aus und wurde von einer älteren Frau mit Auto abgeholt. Es gab Umarmungen und Küsse zur Begrüßung und Gekreische von dem Baby. Ein alter Mann verlor fast das Gleichgewicht, aber der Busfahrer streckte helfend die Hand aus und konnte ihn gerade noch halten. Eine größere, ziemlich dünne Frau stieg aus und glotzte um sich, als sei sie gerade auf einem fremden Planeten gelandet. Sie blieb neben dem Bus stehen und wartete darauf, dass ihr der Fahrer den Koffer aus dem Gepäckfach holte. Dann brachte der Fahrer zwei Kartons und ein Päckchen in Packpapier in das Café. Ich ging hinter ihm rein.

»Drei Sachen zum Abholen für dich, Frances.«

»Ich kümmere mich drum, sobald ich eine Minute Zeit habe. Heute ist wirklich der Teufel los.«

»Lass dir Zeit.« Er stellte die Pakete auf das Ende der Theke, nahe bei der Kasse, und ging. Hinter der Theke nickte Frances mit ihrem Dauerwellenkopf dem Fahrer zu, um ihm zu zeigen, dass sie die Pakete gesehen hatte.

Die üblichen Kaffeetrinker saßen herum. Muss eine Art zweite Heimat für sie sein. Ich setzte mich auf einen Hocker am Ende der Theke, um nicht neben einer ausladenden Frau sitzen zu müssen, die gerade Kuchenkrümel von ihrem Busen in den Kaffee fegte.

»He, Süße! Leih mir 'n bisschen Geld, ich kauf dir 'ne Cola.« Nick, Stolz und Freude des Huddlestonschen Haushaltes, hatte sich zwischen mich und die Dickmadam gepflanzt. Er zwinkerte mir zu, als ob wir unter einer Decke steckten.

»Ich dachte, dass man dich an die Leine gelegt hat.« Ich sagte es schnell und leise, um nicht wie eine strangulierte Krähe zu klingen. Nick hatte wegen irgendeiner Missetat zwei Wochen Hausarrest auf dem Hof der Huddlestons bekommen. Da ich mich nicht darum kümmere, was da so passiert, weiß ich nicht, warum. Er war irgendwo hingetrampt und über Nacht weggeblieben. So was Ähnliches. Schade, dass er nicht ganz weggeblieben ist. Ihn kann ich noch weniger leiden als Josh. Ich glaube, er ist schon ziemlich lange bei den Huddlestons, zumindest im Vergleich dazu, wie lange ich irgendwo war.

»Tolle Leine! Die alte Dame hat vergessen, das andere Ende festzubinden.«

Die Gäste im Café fingen an, sich nach uns umzudrehen. Ich brach das Gespräch ab. Im Spiegel hinter der Theke beobachtete ich Nick, der den Rest seiner Cola runterkippte, als ob er Whisky trinkende Gangster aus zweitklassigen Filmen nachmachte. Sein Zwinkern wurde zu einem hämischen Grinsen, während er sich mit dem Ärmel über den Mund wischte. Ich starrte zurück mit einem Blick, den ich gern als hartgesotten bezeichne, rutschte von meinem Hocker und ging ans andere Ende der Theke. Ich stand jetzt in der Nähe der Pakete.

Ich lebe ja erst seit ein paar Wochen unter einem Dach mit Nick, aber ich kenne diesen Typ Mensch. Wenn er schon nicht die Nummer eins in deinen Träumen ist, will er wenigstens die Nummer eins in deinen Alpträumen sein. Wo er sich aufhält, geht immer was daneben, aber nie hat er Schuld daran. In den letzten Jahren sind mir ein paar solche Typen über den Weg gelaufen. Sie haben nie Gewissensbisse. Werfen ihre Untaten ab wie eine zweite Haut und kommen aalglatt wieder zum Vorschein. In Zeitschriften hab ich Artikel über ›Problem-Teenager‹ gelesen. Unsicherheit. Geringes Selbstwertgefühl. Blabla. Worthülsen. Ruth labert auch immer über solche Themen, und ihre Lieblingswörter sind ›wahrnehmungsgestört‹ und ›verhaltensgestört‹. Hört sich immer so an, als ob sie von Maschinen spricht.

Nick folgte mir zum anderen Ende der Theke und nahm den Hocker bei der Kasse. Er stellte sein Glas mit einem Knall hin, als ob ihm der Platz gehörte. Das Unangenehme an Nick ist, dass er glaubt, die Welt sei nur dazu da, dass er darin herumwüten kann. Gestern zum Beispiel, da lag auf einmal der grässliche Hund auf meinem Bett. Dabei ist er kaum schlau genug, um ins Haus zu finden, geschweige denn, meine Zimmertür zu öffnen und hinter sich zu schließen. Und der Gestank. Eine Mischung aus Mundgeruch und schmutziger Wäsche, die schon zu gammeln anfängt. Ich hab das Biest angeschrien und es ist rausgeschlichen, als ob ich es verdroschen hätte. Dann ging ich nach unten und erzählte Ma davon, da kommt der verdammte Köter, schiebt seinen Kopf unter meine Hand und will gestreichelt werden. Ma unterbrach ihren Sermon, dass Edith-Anne (was für ein Name!) lieber in der Scheune wohnt und buchstäblich ins Haus gelockt werden muss, wenn man sie reinholen will, was selten der Fall ist, wegen dem Geruch, und dass sie jemand an einem Strick reingezogen haben muss, denn sie ist so bockig wie eine alte Geiß und stinkt auch so ... »Nicht streicheln!« Sie sagte das so heftig, dass ich zurückwich. »Dieser Nick«, meinte sie. »Einer von seinen dummen Streichen, ganz bestimmt.«

Mit absoluter Sicherheit. Ich musste meine Bettdecke und den Kopfkissenbezug waschen.

Jetzt stand ich also da und wartete auf mein Päckchen, beachtete Nick nicht und hoffte, dass er abhauen würde. Die Frau, die aus dem Bus gestiegen war, kam rein und stellte ihren Koffer hinter Nicks Hocker ab. Sie legte einen Zwanzig-Dollar-Schein auf die Theke und bat Frances, die Kellnerin, um Wechselgeld zum Telefonieren. »Bin gleich bei Ihnen, Schätzchen«, antwortete Frances. »Ein paar Gäste, die zahlen wollen, sind vor Ihnen dran.«

Die Frau ließ den Schein auf der Theke liegen, knöpfte sich den Mantel auf und schaute sich um. Im Spiegel sah sie, dass ich sie anstarrte, und starrte zurück. Ich wandte den Blick schnell den Paketen zu, die der Busfahrer dagelassen hatte. Eines war an mich adressiert. Die Bücher. Die Frau fragte Frances: »Ist es weit zum Bellcroft Manor?«

Alle, die an der Theke saßen, hatten inzwischen zu reden aufgehört und musterten die Frau von Kopf bis Fuß.

Plötzlich kippte ihr Koffer hinter Nick um. Jeder sah zu, als sie sich bückte, um ihn wieder aufzurichten. Ich nicht. Ich streckte schnell die Hand aus und legte sie wie einen Schraubstock um Nicks dürren Nacken. Ich drückte, bis er den Zwanziger auf der Theke losließ. Ich weiß, was Geld wert ist, selbst wenn es anderen gehört.

Dann waren wir von Blicken umzingelt. Von Frances' (sie begriff sofort, was geschehen war), von denen der Frau (sie nicht) und von denen der anderen Gäste (die sich nicht sicher waren, aber vermuteten, dass irgendwas faul war). Nick warf meinem Spiegelbild einen drohenden Blick zu und sah dann unverfroren in sein Glas.

Die Frau musste ihre Frage wiederholen.

»Bellcroft Manor?« Frances zog nachdenklich die Augenbrauen hoch.

Die Dickmadam sagte: »Wahrscheinlich meint sie die Bellingtons.«

»Muss wohl das Bellington-Haus sein«, wiederholte ein Mann mit Ohrenklappen, die wie eine Schürze um seine Schirmmütze hingen.

Die Frau sagte: »Eine Frühstückspension. Ich hab da ein Zimmer reserviert.«

»Was, das Haus von Sam Hill 'ne Frühstückspension?«, fragte einer weiter unten an der Theke und trompetete mit seiner knolligen Nase in ein ziemlich schmutziges Taschentuch.

Die Frau sagte zu Frances, sie wolle ein Taxi rufen, um dorthin zu fahren.

»Wenn es die Bellingtons sind, wo Sie hinwollen, das ist nur über die Straße und geradeaus. Lohnt sich nicht, dass ein Taxi dafür aus der Stadt rauskommt. Rufen Sie einfach dort an und der Junge kommt und holt Sie.« Sie reichte ihr einen Vierteldollar aus der Kasse, aber die Frau winkte mit ihrem Zwanziger. »Schon gut«, sagte Frances. »Das geht aufs Haus.«

»Ich bin es gewohnt zu zahlen«, sagte die Frau und schob Frances ihr Geld hin.

»Na, ganz wie Sie wollen«, erwiderte Frances und gab ihr das Wechselgeld.

Als sie an dem Wandtelefon zu wählen anfing, ging den Gästen im *Café Lo-bersch* wieder der Gesprächsstoff aus. Alle Ohren waren zum Telefon hin ausgerichtet. Der Ohrenklappen-Mann war wahrscheinlich schwerhörig, denn er drehte sich ächzend auf seinem Hocker um, damit er von den Lippen lesen konnte. Die Frau wandte den Zuhörern den Rücken zu und sprach mit gedämpfter Stimme. Nachdem sie aufgelegt hatte, nahm sie ihren Koffer und ließ sich an einem der kleinen freien Tische nieder. Sie starrte das beschlagene Fenster an, rieb eine kleine Fläche frei und sah hinaus.

»Einen Kaffee?«, rief Frances ihr zu.

»Nein, danke.«

»Gebäck?«

»Nichts.«

Das allgemeine Gemurmel kam wieder in Gang. Nick war verschwunden. Sein Glas stand leer auf der Theke. Ich sah, wie Frances die Pakete aus dem Bus überprüfte, kleine Abschnitte abriss und ein paar flüchtige Eintragungen in ein Heft kritzelte. Ich griff nach dem für mich und sie sagte barsch: »Das ist an eine Sarah Moone adressiert, meine Liebe. Bist du das?«

»Ja«, krächzte ich mit einer Stimme, die einer Mrs. K. unwürdig gewesen wäre, selbst in ihrem schlimmsten Zustand. Wenn ich mit Fremden spreche, klinge ich immer wie eine Blechbüchse.

»Stimmt ja, du bist doch die Neue draußen bei den Huddlestons.« Sie begann mir zuzunicken und mich mit grimmigem Mund und prüfend zugekniffenen Augen zu inspizieren. »Na, du machst ja wohl viel Arbeit, mit den Haaren, die du hast.« Sie griff sich an den eigenen dauergewellten Kopf und Sekunden, ehe ich über die Theke springen und ihr die verdammte Gurgel umdrehen konnte, fügte sie hinzu: »Würde meine eigene Großmutter für solche Haare verkaufen.« Sie lächelte mir zu, nahm die anderen Pakete und brachte sie in den Raum hinter der Theke. Ich betrachtete mein Haar im Spiegel. Dunkelbraun. Rötlich. Na und? Ich sah, wie die Frau am Tisch hinter mir ihre Mütze abnahm, so eine wollene Kappe. Mit den Fingern fuhr sie sich in das kurze Haar und lockerte es auf. Aschblond, farblos. Sie sah sich flüchtig an und dann trafen ihre runden, ausdruckslosen Augen auf mich.

Eilig zog ich den Reißverschluss meiner Jacke zu. Ich schlug den Kragen hoch und griff nach meinem Buchpaket. »Halt mal«, sagte die Kellnerin, die wieder aus dem Hinterzimmer auftauchte. »Du hast die Cola von dem Jungen noch nicht bezahlt.«

»Was?«

»Der dürre Kerl, dein – was auch immer – Pflegebruder?«

»Ich zahl doch nicht seine Cola.« Blechbüchse, adieu.

Die ganzen Kaffeetrinker glotzten jetzt mich an. Das *Café Lobersch* scheint ein ernst zu nehmender Konkurrent fürs Morgenfernsehen zu sein. Die Tür ging auf und der Junge, der sich im Schulbus so arrogant und selbstverständlich neben mich gesetzt hatte, kam rein. Das Publikum ließ seinetwegen kurz von mir ab, kehrte aber gleich zurück. Frances sagte: »Der Junge hat auf dich gedeutet, als er gegangen ist, deshalb dachte ich, du zahlst.«

Ich begann innerlich langsam zu kochen und nahm mir vor, Nick in Einzelteile zu zerlegen. »Wie viel?« Sei gegrüßt, Dummkopf.

»'n Dollar zwanzig.«

Ich fing an, meine Taschen nach Geld zu durchsuchen. Nachdem ich den Reißverschluss wieder geöffnet hatte, fand ich einen Penny und einen Knopf in der Innentasche. Ich schob die Hand in die Jeanstasche und fischte zwei Dollar heraus. Während ich auf das Wechselgeld von der Kellnerin wartete, setzte die Frau am Tisch ihre Mütze auf und ging, gefolgt von dem Jungen, der ihr den Koffer trug. Beim Hinausgehen sah er sich nach mir um, überrascht, so nehme ich an, mich hier zu sehen. Er lächelte.

Lächeln gehört nicht zu meinen starken Seiten. Ich schaute weg, bis ich hörte, dass sich die Tür hinter ihm schloss.

»Ein Pensionsgast wird wohl ein willkommener Anblick sein, drüben im Bellington, das steht fest«, sagte die Dickmadam und tupfte sich den Mund mit einer Papierserviette ab.

Der mit den Ohrenklappen meinte: »Sieht wohl so aus, als ob der junge Bursche nun daheim bleibt. Die höheren Schulen, auf die man ihn geschickt hat, haben ihm ja rein gar nichts gebracht. Jetzt heißt's wohl *parlee wuu* mit Hacke und Schaufel.«

»Doch nicht so was, der nicht. Bestimmt lässt Mami ihn als *Scheff de Kuisine* oder so arbeiten in ihrem Hotel garni«, verkündete Dickmadam.

»Hotel was?«

»Übernachtung mit Frühstück. Du weißt schon, wie ein Gasthof oder Hotel oder so ähnlich. Nur ohne Restaurant.«

»Niemals, so was rentiert sich doch nicht, nicht hier in der Gegend.«

Dickmadam hielt die Unterhaltung auf Trab. »Ich gehör ja nicht zu denen, die immer behaupten, dass sie alles besser wissen, aber weiß der Teufel, das hätte ich schon vor Jahren voraussagen können, dass die Bellingtons eines Tages im Armenhaus landen, so wie Königliche Hoheit ihr Geld verstreut, wie Sand durch ein Sieb.«

Frances hatte auch ihr Quäntchen beizusteuern. »Ich glaube, sie schaffen es, doch, doch. Der Junge scheint ja ein netter Bursche zu sein. Gute Familie, das merkt man eben. Hilft im Haus nach der Schule. Ist kürzlich mal reingekommen und hat erzählt, dass er das Haus gerne ein bisschen renovieren würde, hat aber keine Ahnung vom Zimmern und Tischlern. Können von Glück reden, um diese Jahreszeit einen Pensionsgast zu haben. Obwohl – seit das King George Hotel runtergebrannt ist, gibt's in der Stadt eigentlich sonst gar nichts, wenn man mal von dem Flohkasten hinter der Bahnlinie absieht.« Sie reichte mir mein Päckchen.

Ich schlug den Jackenkragen hoch, nahm die Bücher und ging. Wenigstens können sie aus meinem Leben keine Einst-reich-jetzt-arm-Seifenoper machen. Gute Familie, das merkt man eben! Merkt man es auch, wenn einer keine Familie hat?

Was für ein Typ dieser Bellington ist, steht für mich fest: ein Snob, ein totaler Snob.

Die kalte Luft war ein Schock nach der feuchten Wärme in dem Café. Der Himmel hing trübe über dem alten, rußbefleckten Schnee, der in Haufen um den Parkplatz herumlag. Ich sah mich nach meinem Fahrrad um (dem Fahrrad der Huddlestons, um genau zu sein). Es lehnte nicht mehr zwischen dem Schneehaufen und der Hauswand. Dort war nichts als ein gelber Hundefleck. Ich hätt's mir denken können. Wenn Nick etwas will, nimmt er es sich. Na gut, was soll's. Ich bin schon manche Straße entlanggewandert.

»Hast ja ganz schön lange gebraucht«, sagte sie, als ich reinkam. Mein Gesicht war ganz rot und halb erfroren von dem Marsch durch den kalten Märzwind. Mit Freundlichkeiten ist Ma sparsam, ganz im Gegensatz zu ihrem Umgang mit Worten. Sie stapfte zwischen Kühlschrank und Anrichte, Anrichte und Küchentisch hin und her, um den Tisch für das Mittagessen zu decken. Die Anrichte ist eigentlich nur ein Brett, das sie über die Spülmaschine und die Waschmaschine drüberlegt, wenn sie gerade nicht laufen.

Ma ist von morgens bis abends damit beschäftigt, jeden Gedanken, der ihr durch den Kopf schwirrt, mitzuteilen. »Iss was von der Mortadella zum Mittagessen, ich heb sie nämlich nicht noch einen Tag im Kühlschrank auf, weil sie schon gestern hätte aufgegessen werden sollen, aber niemand hat auf mich gehört, und wegwerfen will ich sie auch nicht, das steht fest, wo es in der ganzen Welt Kinder gibt, die verhungern und die ihren rechten Arm für 'ne dicke Scheibe Wurst geben würden, aber lass genug für Hud übrig, wenn er reinkommt, und wenn dann immer noch was da ist, essen wir sie eben heute Abend, denn es heißt, wer nichts verschwendet, dem fehlt nichts, sage ich immer, und ein Körper muss sich bei Kräften halten, sonst kippt er aus den Latschen, und das wird mit Hud passieren, wenn er nicht bald reinkommt aus dem verfluchten Wind, wo er doch die meiste Zeit so kurzatmig ist, dass man meinen könnte, er wäre froh, wenn er reinkommen kann. Ach ja, für dich ist ein Brief gekommen.« Sie nahm ihn von der Anrichte und gab ihn mir.

Er kam von Ruth. In ihrem Leben kann nicht viel los sein. Das ist schon das zweite Mal, dass sie mir schreibt.

Draußen hinter dem Haus konnte man Hud, meinen sogenannten Pflegevater, hämmern hören. Er will an den kleinen Backsteinkasten, den sie Haus nennen, anbauen. Diese Hütte erinnert mich an ein Haus aus einem Comic. Wenn wir alle drin sind, stelle ich mir vor, wie die Wände sich rein- und rauswölben wie bei einer Lunge, und wenn Josh herumrennt und Nick anbrüllt, ihm seinen Bestellkatalog zurückzugeben (der Kleine liest nämlich für sein Leben gern Kataloge), dann erwarte ich dauernd, dass das Dach abhebt und dann wieder runterknallt.

An meinem ersten Tag hier hatte Hud mir erklärt: »Ich will es ein bisschen erweitern. Großzügiger machen.«

Wird auch allmählich Zeit, dachte ich.

»Ich mach es alles selber.«

Wow. Das schreit ja nach Schlagzeilen. Brav schaute ich mir die Holzkonstruktion aus Balken und Nägeln an und sagte: »Na und?« Ich glaube nicht, dass er mich gehört hat.

Ich hängte meine Jacke auf und setzte mich an den Tisch, legte den ungeöffneten Brief vor mich hin und ließ mein Päckchen unter den Stuhl gleiten. Dann strich ich mir Butter auf eine Scheibe Brot und ließ Ma Huddlestons Wortschwall über mich ergehen. Ich bin sowieso ziemlich still. Meine Meinung ist, wenn du nichts zu sagen hast, dann reiß deinen Mund auch nicht auf. Aber selbst wenn ich das brennende Verlangen hätte nach ausführlichen Pläuschchen, dann hätte ich keine Chance. Wenn man mit Ma Huddleston zusammenwohnt, kommt man einfach nicht zu Wort. Ich könnte wetten, dass ich nicht mehr als drei Dutzend Wörter gesagt habe, seit ich hier bin. Macht mir aber nichts aus. Ich denke stattdessen vor mich hin; ich muss nicht damit rausplatzen. Wenn man alle seine Gedanken für sich behält, besteht allerdings die Gefahr, dass sie einfach verschwinden, wie alles andere in meinem Leben. Ich glaube, das ist der Grund, weshalb ich sie alle in Dateien ablege, hier in dieser Maschine. Niemand außer mir kann sie sehen, sie dringen nie nach draußen, weil ich keinen Drucker habe. Es gibt nur mich und die Maschine. Ich hab das Gefühl, mein Computer ist so sicher, dass ich sogar meine unfertigen Gedanken einzutippen wage. Ich kann auch in das Ding hier reinlachen, ich kann über mich selbst lachen, über mein farbloses, geräuschloses, nicht vorhandenes Leben. Mit einem Computer braucht man keine Stimme.

Wie dem auch sei, ich saß immer noch am Tisch und Ma quasselte immer weiter. »Du bist mir ein Rätsel, als ob man an eine Wand hinredet, du könntest genauso gut stocktaub sein wie der Junge, den wir mal hatten, Jamie hieß er, so ein netter Junge war das, und mit dem hab ich immer geredet, nicht wie manche, die so tun, als ob nichts hören zu können gleichbedeutend ist mit nichts im Kopf zu haben, und er hat jedes Wort von mir verstanden ...« Das ist ein beliebiges Beispiel, wie sie redet und redet.

Ich hörte ihr einfach nicht mehr zu und fing an, Ruths Brief zu lesen. Er war lang, vier Blätter, beidseitig beschrieben. Ihre Schrift kippt total nach rechts, als ob sie es eilig hat, einem etwas zu erzählen, und es nicht schnell genug hinschreiben kann. Er war genauso voll von bedeutungslosen Wen-interessiert-das-schon-Fragen wie der letzte. Wie geht es dir? Was macht die Schule? Wie kommst du mit deiner neuen Familie aus? Bist du glücklich? Den letzten hatte sie mit den Worten »Schreib mir doch ein paar Zeilen« beendet. Hatte ich brav getan. Mitten auf ein Blatt Papier hatte ich hingeschrieben: »Liebe Ruth, definiere mir mal den Begriff ›glücklich‹. Deine dir stets ergebene Sarah Moone.«

Auf der letzten Seite des Briefes hieß es: »Ich weiß, du sagst, dass du kein Interesse hast, mit deiner Mutter zusammenzukommen, und ich weiß, dass du keinerlei gesetzliche Verpflichtung hast, sie anzuerkennen, wenn sie Ansprüche auf dich erhebt. Aber angesichts der Tatsache, dass du so ein vom Pech verfolgtes und unbeständiges Leben gehabt hast und weil du mir schrecklich unglücklich vorkommst, meinst du nicht, es wäre das Beste für dich, dir zu überlegen, ob du nicht mit einer Frau zusammenleben willst, die sich ganz offensichtlich nach ihrer Tochter sehnt? Es steht mir nicht zu, mich in diese Angelegenheit einzumischen. Es gibt dafür geeignete Institutionen, und wenn du einwilligen würdest, dann würde alles den Amtsweg gehen – Befragungen, Beratungen für beide Seiten, lauter solche Sachen. Aber ich weiß, dass deine Mutter nicht warten will. Warum schreibst du mir nicht, was du von all dem hältst? Bisher hast du einfach immer dichtgemacht oder das Thema gewechselt. Hast du Angst? Oder traust du dich nicht? Oder bist du interessiert, aber zu stolz, um es zuzugeben? Lass mich doch wissen, was du davon hältst, und ich verspreche dir, dass ich auf deiner Seite stehen werde, egal wie du dich entscheidest.«

Die gute Ruth. Auf dem richtigen Weg, nur eben einen Schritt hinterher. Sie weiß nichts von dem Zeitungsausschnitt. An einem reizenden Wochenende damals in den guten alten Zeiten bei Mrs. K. machte ich im Lesesaal der Bücherei eine Entdeckung. Unter den Kleinanzeigen im *Globe and Mail* fand ich zufällig die Anzeige einer Frau, die Kontakt zu ihrer Tochter suchte. Diese war genau an meinem Geburtsdatum geboren und kurz danach zur Adoption freigegeben worden. Eine Postfachnummer, unter der man die Frau erreichen konnte, war angegeben. Diese Nummer, die Stadt und die Postleitzahl sind in mein Gedächtnis eingeprägt wie ein Brandzeichen.

Und das ist der Grund, warum ich mich weigere, neugierig zu sein. Der Tag meiner Geburt war der schwarze Tag, der mich in die Welt gesetzt hat, in das Leben, auf die Straße, ins Nichts. Klar, es hat Höhen und Tiefen gegeben, Biegungen und Windungen, aber ich kann mich kaum daran erinnern, wie mein Leben vor meinem zehnten oder elften Geburtstag ausgesehen hat. Es hat sich mit einer solchen Regelmäßigkeit immer wieder verändert, dass ich nirgends einen Halt finden kann. Als ich schließlich dreizehn war und zu den Koscyzstins kam, schien das Leben aus einer endlosen Reihe von Magenbeschwerden und verdunkelten Räumen zu bestehen.

Zur Zeit führt der Weg auf eine Strecke mit dichtem, grauem Nebel. Wenn ich da durchkomme bis zu meinem sechzehnten Geburtstag, wenn ich es schaffe, einen Teilzeitjob zu finden, damit ich Geld für meine Reise in den Norden verdienen kann, dann sehe ich nur weißes, strahlendes Licht. Mit allem, was vorher war, will ich nichts mehr zu tun haben.

Ich hab die Anzeige rausgerissen, weil sie mir wie eine Art Warnung erschien – Achtung! Dünnes Eis! Ich möchte nicht einbrechen und in ein schwarzes Loch fallen. Im Werkunterricht in der Schule habe ich einen schwarzen Umschlag gebastelt, der wie ein schiefes, zerrissenes Herz geformt ist, und mit blutroter Farbe habe ich draufgeschrieben: ›ZU SPÄT‹. Da hab ich den Ausschnitt hineingesteckt und das Ding in einer Schublade vergraben.

Am Küchentisch von Ma Huddleston sitzend, faltete ich Ruths Brief zusammen, lehnte mich zurück und zwängte ihn in die Tasche meiner Jeans. Ich habe vor, an Ruth zu schreiben: »Liebe Ruth, ich bleibe lieber ein verirrtes Schaf. Hör auf, mich zur Herde zurückführen zu wollen. In ewiger Dankbarkeit, S.M.« Nie werde ich ihr von der Anzeige ganz unten in meiner Schublade erzählen.

Ich belegte eine Scheibe des gar nicht so schlechten, selbstgebackenen Brotes mit Ma's schrecklicher Mortadella, strich noch etwas Senf drauf und klappte das Brot zu, als der Angriff kam.

»Gib mir das!« Josh, Ma's jüngster Pflegeliebling, ließ die Stallkatze runter, die er im Arm gehabt hatte, kroch unter den Tisch und versuchte, mein Päckchen zu schnappen. Ich stellte den Fuß drauf. »Gib's mir!«, befahl er.

Ich schrie zurück: »Lass los!«, bückte mich unter den Tisch und zerrte die Bücher aus seiner Reichweite. Die Katze brachte sich schnell in Sicherheit.

»Meins!«, rief Josh beharrlich. Er legte die Fäuste an die Schläfen und streckte seine Zeigefinger wie Fühler in meine Richtung.

»Und was soll das bedeuten?«

»Ich verhex dich. Gib's mir!«

»Komm, nimm das hier stattdessen, du kleine Nervensäge.« Ma Huddleston schob ein Rosinenbrötchen in Joshs versabberte Schnute. Das half. »Also Bücher, was?« Ma deutete mit einem butterigen Messer auf mein Päckchen. »Es gibt Hunderte von Büchern drüben in der Stadtbücherei von Ambrose, nicht einmal zehn Leute würden es schaffen, die alle in einem Monat durchzulesen, selbst wenn jeder Tag Sonntag wäre, du musst dir doch keine kommen lassen, um was lesen zu können.«

Ma hörte doch tatsächlich zu reden auf, deshalb wechselte ich schnell das Thema. »Ich hab mir überlegt, dass ich mir gerne einen Nebenjob suchen würde, für nachmittags und an den Wochenenden. Hast du eine Ahnung, wo ich was kriegen könnte?«

»Einen Nebenjob, tja, ich bin sicher, dass du es drüben an der Straße in Frances' *L'auberge* versuchen könntest, ich erinnere mich noch genau, wie Frances und ich, wie wir beide drüben in der Stadt in *Katies Kuschelküche* einen Job hatten, ach, das ist jetzt natürlich schon Jahre her, aber damals wollten sie noch, dass man Uniform trägt, das hat mir auch überhaupt nichts ausgemacht, immerhin schont es dein eigenes Zeug und es verschleißt nicht so, ich kann dir sagen, sie waren richtig großzügig damit, kaum hatte man eine getragen, haben sie sie dir weggerissen und ruck-zuck 'ne neue gegeben, das war natürlich, ehe ich Hud geheiratet hab, und er kommt da eines Tages rein und sieht mich und sagt zu mir ...«

An dieser Stelle von Ma's Geschichte kam Hud zum Mittagessen rein. Es scheint Ma nie etwas auszumachen, mitten im Satz aufzuhören. Es war allerdings keine Vollbremsung, eher eine scharfe Kurve. »Schätzchen«, sagte sie zu dem versabberten Josh, »geh raus in die Scheune und hol Nick rein, und zwar schnell, sonst ist kein Krümel mehr für ihn übrig, obwohl ich ihm schon vor zehn Minuten gesagt hab, er soll reinkommen, aber hört er wohl je zu, was ich sage, nein, und nimm die Katze mit raus, wir hocken hier sowieso schon so eng wie die Ölsardinen, setz dich und fang an, Hud, und keine Zeremonie, du siehst ja halb tot aus. Wir danken Gott«, betete sie rasch und wendete sich dabei zum Essen hin. »Willst du das Ketchup?«

»Jau.«

# 3

Ich mach gleich Schluss für heute Abend. Ich weiß, dass sie mich auf der Tastatur klappern hören, wenn sie alle im Bett sind. Das Haus ist schrecklich hellhörig. Einmal hab ich mitbekommen, wie Ma was zu Hud gesagt hat, von wegen er soll mir sagen, ich müsste die Maschine abstellen, weil ich mehr Schlaf bräuchte. Aber er hat nur geantwortet: »Lass sie. Mit dem Computer zu reden ist wichtiger für sie als Schlaf.« Komisch, dass er das gesagt hat. Woher weiß er das? Dann hörte ich quietschoing, als er sich im Bett herumwälzte, und nach zehn Sekunden fing er zu schnarchen an.

Das ist ein seltsames Haus. Ich habe nicht nur den Eindruck, dass die Wände atmen, manchmal, wenn ich mitten in der Nacht aufwache, hör ich so einen pulsierenden Laut, der ganz regelmäßig kommt. Der Heizungskessel wahrscheinlich. Oder eine laute Uhr.

Der Junge, der sich im Schulbus immer neben mich setzt, spukt mir wieder im Kopf herum, und dass er ins *Lo-bersch* gekommen ist und die Übernachtungs-Tante da in die Pension von seiner Mutter mitgenommen hat. Ich find immer noch, dass er ein Blödmann ist.

Über Josh hab ich auch nachgedacht. Er kostet einen echt den letzten Nerv. Ma hat mir erzählt, dass irgendwo eine Mutter existiert, die sich nicht gerade um ihn reißt. Ich kann die Frau verstehen. Möglicherweise gibt sie ihn zur Adoption frei. Zur Zeit ist er vorübergehend dem Jugendamt unterstellt. Er kann nicht adoptiert werden, ehe sie zustimmt und er ganz dem

Vormundschaftsgericht zugeteilt wird, wie ich. Kann mir nicht vorstellen, dass irgendwer so verrückt ist, den kleinen Heini mit den fetten Beinchen und der Triefnase zu adoptieren. Sie hätte ihn freigeben sollen, als er noch ein Baby war und noch niemand merken konnte, wie er mal wird. Der andere, Nick, den hätte man gleich nach der Geburt ersäufen sollen. Völlig verhaltensgestört. Und nicht nur das, er riecht auch komisch. Vielleicht hab ich ja eine überempfindliche Nase, aber ich glaube, ich kann manchmal riechen, wo er steckt, und das Beunruhigende daran ist, dass ich manchmal seinen Geruch wahrnehme, wenn ich in mein Zimmer komme. Seit ich ihn neulich erwischt habe, als er den Zwanziger von der Frau einsacken wollte, macht er den Eindruck, als ob er meinen vorzeitigen Tod plant. Das Haus hier wäre nur halb so schlimm, wenn es nicht voll von gestörten Pflegekindern wäre.

Der März kam angestürmt wie ein Wolf und verabschiedet sich jetzt aber nicht wie ein Lamm, sondern wie ein rasender Bulle. Womit eine alte Bauernregel widerlegt wäre. Heute war einer der ekelhaftesten Tage meines ganzen Lebens. Am laufenden Band kriegen die Schafe Lämmer. So ist das wohl auf einer Farm, aber was das bedeutet, macht man sich nie so recht klar. Ich wenigstens nicht. Der Schnee war beinahe ganz verschwunden und tagsüber wurde es allmählich fast schon warm. Überall Matsch. Hundedreck, der in Pfützen auftaute. Echt malerisch. Am Abend gingen wir beim Geräusch von Regentropfen und heulendem Wind zu Bett, und als wir schon vor Tagesanbruch aufwachten, lag der Schnee knietief. Ma zerrte uns alle aus den Betten, um Hud mit den neugeborenen Lämmern zu helfen. Zwei waren krank oder so und mussten in Decken gehüllt und durch den heulenden Schneesturm in die Küche gebracht werden. Ein Mutterschaf starb und sein Lamm mussten wir mit einer Flasche füttern. Und so weiter. Ich hab von solchen Sachen gelesen, hätte aber niemals gedacht, da mitmachen zu müssen. Ich meine, bis zu den Knöcheln in Schafscheiße zu stehen – dazu noch der Geruch von nasser Wolle, die mit Schafmist verkrustet ist und warm wird und trocknet – und die Lämmchen zu füttern. Das eine hat mir fast die Flasche aus der Hand gezerrt, weil es wie verrückt gesaugt hat. Es war offensichtlich, dass es um Leben und Tod ging. Immer wieder ist ihm die klebrige Milch aus dem Maul getröpfelt.

Ich will nicht behaupten, dass es aufregend war oder dass ich es gut fand oder so. Ich meine nur, es war eine Falte in meiner ansonsten ereignislosen Existenz. Alle haben mitgeholfen. Josh lief mir natürlich die ganze Zeit zwischen den Beinen rum und sagte: »Jetzt ich. Gib's mir. Lass mich mal.« Schließlich sagte ich: »Okay, nimm sie« und ließ ihn die Flasche halten. Er sah mich mit so großen Augen an, als hätte ich ihm den Schlüssel fürs Auto gegeben. Der größte Fehler, den ich je gemacht habe. Jetzt folgte er mir ständig, saß neben mir und starrte mich mit glänzenden Augen an. Wo ich so was doch hasse.

Nick war eigentlich zu nichts nütze. Er machte ein Geschrei um das tote Mutterschaf, es sei überhaupt nicht tot und Hud solle es aufheben und ihm helfen und so weiter. Ma packte ihn und versuchte, ihn von dem toten Tier fortzuziehen, aber er boxte wie wild auf sie ein. Tat ihr weh, das konnte man sehen, aber sie versuchte immer weiter, ihn in den Arm zu nehmen und zu beruhigen, bis ihn Hud schließlich anbrüllte und er ins Haus verschwand. Ich weiß nicht, was sein spezielles Problem ist.

Sogar der blöde Köter mischte sich in alles ein. Er folgte uns bis ins Haus hinein, als wir die Lämmer reintrugen. Ma stellte den Backofen an und öffnete die Klappe, damit es wärmer wurde, und der Hund streckte sich mit dem Kopf auf den Pfoten genau da aus, wo wir die Lämmer hinbetten wollten. Ich war sicher, Ma würde ihn wieder nach draußen scheuchen, aber das tat sie nicht. Sie fing nicht mal mit einem ihrer Monologe an, was an sich schon ein Wunder ist. Sie sah mich an, zuckte mit den Schultern und ging runter in den Keller, um nach einem alten Vorhang zu suchen, den sie um die Lämmer wickeln wollte. Als diese dann langsam zu sich kamen und irgendwelche Laute von sich gaben, so was zwischen Miau und Mäh, da hob der Hund den Kopf und sagte – nein, das klingt wirklich zu blöd. Er machte ein ganz eigenartiges Geräusch, wie ›Jaul‹ oder so. Aber es klang – zu dem Zeitpunkt kam es mir wenigstens so vor – wie ›Jau‹. Schließlich ist der Hund ja immer in Huds Nähe. Ich weiß, dass ich mir das nur einbilde, aber es klang – ein bisschen – wie, naja, wie ›Jau‹. Na gut, dann bin ich eben verrückt. Eigentlich kein Wunder, wenn man bedenkt, wo ich lebe.

Wegen dem Schneesturm kam der Schulbus nicht. Gegen Mittag war alles mehr oder weniger unter Kontrolle. Hud hatte in der Scheune ein warmes Nest für die Lämmer eingerichtet und Ma und ich tranken Kaffee, nachdem wir die Küche geputzt hatten. Ich saß einfach so am Tisch und starrte die Fotos an, mit denen sie jeden Zentimeter der Wand zugepflastert hat – ehemalige Pflegekinder, nehme ich an. Ein paar davon jetzt als Erwachsene – eine Braut, ein Typ in Polizeiuniform. Es waren Kinder mit verkrüppelten Armen oder Beinen dabei, dicke Kinder, große Kinder und ziemlich viele Babys. Die Fotos waren verblichen und bogen sich an den Ecken hoch. Ich hörte zu, wie Ma über den Wettermann und seine Rolle in der derzeitigen unberechenbaren Wetterlage draufloslaberte. Josh war in seinen Bestellkatalog vertieft, als ob er für eine Prüfung lernte. Nick kam in die Küche und sagte mit einem Ton, der fast erschrocken und atemlos klang: »Schaut mal, Edith-Anne!« Josh und Ma warfen einen Blick auf den Hund, der neben mir saß. Er hatte seinen Kopf unter meine Hand geschoben, und ohne weiter darüber nachzudenken, hatte ich meine Finger kraulend über seinen Kopf gleiten lassen. Ich schaute ebenfalls auf ihn runter und da saß das Tier, das Ungeheuer, fletschte die Zähne, als wolle es mir die Hand vom Arm beißen und sie verschlingen. Für den Bruchteil einer Sekunde erstarrte ich und wusste nicht recht, was ich tun sollte. Ich hörte auf, ihn zu streicheln, und konnte ein leises Knurren tief aus seiner Kehle hören.

Ma brüllte ihn an: »Edith-Anne! Raus!« Und er schlich sich davon zur Tür.

Er hasst mich. Der Straßenköter kann mich auf den Tod nicht ausstehen. Hab ich ihm je was getan? Warum war ich so erschrocken?

Mir fiel nichts Besseres ein als zu fragen: »Edith-Anne! Wie seid ihr nur darauf gekommen, dieses Ungeheuer Edith-Anne zu nennen?«

»Josh hat sie so getauft, als sie letzten Sommer hinten bei uns im Hof auftauchte«, sagte Ma. »Unser eigener Hund, der, den wir, ach, ich weiß nicht wie viele Jahre gehabt haben, der war ein ganz lieber Hund, er war aber schließlich so lahm, dass er nicht mehr aufstehen konnte, und dem armen Hud war es so arg, weil er ihn ...«

Ich sah Josh an. »Edith-Anne?«

»Was dagegen?«

Ich zuckte fragend mit den Schultern. Es ist mir völlig egal, wie sie den blöden Köter nennen. »Senta«, sagte ich, »oder Bella. So in der Art sind die Hundenamen, die ich kenne. Ich hab nie gehört, dass einer Edith-Anne heißt.«

Ma erklärte: »Josh hat sie nach einer Frau genannt, an die er sich erinnert und die mal nett zu ihm war, und warum auch nicht, möchte ich wissen, denn es gibt nicht allzu viel Freundlichkeit in der Welt für so arme Würmchen, also warum nicht das Beste draus machen und ein bisschen Freundlichkeit ins Leben bringen, solange es geht.«

Ma wollte nur Atem schöpfen, aber ich fiel ihr ins Wort. »Der Köter ist doch aber bösartig. Wer will schon einen ...« Ich konnte meinen Satz nicht beenden, denn Hud kam rein.

»Gib ihr eine Chance«, sagte er. »Sie ist uns zugelaufen. Weiß Gott, was sie hat erleben müssen. Vielleicht gewöhnt sie sich noch an uns.«

»Mit Sicherheit«, unkte ich.

Hud lehnte sich an den Türpfosten, während er sich mühsam die Gummistiefel in dem kleinen Windfang vor der Küche auszog. »Sie hat noch keinen gebissen.«

Ich warf einen Blick auf meine Hand. »Und ich hab nicht vor, der Erste zu sein.«

Hud verdrehte die Augen und sagte mit seiner ruhigen Stimme, so, als ob er sich zwingen musste, nicht die Geduld zu verlieren: »Wir müssen alle versuchen zurechtzukommen.«

Was für ein Tag! Nach der Rettet-die-Schafe-Aktion und dem Horrorerlebnis mit dem bissigen Hund hatte ich das Bedürfnis, mich in meinem Zimmer zu verbarrikadieren und mit meinem Computer zu reden, was ich auch ganz zufrieden den größten Teil des Nachmittags tat. Gerade war ich fertig damit, Huds abschließenden Ausspruch »wir müssen alle versuchen zurechtzukommen« festzuhalten, als jemand versuchte, meine Tür einzutreten.

Josh. »Will rein!«, quietschte er.

»Hau ab«, sagte ich. »Du gehst mir auf den Wecker.«

»Mach auf! Ich muss zu dir.« Er trat gegen die Tür, dann fing er zu heulen an.

Ich öffnete den Haken, meinen einzigen Schutz vor Eindringlingen, machte die Tür einen Spalt auf und spähte hinaus.

»Da siehst du, was du gemacht hast! Meinen Fuß gebrochen!«, jammerte Josh. Er machte sich die leicht geöffnete Tür zunutze, zwängte seine Hand durch und packte mich am Sweatshirt. Die Katze, die er mit sich herumgeschleppt hatte, sprang ihm aus dem Arm und wetzte die Treppe hinunter.

Ich schrie ihn an, mich loszulassen.

»Versuch's doch.« Er kniff die Augen zusammen, um finster auszusehen, was ihm nicht gelang. Sein Pech, dass er so große dunkle Augen hat, solche, wie man sie kleinen Kindern auf so kitschigen, herzzerreißenden Bildern malt.

Ich versuchte, mit einer Hand seine Finger zu lösen, während ich mit der anderen die Tür festhielt, aber es gelang mir nicht. Ein kleiner Kraftbolzen, dieser Junge. Jetzt ließ ich die Tür aufschwingen und er flog mir direkt entgegen. Dann steuerte er schnurstracks auf mein Bett zu und hockte sich mittendrauf.

Ich sagte: »Ich zähl bis drei, dann bist du draußen. Eins, zwei …«

»Was vorlesen.«

»Nein.«

»Warum nicht?«

»Bin beschäftigt.«

»Gar nicht. Geschichte erzählen.«

»Ich kenn keine. Geh jetzt.«

»Nein.«

Ich sah Josh mit zusammengekniffenen Augen an. Richtig böse. »Na gut«, sagte ich. »Dann erzähl ich dir eine kleine Geschichte.« Ich verzog die Lippen zu einem harmlosen Lächeln, riss mir das Stirnband ab und fuhr mir mit den Fingern durchs Haar, um verwegener auszusehen. Josh wich zurück, als wäre ich eine Hexe, aber ich setzte mich neben ihn aufs Bett und bleckte ihn wieder mit meinem künstlichen Lächeln an. Josh fiel anscheinend auf das Lächeln rein. Er kuschelte sich eng an mich heran in Erwartung einer Geschichte. Noch enger, und er wäre mir auf den Schoß gekrochen.

»Also, bist du bereit?«

Er nickte.

Ich wagte es zu bezweifeln, fing aber an. »Adam und Eva und Zwick mich gingen zum Fluss, um zu baden.« Joshs Augen glänzten dunkel vor Erwartung. Ich fuhr fort. »Adam und Eva fielen ins Wasser und rate mal, wer übrig blieb?« Ich sah Josh an.

»Was?«

»Adam und Eva fielen rein und wer blieb übrig?«

»Wer?«

»Jetzt musst du ›Zwick mich‹ sagen, Blödmann.«

»Zwick mich!«, rief Josh eifrig. »Au!«, schrie er, als ich ihn zwickte. Mit offenem Mund starrte er mich an. Er konnte es nicht begreifen. Dann schob er den Ärmel hoch und sah sich den roten Fleck an, den meine Fingernägel hinterlassen hatten.

Seine Unterlippe zitterte, aber er weinte nicht. Er blinzelte ein paarmal und sah mich an. Ich versuchte, ihn mit runden Augen und leerem Blick anzusehen, wie ich es immer mache, aber es gelang mir nicht. Ich blinzelte auch ein-, zweimal. Wie versteinert saß er mit verletztem Blick da. Es war lächerlich. Ich hatte ziemlich fest zugekniffen, aber nicht richtig fest. Kein Blut. Kein Beinbruch.

Ich sah nur, dass um den Schokoladeblick etwas zerbrochen war. Ich wollte ihn auslachen. Wollte, dass er wegläuft, damit ich ihn ganz aus meinem Leben lachen konnte, aber er lief nicht davon. Und ich schaffte es nicht zu lachen. Ich kam mir richtig – echt, ich kann es kaum hinschreiben – dämlich vor. Dämlich? Quatsch, dämlich. Ich kam mir vor, als ob ich das gemeinste Ding der Welt gedreht hätte, als ob ich den Weihnachtsmann abgeschlachtet hätte.

»Abendessen!«, brüllte Ma von unten.

Ich stand auf und Josh rutschte von der Bettkante auf den Boden. Da stand er und starrte mit hängenden Schultern vor sich hin. Also gut, ich hätte nicht so fies sein dürfen. Er ist ja nur ein kleiner Junge. Na und? So ist eben das Leben. Lieber treten als getreten werden. Das muss er schließlich auch lernen.

Aber vielleicht ist er ein bisschen langsam im Lernen, dachte ich dann. Schwer zu erklären, warum, aber ich ließ meine Hand auf seine Schulter sinken. »Na, geh schon und verpetz mich, wenn du willst«, sagte ich.

Er drehte sich unter meiner Hand weg und stapfte ohne ein Wort davon, die Treppe hinunter.

Weder Josh noch ich sagten während der Mahlzeit ein Wort, wozu wir allerdings auch keine Gelegenheit gehabt hätten, denn Ma schilderte die Ereignisse ihres Nachmittags zum Vergnügen aller Anwesenden noch mal in aller Ausführlichkeit. Der aalglatte Nick ergriff die Gelegenheit, eine zweite Portion zu verlangen, als sie sich gerade einen Bissen reinschob und bevor sie so richtig loslegte mit einer umständlichen Beschreibung der Talkshow, die sie vor dem Abendessen gesehen hatte. Dabei behauptet Ma immer, dass sie Talkshows nicht leiden kann.

Josh saß mir gegenüber. Er sah immer mal wieder auf und zu mir rüber. Sein Blick verfolgte mich über seinen Teller voller Spaghetti hinweg, die er nicht anrührte, nicht einmal, nachdem Hud sie ihm klein geschnitten hatte.

Obwohl ich mir ständig sagte, was ist schon passiert, hatte ich Mühe beim Schlucken. Spaghetti sind die einzige Mahlzeit, bei der mir das Wasser im Mund zusammenläuft, vor allem, wenn Ma sie zubereitet, aber ich brachte kaum einen Bissen runter. Ich saß da und wickelte sie wieder und wieder um meine Gabel. Ich hatte ihn gezwickt, na und. Geschah ihm recht. Er nervt echt. Jedes Mal wenn ich aufsah, schaute mich Josh an wie ein verdroschenes Hundebaby. Er sagte zu Ma, dass er keinen Nachtisch wolle, und verließ das Zimmer.

Nick war dran, beim Abräumen zu helfen. Er fing an, jeden einzelnen Teller zu nehmen und sich zur Spüle zu schleppen, als ob er Schwerstarbeit leistete. »Geh schon«, sagte ich, »ich mach es für dich.« Es war unerträglich, ihm zuzusehen, und es war unerträglich, über Josh nachdenken zu müssen. Vor allem war ich mir aber selbst unerträglich.

Jetzt starrten mich alle an. Ma legte nachdenklich den Finger auf ihre geschürzten Lippen. Hud räusperte sich, warf einen Blick auf Joshs leeren Platz und sah dann zu mir zurück. Schließlich stand er vom Tisch auf, ohne etwas zu sagen.

Ich stellte das Geschirr in die Spülmaschine und Ma sagte, sie würde die Töpfe abwaschen.

Als wir fertig waren, beschloss ich, einen kleinen Rundgang durchs Haus zu machen. Naja, Rundgang! Fünf bequeme Schritte und man ist durch. Ich stieg die schmale, knarrende Treppe hoch und spähte in die Schlafzimmer. Das durchgelegene Bett der Huddlestons, das Rattennest der Jungs, mein eigenes, ordentliches Kabuff, das Stickbild mit ›Zucker und Honig‹ immer noch zur Wand gedreht, das war alles, was ich vorfand. Kein Josh, obwohl ich nicht direkt nach ihm suchte. Unten im Wohnzimmer saßen Nick und Hud zurückgelehnt auf der Kunstledercouch und sahen fern. Ma plapperte ins Telefon. Sie saß nach vorne gebeugt auf einem Holzhocker und hatte die Ellbogen auf die Waschmaschine gestützt.

Ich zog Parka und Stiefel an und ging raus. Es war nicht sehr kalt. Inzwischen hatte es aufgehört zu schneien und es war jetzt dunkel, abgesehen von dem Hoflicht, das den Weg erleuchtete, den wir beim Hin und Her zwischen Scheune und Haus freigetrampelt hatten. Nicht mal der Hund hatte seine Spur hinterlassen in dem frischen Schnee daneben. Der ganze braune, versiffte Matsch war wie mit einem weißen Tuch bedeckt, als ob jemand dem Frühling noch mal eine Chance geben wollte, es richtig zu machen, ohne all den Dreck.

Vor mir erhob sich die Scheune. Das Licht im Heuschober war an und die kleine Tür, die in das große Scheunentor eingelassen war, stand offen. Durch sie konnte ich Josh im Lichtkegel der Glühbirne sehen. Er saß mit gekreuzten Beinen auf dem Boden. Zum Teufel nochmal, na und? Ich wollte mich umdrehen und zum Haus zurückgehen. Unter dem Heuboden konnte ich die Schafe blöken hören, als ich mich umwandte. Vom Schnee gedämpft, klang es wie ›buh-hu-hu‹!

Ich blieb stehen, denn ich hatte das Gefühl zu erstarren. Ich musste mich einfach nach der Scheunentür umschauen, solange ich mich noch bewegen konnte. Josh ließ den Kopf hängen. Sein Rücken in dem viel zu engen Pullover war gebeugt, sein weißer kleiner Nacken schaute unter seinen Babylöckchen hervor.

Eine Stallkatze schmiegte sich an meine Beine und verschwand dann wieder im Schatten und ich merkte, dass ich mich doch noch bewegen konnte. Ich ging auf das Licht der Glühbirne zu.

In der Scheune war es warm. Loses Stroh bedeckte den Boden und am hinteren Ende waren Heuballen aufgestapelt. An einer der Wände lag Edith-Anne mit dem Kopf auf den Pfoten in einem Strohnest. Sie hob den Kopf, als ich eintrat. Mitten in der Scheune, auf dem Boden, spielte Josh mit Strohhalmen herum.

»Hallo, Josh!«

Schweigen.

»Josh?« Er weigerte sich aufzusehen, daher sagte ich: »Hör mal, du kannst das Gleiche mit mir machen, wenn du willst; kannst es mir heimzahlen. Sag ›Adam und Eva und Zwick mich‹ …«

Er schüttelte den Kopf. Er nahm Strohhalme auf und versuchte, die hohlen Enden ineinander zu stecken. Als es nicht klappte, zerbrach er sie. Ich blieb stehen und sah ihm zu. Eine der Katzen rieb sich an seiner Schulter, aber er achtete nicht darauf. Ich hockte mich hin.

»Na los, zwick mich.« Ich zog den Parka aus, schob meinen Ärmel hoch und streckte ihm den nackten Arm unter die Nase, aber er wich zurück.

»Dann beiß zu oder box mich einfach.«

»Du spinnst.«

Da hockte ich und starrte ihn an und dachte, Recht hat er, der kleine Scheißer. Ich setzte mich dicht neben ihm auf den Boden und nahm ein paar Strohhalme. Es gelang mir, zwei ineinander zu schieben, und ich zeigte es ihm, aber er wandte sich ab. »Also pass auf«, sagte ich schließlich. »Soll ich dir verraten, was du sagen musst, wenn noch mal jemand versucht, dich mit ›Adam und Eva und Zwick mich‹ reinzulegen?«

Mit gesenktem Kopf drehte er sich nach mir um und schielte schließlich zu mir hoch. Mit einem Blick, als wollte er sagen: Das ist deine letzte Chance.

»Wenn jemand sagt, ›und rate mal, wer davonkam?‹, dann musst du sagen: ›Zwick mich nicht.‹«

Josh sah mich verständnislos an. »Das bedeutet, dass man nicht zwicken soll. Kapiert? So kannst du den anderen reinlegen. Niemand kann dir jemals wieder 'ne Falle stellen, nicht mal ich, weil du 'ne bessere Antwort weißt. Sag einfach ›Zwick mich nicht‹.«

Misstrauisch probierte er es aus. »Zwick mich nicht.« Er rückte etwas von mir ab, aber nichts passierte. Er lächelte. »Zwick mich nicht«, sagte er wieder und lachte. Edith-Anne klopfte mit dem Schwanz ins Stroh.

Er rappelte sich auf und marschierte zum Haus hinüber. Ich zog meinen Parka wieder an und folgte ihm den schmalen Schneepfad entlang, der jetzt glitzerte und wie mit Diamanten übersät war. Die Schafe mussten auch noch ihren Senf dazugeben. »Määh-äh«, blökten sie jetzt.

Im Wohnzimmer war Nick völlig in *Raumschiff Enterprise* versenkt. »Zwick mich nicht«, rief Josh ihm zu. *Raumschiff Enterprise* hatte Nick wohl ganz und gar aus der hiesigen Welt gebeamt, denn nichts passierte. »Oh Mann«, flüsterte Josh, als ich ins Zimmer trat, »ich glaub, du hast mich unsichtbar gemacht. Oh Mann.« Er legte die Finger an die Schläfen, wackelte damit und flüsterte langsam und beschwörend: »Z-wick m-i-ich n-icht.«

Ich sitze wieder oben in meinem Zimmer und hacke all das in meinen Computer. Wenn mir der kleine Blödmann wirklich was bedeuten würde, käme ich mir jetzt wohl wie nach einer Absolution vor.

Ich muss rasch zu Geld kommen, damit ich abhauen kann. Der Nebenjob, über den ich mit Ma gesprochen habe, den brauch ich. Das Leben hier fängt an, mir unter die Haut zu gehen. Als ich gerade in mein Zimmer gekommen bin, hab ich das Gefühl gehabt, dass jemand hier gewesen ist und meine Sachen durchwühlt hat. Das bisschen Geld, das ich habe, liegt noch sicher in seinem Versteck. Nur ein Genie könnte es finden. Das Versteck verrate ich nicht mal der Maschine hier.

Keine Ahnung, warum ich überhaupt ›Adam und Eva und Zwick mich‹ mit ihm gemacht hab. Egal. Klar, mich hat auch mal jemand damit reingelegt, vor langer Zeit. Dass ich mich überhaupt noch daran erinnert hab! Wie bin ich bloß darauf gekommen?

Als ich den Computer neu hatte, hab ich ihn hinten aufgeschraubt, um zu sehen, was da drin ist und so ein gutes Gedächtnis hat. Aber ich konnte nichts entdecken außer so ein paar kleinen Dingern, die wie Mini-Legosteine aussahen und auf besondere Weise zusammengesteckt waren. Ich konnte das Geheimnis nicht entschlüsseln.

Manchmal, wie jetzt eben, wenn ich über meine Vergangenheit nachdenke, dann kommt mir mein früheres Leben vor wie eine Reihe von kleinen dunklen Höhlen mit unerwarteten Biegungen und Nischen, alle mit eigenen Geheimzeichen an den Wänden. Ich kann das nicht leiden. Jede Höhle hat abgrundtiefe, gurgelnde schwarze Löcher. Ich muss damit aufhören. Ich muss aufhören, darüber nachzudenken, sonst werde ich reingesogen, hinunter, in eine andere Zeit gespült, die ich nicht unter Kontrolle habe. Solange ich meine Gedanken in diese Maschine eingebe, hab ich alles unter Kontrolle. Es ist ungefährlich, meine Gegenwart mit einem Computer zu erforschen.

Das mit ›Adam und Eva und Zwick mich‹ ist nicht weiter schlimm. Josh ist zu jung, um es zu kapieren, das ist alles. Komisch, dass ich daran nicht gedacht habe. Bin ich gemein? Das Maschinchen hier ist zwar schlau, aber nicht schlau genug, um das zu beantworten.

# 4

Der Schnee ist fast ganz weg, außer in geschützten Ecken, hinter dem Hühnerstall und unter den Krüppelkiefern am Straßenrand. Seit Ostern haben wir ein paar sonnige Tage gehabt, alles ist ein bisschen getrocknet, so dass man jetzt zur Küchentür hinausgehen kann, ohne durch Matschpfützen patschen zu müssen.

Gestern auf dem Heimweg von der Schule bin ich beim *Lobersch* aus dem Schulbus ausgestiegen. Ich fand, dass ich mich allmählich mal nach einem Job umhören könnte. Dieser Bellington-Typ stieg auch aus. Es ist ja seine Haltestelle. Ein paar junge Klugscheißer haben uns was nachgerufen, als ich ihm aus dem Bus folgte, Nick war natürlich auch dabei. Gejohlt und gepfiffen und so. »Halt dich 'ran, Matt!«, rief irgendein Blödmann. Ich stellte mir vor, in einem schalldichten Kasten mit getönten Scheiben zu sitzen, und danach hörte ich nichts mehr. Nicht mal, dass er hinter mir ins Café kam. Er heißt Matthew Bellington. Nobel, was?

Ich setzte mich ans untere Ende der Theke. Es saßen nur noch zwei andere Gäste da, die Dickmadam und eine noch dickere Frau. Sie redeten darüber, wie dringend wir Regen bräuchten und wie warm die Sonne für die Jahreszeit sei. Frances, die Kellnerin, war mit in das Gespräch vertieft, riss sich aber schließlich los, um zu mir ans Ende der Theke zu kommen.

»Was darf's denn sein?«, fragte sie.

Ich stolperte über meine eigenen Worte, wie immer, wenn ich mit Fremden rede, vor allem in der Öffentlichkeit. »Ich suche einen Teilzeitjob«, platzte ich heraus, »und wollte fragen, ob Sie jemand brauchen ...« Ich verstummte, denn Matthew Bellington setzte sich auf den Hocker neben mir.

Frances sagte: »Machst du Witze? Wir würden uns gegenseitig umrennen. Ich könnte wohl schon manchmal Hilfe brauchen, aber es ist kein Platz. Das hier kann nur einer alleine machen. Tut mir Leid.«

»In Ordnung.«

»Willst du 'ne Cola oder irgendwas?«

Ich schüttelte den Kopf und stand auf, um zu gehen, doch Matthew legte die Hand auf den Ärmel meiner Jacke und sagte: »Wart mal.«

Ich zuckte ungefähr einen halben Meter zurück und riss meinen Arm weg. Ihm fiel die Kinnlade runter und er wurde rot. Er nahm die Brille ab und fing an, sich zu entschuldigen, aber ich sagte, ich müsse heim. Er setzte die Brille wieder auf. Ich wandte mich halb ab, um zu gehen, konnte aber meine Beine nicht in Bewegung setzen. Vielleicht hatte es etwas mit dem Blick zu tun, mit dem er mich gerade angesehen hatte – als ob er sich ungeschickt benommen und aus Versehen eine wertvolle Kristallvase zerbrochen hätte.

In dem Augenblick mischte sich Frances wieder ein. »Hör mal, Schätzchen«, sagte sie. »Wenn ich's recht überlege, ich hätte nichts dagegen, samstags auszuschlafen. Komm doch nächsten Samstag rein, dann zeig ich dir, wo alles ist und was man tun muss. Wir können ja mal schauen, ob's klappt.«

Ich nickte. Dann setzte ich meine Beine in Gang und öffnete die Tür. Ich spürte, dass Matthew Bellington direkt hinter mir war. Statt mich durch die Tür zu drücken und sie zufallen zu lassen, egal, ob der Kerl hinter mir war oder nicht, hielt ich sie auf und wartete, bis er danach griff. Mit mir geht's wirklich bergab.

Er sagte: »Danke.«

Ich gab keine Antwort.

»Tut mir Leid, dass ich dich erschreckt hab.«

Ich kann Leute nicht leiden, die sich entschuldigen, und schnaubte verächtlich. Ich überquerte den Parkplatz, doch er hielt mit mir Schritt.

»Ich wollte dir nur sagen, dass mich ein Bekannter gefragt hat, ob ich jemand kenne, der einen Teilzeitjob sucht. Das ist alles. Ist ja wohl zu spät, was?«

»Was für Arbeit?« Ich blieb am Straßenrand stehen.

Er stellte sich vor mich hin. »Tippen.«

»I-i-in einem Büro?« Wäre vielleicht etwas lukrativer, überlegte ich, als samstags morgens im *Café Lo-bersch* an der Endhaltestelle.

»Nein, bei dir zu Hause. Allerdings glaub ich, dass du einen PC bräuchtest.«

»Ich hab einen.«

»Na dann ...«

Kurz und gut, irgend so ein alter Typ namens Grainger Cleary bucht jeden Sommer ein Zimmer in der Pension von Matts Mutter, produziert Billionen von handgeschriebenen Seiten und braucht jemand, der sie abtippt. Echt blöd, dass ich keinen Drucker hab.

Dieser Job ging mir den ganzen Weg zurück zu den Huddlestons nicht aus dem Kopf. Lesen, was ein anderer geschrieben hat. Ein Buch vielleicht. Er muss Schriftsteller sein. Einem Typ dabei zu helfen, ein richtiges Buch fertig zu stellen. Ich glaube, ich hab sogar schon von ihm gehört – Grainger Cleary.

Die Sonne schien mir fast genau in die Augen, als ich die letzte Anhöhe raufging, ehe ich heimkam. Ich meine, ehe ich bei dem Haus der Huddlestons war. Ich konnte Hud hämmern hören, er arbeitete an seinem Anbau. Ich schirmte die Augen gegen die Sonne ab und schon bald kam der würfelförmige Kasten in Sicht, oben auf dem Hügel. Huds neues Zimmer nimmt allmählich Gestalt an. Man kann schon sehen, wo die Fenster hinkommen. Ein Anbau fast ganz aus Fenstern, wie es scheint. Er ragte aus dem übrigen Bau raus, als ob gleich die

Segel gesetzt würden. Und Hud, der dort oben rittlings auf dem First saß, winkte. Er wird sich noch den Hals brechen, wenn er so weitermacht. Kommt sich wohl wie der Kapitän persönlich vor. Er muss gedacht haben, dass ich ihm zuwinke, so wie ich die Hand gegen die Sonne hochhielt. Oh Mann. Hab halt zurückgewinkt. Dabei hasse ich das.

Womit hab ich es nur verdient, von Josh zu seinem Leibwächter erkoren zu werden? Es wäre zu schön, mal fünf Minuten für mich zu haben, um mit meinem Computer zu kommunizieren, aber nein. Krach, bumm! Los, zermalme die Tür zu Sägemehl. Stark genug ist er anscheinend, man sollte annehmen, dass er sich gut durchsetzen kann.

Ich holte die letzten paar Abschnitte, die ich geschrieben hatte, auf den Bildschirm zurück, starrte sie eingehend an und beachtete ihn nicht, aber er trommelte erbarmungslos im Takt auf die Tür ein. »Hau ab, Josh«, brüllte ich. »Das mein ich ernst.«

»Du musst kommen. Nickie hat mich gehauen!«, zeterte er.

Nachdem ich ›Speichern‹ und ›Beenden‹ gedrückt hatte, schaltete ich das Ding aus. Ich rutschte mitsamt dem Stuhl zurück und schloss die Tür auf. »Wehe, das ist nichts Ernstes«, sagte ich und funkelte ihn aus voller Höhe an, aber er zuckte nicht zurück.

Schützend hatte er einen Arm über den anderen gelegt und blickte mit seinem tränenüberströmten, kugelrunden Gesicht zu mir hoch. »Nickie hat mir den Arm gebrochen«, schniefte er.

»Was sagst du mir das? Geh zu Ma.«

»Sie hört mir nicht zu. Ich brauch *dich*.« Hoffnungsvoll blinkten seine Augen SOS zu mir hoch.

Ich weiß ja selbst, wie das mit Ma immer ist. Sie liebt Josh abgöttisch und verhätschelt ihn hoffnungslos, aber es ist schwierig, ihre Aufmerksamkeit zu erlangen, wenn sie mal ihr Mundwerk in Bewegung gesetzt hat. Das ist wie bergab fahren ohne Bremsen.

»Also von mir aus.« Ich seufzte tief. Trottel des Jahres. »Lass mal sehen.« Josh zeigte mir seinen Unterarm. Er war aufgeschürft und voller Blutergüsse. Ich biss mir auf die Lippe und untersuchte den restlichen Unglücksarm. Der Fleck, den ich ihm zugefügt hatte, schien verschwunden zu sein. Er sah mich immer noch an, als ob ich mit Röntgenaugen und einem Superman-Cape ausgestattet sei.

»Warum hat Nickie das gemacht?«, fragte ich.

»Weil.«

»Warum weil?«

Josh betrachtete seinen zerschundenen Arm. »Weil ich gesagt hab, Ma ist meine echte Mami. Und Nickie hat gesagt, nein, ist sie nicht. Er hat gesagt, dass meine richtige Mutter bald kommt und mich holt. Er hat gesagt: ›Sie kriegt dich schon.‹ Da hab ich auf seinen Fuß gespuckt.« Er sah zu mir auf. »Das darf sie nicht.«

»Auf seinen Fuß gespuckt?«

»Auf den nackten Fuß. Einen großen Pflatscher.«

»Das ist ja eklig.«

»Aber du sollst machen, dass er das nicht sagt. Meine Mutter soll mich nicht holen.«

Ich zuckte mit den Schultern. »Ich kann sie nicht aufhalten. Ich kann doch nicht zaubern.«

»Aber er durfte mir doch nicht den Arm brechen, oder?«

»Auf keinen Fall. Er ist ein großmäuliger Rüpel und mit Rüpeln werd ich fertig.« Und siehe! Der Racheengel des Herrn!

Ich machte mich auf die Suche nach Nick, mit Josh im Schlepptau, der noch immer laut schniefte. Nick war nicht mehr in seinem Zimmer, wo Josh ihn zurückgelassen hatte, und er sah auch nicht fern mit Ma und der Nachbarin Mrs. Oaksi.

Wahrscheinlich hatte er seine Schuhe angezogen und war rausgegangen. Die Tage waren schon länger. Nach dem Abendessen war es noch hell.

Wir fanden ihn hinter der Scheune, wo er Bindfäden zu einer

langen Schnur zusammenknüpfte. »Hör mal, Freundchen«, sagte ich, »das nächste Mal, wenn du unbedingt jemand schikanieren willst, dann such dir einen, der so groß ist wie du.« Ich erschrak fast vom Klang meiner eigenen Stimme.

Nick stopfte die Schnur in die Tasche und lümmelte sich mit überkreuzten Armen gegen die Scheunenwand. »Ich hab nichts getan.«

Ich kann den Typ nicht ausstehen. Seine Haare sehen immer strähnig aus. Ma passt zwar auf, dass er jeden Tag duscht, aber vielleicht hat ihm noch keiner gesagt, dass da auch Haarewaschen dazugehört. Vielleicht riecht er deshalb auch so. Und ich kann es nicht leiden, wie sein Blick auf meinem Körper herumtastet, auf und ab, als ob er nach irgendwelchen offenen Schlitzen in meinen Klamotten sucht. Ich trat hinter Josh und legte ihm sogar die Hand auf die Schulter, als ob das was bringen würde.

»Doch, hast du«, meldete sich Josh. »Hast meinen Arm gebrochen mit einem großen Stock.«

»Du musstest doch nicht gleich zuschlagen.« Ich funkelte Nick an.

Es entstand eine lange Pause, in der seine Augen von mir zu Josh und wieder zu mir glitten. Er starrte meine Hand auf Joshs Schulter an. Dann stieß er sich von der Scheunenwand ab, drückte die Brust raus und versuchte, seinen mageren Körper größer wirken zu lassen. »Er ärgert mich. Alles lässt man ihm durchgehen, weil er Ma's kleines Schätzchen ist.«

»Kommt mir nicht so vor, als ob du Not leidest. Jede andere Familie hätte dich längst rausgeschmissen. Du bist ein Nichtsnutz.«

»Keine Sorge, ich hau hier ab, eher als ihr denkt. Meine Mutter sucht eine neue Wohnung. Wenn sie eine hat, zieh ich wieder zu ihr.«

»Ja, Pustekuchen«, bemerkte ich. »Das hab ich schon so oft gehört, das ist doch kalter Kaffee.«

»Was?«

»Ach, nichts.«

»Ich geh überhaupt nicht von hier weg«, sagte Josh. »Und keiner kann mich zwingen, weil ich unsichtbar bin.«

Verlierer, einer wie der andere.

»Ach nee, unsichtbar«, schnaubte Nick. »Komm her, Kleiner, und ich mach dich unsichtbar.«

»Lass ihn in Ruhe!« Ich stand jetzt vor Josh. »Rühr ihn nicht mehr an. Nie mehr.« Ich stotterte überhaupt nicht. Meine Stimme war scharf wie eine Rasierklinge. Nick stand da und lächelte. Er kann einen ansehen, mit einem Blick, der so wirkt, als wolle er es mit der ganzen Welt aufnehmen.

Sogar Josh schien es aufzufallen. Er stellte sich wieder vor mich und sagte: »Ätsch, jetzt hast du's.«

Nick ließ sein Hyänengelächter ertönen. »Glaubt ihr echt, dass ihr mich an irgendwas hindern könnt?«

Ich sagte: »Deine Mutter weiß doch nicht mal, dass es dich noch gibt. Und wenn, dann würde sie dich glatt noch mal im Stich lassen.«

Nick lachte wieder, ein trockenes, pfeifendes Lachen, das zwischen fast geschlossenen und krampfhaft verzogenen Lippen hervorkam. »Und was ist mit deiner?«, fragte er.

Ich war nicht sicher, ob ich ihn recht verstanden hatte. »Was hast du gesagt?«, fragte ich ihn und mein Herz schlug heftig.

Er wieherte wieder heraus und schien gar nicht mehr damit aufhören zu wollen. »Ich hab gesagt, ist dir noch nicht aufgefallen, dass Josh ein richtiger Pechvogel ist? Ständig tut er sich weh, er kann gar nichts dagegen machen.«

»Mütter holen Kinder wie dich nicht zurück«, sagte ich. »Sie hat längst eine schöne Wohnung ganz für sich oder lebt mit einem Typ zusammen und mit ihren anderen Kindern, mit netten Kindern, nicht wie du. Sie ist froh, dass sie dich los ist. Und sie hat Glück, dass sie dich los ist.«

Nicks Gesicht erstarrte. Er wandte die Augen von mir ab. Sein

Blick wirkte verschwommen, als sähe er etwas, was wir nicht sehen konnten, etwas, das sich direkt hinter uns oder neben uns befand. Ich sah, wie seine Wangenmuskeln ein paarmal hervortraten und sich wieder entspannten, während er die Zähne zusammenbiss. Er nahm die Schnur aus der Tasche und fummelte damit herum, machte Knoten hinein, schwieg und überlegte. Dann seufzte er auf, ließ die Schultern sinken und gab endlich seine arrogante Pose auf. Als er sprach, hörte er sich an wie jemand, der vorliest. »Ich weiß, dass es gemein war.«

Der Typ war unglaublich. Ich glaube, mir blieb der Mund offen stehen. »Was hast du da eben gesagt?«

Er sah mir fest ins schockierte Gesicht und sagte: »Tut mir Leid, dass ich es getan hab. Tut mir Leid, dass ich Josh wehgetan hab.« Seine blassgrünen Augen waren weit aufgerissen und glasklar und ein mechanisches Lächeln erschien auf seinem Gesicht, wie ein gemaltes Smily-Face. »Hey, Kumpel«, sagte er zu Josh, »das wollte ich nicht. Ich nehm's zurück, okay?«

»Okay«, schniefte Josh.

Nickie winkte uns mit der Schnur zu und wirbelte sie durch die Luft, während er davonging.

Ich bin mir nicht ganz sicher, aber das Ende der Schnur sah einer Schlinge ziemlich ähnlich. »Komm, wir gehen«, sagte ich zu Josh.

»Warte!« Er untersuchte seinen Arm und schluchzte wieder heftig.

»Na komm schon. Ist ja gut.«

»Ist immer noch gebrochen!«, jammerte er. Tränen flossen wieder und seine Nase sah furchtbar aus.

»Dann lass dir von Ma helfen.« Ich führte ihn zum Haus zurück, um ihn zu Ma zu bringen, die dank ihres endlosen Geplappers leicht zu finden war. Man musste nur immer dem Gehör nach gehen.

»... und ich hab noch nie im Leben so etwas gesehen, der Schnabel groß wie der von einem Truthahn, aber bestimmt doppelt so hässlich, und ich hab natürlich nicht vorgehabt, ihn umzufahren, aber das hab ich getan, die Stoßstange war verbogen, das muss an dem Dienstag gewesen sein, denn Hud war in die Stadt gefahren, mit dem Lieferwagen, das war, als wir den Pontiac hatten, von dem der Typ weiter unten an der Straße gesagt hat, er würde höchstens einen Monat laufen, dabei ist er gelaufen bis zu dem Tag ...«

»Ma!«, unterbrach ich ihren abendlichen Monolog. Mrs. Oaksi saß in dem Drehstuhl, der bei den Huddlestons im Wohnzimmer steht, und das ermöglichte es ihr, im einen Moment zustimmend in Ma's Richtung zu nicken und im nächsten über die Komödie im Fernsehen zu kichern. Es heißt, dass Mrs. Oaksi kaum Englisch spricht. Ma tut anscheinend ihr Möglichstes, um es ihr beizubringen, laut und unaufhörlich.

Ich hatte doch tatsächlich Ma's Aufmerksamkeit erregt. »Schau dir Joshs Arm an. Jemand hat ihn mit einem Stock geschlagen«, erzählte ich ihr, ohne Nick direkt zu verpetzen. Etwas gegen jemand in der Hand zu haben ist wie ein Guthaben auf dem Konto. Man spart es auf, bis man es brauchen kann.

Josh zuckte zusammen, als Ma ihn nah zu sich zog, um die Verletzung zu untersuchen. Mrs. Oaksi sah auch zu, brummte etwas vor sich hin und schüttelte den Kopf.

»Und wenn man noch Spuren von einem alten blauen Fleck sieht«, fügte ich kleinlaut hinzu, »das war ich.« Na also, reingewaschen.

Ma sah mich mit hochgezogenen Augenbrauen an, sagte aber kein Wort. »Kannst du ihn beugen?«, fragte sie Josh und deutete auf den Arm.

Josh beugte und streckte ihn bereitwillig.

»Also, ich glaube, du wirst's überleben, und irgendwann wirst du auch lernen, dich von so Schlägertypen fern zu halten, und nicht mehr in die Lage geraten, dass sie dich verhauen, denn so ist es nun mal im Leben, und du musst es auf die schmerzliche Art lernen, nicht wie die meisten Kinder, die wir hier hatten, die wussten, wann man den Mund halten und sich von solchem Gesindel fern halten muss, wie die ungewaschenen Kinder, die dort unten beim Bahndamm wohnen, aber irgendwann wirst du es auch kapieren, wer von denen hat dich denn verhauen?«

»Nickie.«

»Nickie! Ach so. Ach herrje! Aber eigentlich hätte ich es mir denken können, dass es Nick war, ich hab es das ganze letzte Jahr über irgendwie kommen sehen, obwohl er sich so bemüht, brav zu sein, einfach mir zuliebe, denk ich manchmal, aber es ist, als ob er in eine Einbahnstraße hineingeboren ist, und zwar falschrum, mit dem Hintern nach vorn, aber ich werd schon mit ihm reden, keine Angst, und du musst eben lernen, auch hinten im Kopf Augen zu haben, denn wenn du das nicht hinkriegst, dann passiert es eines Tages ...«

Ich musste sie einfach unterbrechen. »Ma! Er ist doch noch klein. Wie soll er sich das alles merken? Und es reicht doch nicht, nur mit Nick zu reden, um das Problem zu lösen.«

Ma dachte über meine Worte nach. Sie legte Josh mitfühlend die Hand auf den Kopf und erhob sich von ihrem Stuhl. »Ich hol ihm ein Pflaster«, schrie sie Mrs. Oaksi an und deutete auf Joshs zerschundenen Arm. Mrs. Oaksi nickte verständnisvoll.

»Will mein Joshy ein Pflaster?«, säuselte Ma liebevoll.

»Ja«, schluchzte er mit zitternder Unterlippe.

»Als ob das was helfen würde«, murmelte ich und flüchtete mich in die relative Stille meiner Kammer, wo jetzt wieder der Computer brummt.

Mir war so, als ob es hier nach Nick roch. Es fehlt allerdings nichts. Vielleicht geht meine Phantasie auch mit mir durch – oder mein Geruchssinn ist so hoch entwickelt wie der eines Hundes. Ein beunruhigender Gedanke. Anflüge von Edith-Anne.

# 5

Morgen geh ich ins *Lo-bersch* und arbeite ganz selbständig, ohne dass Frances mir sagt, was ich tun soll. Ich weiß, was zu tun ist. Sie hat die vergangenen beiden Samstage damit zugebracht, mir die Weihen zu geben, wie sie es nennt. Man muss nicht gerade ein Genie sein, um alles zu kapieren.

Damals, als Frances mir gesagt hatte, dass ich bei ihr arbeiten könne, hab ich Ruth angerufen, um ihr davon zu erzählen.

»Herzlichen Glückwunsch«, sagte sie, »das ist ja sagenhaft!«

»Es ist nicht der Nobelpreis, nur ein Nebenjob.«

»Aber ich bin stolz auf dich.«

»Du lieber Himmel.«

»Eine gute Erfahrung.«

»Weißt du was, ich kann im Sommer vielleicht noch einen Job kriegen.« Ich erzählte ihr von dem Mann, der jemand zum Tippen sucht. »Ich überleg mir, ob ich mir vielleicht einen Drucker kaufe, wenn ich günstig einen kriegen kann. Wahrscheinlich kann ich im *Lo-bersch* bis zum Sommer genug für einen verdienen. Das wär so 'ne Art Anlage. Ich will ja mein ganzes verdientes Geld für den Norden aufsparen. Aber wenn ich einen Drucker hab, dann kann ich vielleicht noch mehr verdienen. Es wäre also nicht rausgeworfen, wenn ich es für einen Drucker ausgebe. Verstehst du?«

»Natürlich.« Sie fuhr fort: »Oder du sparst es für deine Ausbildung, das wäre auch eine Investition – in die Zukunft. In den Norden kannst du auch noch, wenn du was geworden bist – Lehrerin vielleicht oder ...«

»Ruth, wach auf. Ich hau ab, das weißt du doch. Ich hab nicht vor, etwas zu werden.«

Sie hörte überhaupt nicht zu. »… oder Sozialarbeiterin oder sogar …«

»Müllmann.« Am anderen Ende entstand eine Pause. »Tschüss, Ruth«, sagte ich. »Ruf an, wenn du wieder auf unserem Planeten gelandet bist.« Ich legte auf.

Dann fiel mir ein, dass ich Ma erzählen musste, wo ich Samstagmorgen sein würde. Nicht, dass es ihr sonderlich auffällt, ob ich auf der Farm bin oder nicht.

Ma war in ihrer Hauptgeschäftsstelle, wie sie es nennt. In der Küche. Nick war da und wartete auf die nächste Mahlzeit. Josh suchte nach seinem Katalog.

»Ich hab samstags einen Job«, sagte ich schnell, ehe sie den Mund öffnen und losreden konnte. Ma war damit beschäftigt, den letzten Schlag Zuckerguss auf einen Schokoladenkuchen zu streichen.

»Wie schön, Liebes, na klar, als ich in deinem Alter war, da hatte ich zwei Jobs, einen tagsüber und den anderen abends, ich war vielleicht müde, hab mir die Füße abgelaufen. Was machst du?« Sie wollte die Schüssel gerade mit heißem Wasser ausspülen, doch sie entschied sich anders und reichte sie Nick, zusammen mit einem Löffel. Er riss sie an sich, als ob jemand anders sie ihm wegnehmen wollte, und ließ seinen Blick zu Josh gleiten. Der hatte seinen Katalog gefunden und war in die Seiten mit Traktoren vertieft.

»Ich helfe aus hinter der Theke im ...«

»Genau was ich dir geraten hab, tja, ich erinnere mich, dass ich selbst auch in Katies Kuschel-Dingsbums gearbeitet hab, war schon ein Stück älter als du damals, es war noch bevor ich Hud geheiratet hab, knapp ein Jahr vorher. Ich schwör dir, als er damals reingekommen ist und mich gesehen hat, da sagt er zu mir – Nimmst du wohl die Füße vom Tisch, junger Mann, wo bist du bloß geboren worden, in einem Stall oder wo?« Sie schlug mit dem Geschirrtuch nach Nick, der mit seinem Stuhl schaukelte, einen Fuß gegen die Tischkante gestützt, und die Schüssel ausschleckte. Er ließ den Stuhl runterknallen und kniff die Augen drohend zusammen.

Ma schüttelte den Kopf und auf einmal schaute er ganz lieb und unschuldig drein. »Geh doch mal raus und hol Hud rein, bevor sein Abendessen völlig eintrocknet«, sagte Ma.

»He«, heulte Josh los, der plötzlich die Schüssel zum Auslecken entdeckt hatte. »Warum darf ich nicht ...«

»Das nächste Mal«, sagte Ma. »Du hast letztes Mal dürfen, und was dem einen recht ist, ist dem anderen billig, und nun wascht euch schnell die Hände, ihr beiden, mit solchen Händen setzt ihr euch nicht an den Tisch, ah, du bist ja schon da!« Sie hatte Hud bemerkt.

»Jau«, erwiderte er.

Das war vor zwei Wochen. Inzwischen bin ich Expertin im Kaffee und Tee kochen, Hamburger grillen und Sandwiches belegen. Doughnuts und Muffins bekommt Frances von einer Bäckerei geliefert, aber den Fleischteig für die Hamburger macht sie selbst, genauso, wie sie die verschiedenen Sandwiches selbst belegt. Gewöhnlich hat sie noch selbstgemachte Suppe – alle drei Tage eine andere – und ein paar Spezialgerichte auf der Karte, Rindereintopf, der ein bisschen zäh ist, Hühnchenauflauf, der ganz lecker schmeckt, oder Chili con Carne, das schmeckt so-la-la. Ich empfehle die Sandwiches.

Die Stammgäste des Cafés führten sich auf, als ob ich zwei Köpfe hätte, als ich das erste Mal kam, um bei Frances zu arbeiten. Ich bemerkte, wie sie mich über den Rand ihrer Kaffeetassen abschätzend ansahen. Ich kam mir vor wie auf einer Bühne, ohne zu wissen, was für ein Stück gerade gespielt wurde. Sie hatten ihr übliches Palaver und das Hin und Her über die Wetteraussichten unterbrochen. Frances serviert den Kaffee immer in Bechern mit Untertassen. Jedes Mal, wenn ich einen hochhob, zitterte meine Hand so sehr, dass man das Klirren der Tasse im ganzen Raum hören konnte. Mit der Kasse kam ich ohne Probleme zurecht und ich kann Rechnungen zusammenzählen und Wechselgeld rausgeben wie ein menschlicher Taschenrechner.

An meinem zweiten Samstag bei Frances kam Hud rein. Er saß auf einem der Hocker und sah genau wie die anderen alten Knacker aus, nur jünger. Er nahm die Kappe ab und setzte sich drauf, weil er keinen besseren Platz dafür fand. Um die Stirn hatte er eine Druckstelle von der Mütze und seine Haare standen in alle Richtungen, aber solche Sachen kümmern Hud überhaupt nicht. Selbst im Spiegel würde es ihm nicht weiter auffallen.

»Soll wohl regnen«, sagte er, ohne jemand speziell anzusehen.

»Können's brauchen«, erwiderte der mit den Ohrenklappen. Es war schon fast Ende April, aber keiner hatte es für nötig gehalten, ihm zu sagen, dass keine Gefahr mehr bestand, sich die Ohren abzufrieren.

Ich trug klirrend einen Kaffee zu Dickmadam rüber und versuchte Hud zu fragen, was er wollte. Zuerst streikte meine Stimme total. Dann kam ein lautes Krächzen heraus und ich fing zu stottern an. »Coke«, sagte er, und ehe ich es fertig brachte, ihn zu fragen, ob er eine große oder eine kleine Cola wollte, fügte er hinzu: »Klein.« Umso besser. Er strahlte mich mit seinem typischen Lächeln an. Beruhigend. Es ist eigentlich gar kein richtiges Lächeln. Sein Gesicht leuchtet einfach auf. Und sein Blick lässt dich glauben, dass er dich gut leiden kann.

Was für ein Schmalz! Ich lösch das wahrscheinlich wieder, wenn ich es noch mal durchlese.

Dann tippte ich die Bestellung in die Kasse und hörte, wie Frances sagte: »Hat echt was drauf, die junge Dame.« Ich spürte, wie ich rot wurde, und versuchte so zu tun, als sei ich taub.

»Wirklich, das Mädel ist in Ordnung«, sagte Hud. Was immer er damit meinte.

»Goldrichtig«, sagte jemand anders.

»Hat das Herz am rechten Fleck.« Ich glaube, das war Dickmadam.

Dann kam ein Fremder rein, Gott sei Dank, sonst wären sie in derselben Rille hängen geblieben, bis jemand den Stecker gezogen hätte. Der Fremde fragte nach dem Weg irgendwo hin und bekam ungefähr vier verschiedene Auskünfte. Er sah mich an, als ob ich zur Einrichtung gehörte, und bestellte Kaffee. Ich holte ihm einen. Er fragte, was für Sandwiches wir hätten, und ich sagte: »Eiersalat, Thunfisch mit oder ohne Salat, und Schinken – auf Roggenbrötchen oder normal.«

»Thunfisch, ohne Salat«, entschied er.

»Kann sein, dass es Regen gibt«, bemerkte Frances.

»Sie sagen's«, brummte Hud.

Und erst als Hud gegangen war, fiel mir auf, dass ich nicht mehr krächzte oder stotterte oder mit den Tassen klapperte.

Heute saß Matthew Bellington im Bus wieder neben mir. Er tut das nicht immer, und wenn nicht, dann setzt sich auch kein anderer zu mir. Ich war mir sicher, dass ich ihn als Typ durchschaut hatte, aber ständig ändere ich meine Meinung. Die Bezeichnung ›Snob‹ reicht doch nicht aus.

Außer mir fahren nur vier andere Mädchen mit dem Bus. Sie treten anscheinend immer paarweise auf, so ungefähr wie Pfeffer und Salz oder Essig und Öl. Ihre Meinung von mir ist unterschiedlich: hochnäsig, dämlich, eine Außerirdische, eine Langweilerin. Außerdem scheinen sie zu glauben, dass ich taub bin.

Und ihre Meinung von Matt: hochnäsig, dämlich, ein Außerirdischer, gut aussehend. Ebenfalls taub.

Meistens schau ich aus dem Fenster und stell mir vor, dass ich allein in der schneebedeckten Tundra stehe. Wenn er sich neben mich setzt, sagt er jedes Mal: »Hi, wie geht's?«

Ich antworte ihm immer oder versuch es wenigstens. Aber ich muss mich mindestens dreimal räuspern, ehe ein Ton aus meiner Kehle kommt. Das klingt dann so: »Krächz-krächz-krächz-okay.« Wahrscheinlich ist er überzeugt, dass ich demnächst an einer Erkrankung der Atemwege eingehe. Wie dem auch sei, heute, nach der Einleitung, fragte er mich: »Bist du noch an dem Tipp-Job interessiert?«

Ich riss mich von der Tundra los. »Klar«, flüsterte ich, nachdem ich mir die Lunge wund geräuspert hatte.

Er erzählte mir, dass Grainger Cleary, der Typ, der die Schreibkraft braucht, dieses Jahr früher als gewöhnlich eintrifft. »Er kommt an dem langen Wochenende vom vierundzwanzigsten Mai und bleibt bis irgendwann im August. Zahlt Unterkunft und Verpflegung, das sind gute Aussichten für meine Mutter und mich.«

Ich nickte.

»Jetzt brauch ich nur noch einen Job.«

Ich sah ihn verwundert an und wollte ihn fragen, warum er nicht den Tipp-Job angenommen hatte. »W-w-wa-?« Gott sei Dank unterbrach er mich.

»Ich hab mich für nächsten Herbst um ein Uni-Stipendium beworben, aber es ist nicht sicher, ob ich eins kriege. Und selbst wenn, dann reicht das Geld nicht aus.«

»W-w-wa-?«

»Hab's bei ein paar Stellen versucht, bei Bauunternehmern vor allem. Ich will was Nützliches machen. Aber die suchen Leute mit Erfahrung.« Er drehte sich mit dem Rücken zur Armlehne und zog einen Fuß auf den Sitz hoch, so als ob er mich ansehen wollte, während er mit mir sprach. Dann nahm er die Brille ab und ließ sie über seinem Knie baumeln. Es schien so, als wären wir einfach zwei Leute im Bus, die sich unterhielten. Also, wir waren ja auch zwei Leute im Bus, aber ...

Ich kann das nicht so recht erklären. Ich hatte das Gefühl, als ob die Person draußen in der Tundra – ich selbst – die zwei Leute im Bus beobachtete. Als ob ich in einem mittelmäßigen Film säße. Es interessierte mich irgendwie und ich vergaß dabei ganz, mich über alles lustig zu machen. »Warum nimmst *du* denn nicht den Tipp-Job?«

»Also, erstens hab ich keinen Computer. Nicht mal 'ne Schreibmaschine. Und zweitens möchte ich lernen, wie man Sachen macht. Verstehst du, ein Dach schindeln, eine Tür einhängen, eine Treppe bauen. Ich möchte nicht in die Geschichte eingehen als ein Typ mit Uni-Abschluss, aber ohne handwerkliche Fertigkeiten.«

»In die Geschichte eingehen?« Auch ich hatte mich jetzt im Sitz umgedreht und die Knie unters Kinn hochgezogen und sah mir den Jungen an, der womöglich in die Geschichte eingehen würde. Ich lehnte den Kopf an die Fensterscheibe. Was für eine Vorstellung! Geschichte, das sind für mich immer Zeitabschnitte oder Epochen gewesen, etwas, das mit Regentschaften oder Kriegen oder politischen Bewegungen zu tun hatte. Aber das, was er da so sagte, ließ mich an ganz gewöhnliche Menschen denken, die irgendwie zusammenhingen, bis tief in die Vergangenheit. Oder vielleicht sogar in die Zukunft. Obwohl er kein gewöhnlicher Mensch ist. Wahrscheinlich taucht er tatsächlich in einem zukünftigen Geschichtsbuch auf. Drüben im *Lo-bersch* sagen sie, dass seine Familie mal ziemlich reich war und dass er auf einer Privatschule war und so und dass er so eine Art Genie ist. Sein Vater ist gestorben, als er noch klein war, und seine Mutter ist nie darüber hinweggekommen. Eine Zeit lang war sie übergeschnappt und hat fast das ganze Vermögen ausgegeben. Man könnte einen Film darüber drehen. Gibt's wahrscheinlich schon.

Mir fällt wieder ein, wie sie drüben im Café davon erzählt haben. Dickmadam hat damit angefangen: »Letzten Herbst hat sie mich gefragt, ob ich jemand wüsste, der zum Putzen kommen kann.«

»Wer?«, fragte der mit den Ohrenklappen.

»Mrs. Bellington.«

»Du lieber Himmel!« Er sah die Umsitzenden an. Sie schüttelten den Kopf. »Da würde man wohl nicht viel bezahlt kriegen.«

»Wieso?«, wollte Dickmadams noch dickere Freundin wissen. Sie gehörte wohl nicht so richtig zu der Klatschrunde.

»Pleite.«

»Bankrott?«

»Na ja, vielleicht nicht direkt bankrott, aber ich sag Ihnen – kennen Sie den Spruch ›Blut aus einem Stein pressen‹?«

»Was meinen Sie?«

»Es geht nicht.«

»Lady B.!«, meinte Dickmadam naserümpfend. »Ich hab mal gehört, dass Rechtsanwalt Crestwick eine silberne Teekanne von ihr wollte, als Honorar sozusagen. Unsere Lady Bellington erwiderte, er könne sie an den Hinterkopf geworfen kriegen, sonst gar nichts. Kann sein, dass sie das Familienvermögen auf den Kopf gehauen hat, aber ich wette, dass sie von jedem Gegenstand in jedem einzelnen Zimmer weiß, wo er sich befindet und was er wert ist, bis hin zum kleinsten goldenen Fingerhut. Sie ist gerissen, wenn es sein muss, das ist sie.«

Einer der anderen stimmte ein: »Aber meinen Sie nicht, dass sie ihre Sachen verhökert, bei der Ausbildung für den Sohn und seinem Unterhalt und so weiter? Sie müssen doch von was leben.« Jeder nippte an seinem Getränk und beschäftigte sich mit dieser Frage.

Im *Lo-bersch* ist jeder in die Gespräche mit einbezogen. Weiter unten an der Theke sagte jemand: »Es ist das Ende einer Ära, sag ich euch, das Ende einer Ära. Es gab eine Zeit, da haben die Bellingtons und zwei oder drei andere Familien im Tal hier sich wie die Großgrundbesitzer der Gegend aufgeführt. Sind vor Jahr und Tag mit Holzhandel reich geworden, oben am Fluss. Aber wie gewonnen, so zerronnen.«

»Wenn der Mann heute noch leben würde«, sagte Frances, »dann würden sie wieder auf die Beine kommen. Er war ein kluger Kopf. Aber wenn sich der alte John Crestwick um ihre Angelegenheiten kümmert, was können sie da schon erwarten? Er ist sein Leben lang ein seniler Gockel gewesen, aber jetzt, wo er tatsächlich altersschwach ist, da ist es noch viel schlimmer.«

Matt saß neben mir im Schulbus und quasselte vor sich hin, während ich über die Art nachdachte, wie sich hier jeder in die Angelegenheiten der anderen einmischt. Obwohl sie über das halbe Land verstreut sind, hängen sie doch irgendwie alle zusammen – wie die Kurzgeschichten in dem Buch, mit dem ich gerade fertig bin. Ich saß da und sah zu, wie Matt redete, mit einem eifrigen Blick in den Augen. Er sagte, das mit dem Eingehen in die Geschichte sei nur so eine Redensart, und laberte weiter von der Universität und einem Ferienjob und davon, bauen zu lernen, aber ich hörte ihm kaum zu, denn mir fiel nur die ganze Zeit auf, dass sein Gesicht so etwas wie Energie ausstrahlte. Unternehmungslustige Freude.

Sag mir, dass nicht ich es bin, die das hier geschrieben hat. Wörter wie ›Freude‹ benutze ich nicht. Mit dieser Maschine stimmt wohl was nicht.

Er fragte: »Und was willst du machen nach der Highschool?«

»Wie bitte?«

»Wie sehen deine Zukunftspläne aus?«

»Ähm …« Ich wandte den Kopf ab und sah aus dem Fenster. Der Bus bremste und ich merkte, dass wir bei meiner Haltestelle angekommen waren. Er hatte seine verpasst. Er war tatsächlich sitzen geblieben und hatte mit mir geredet und war nicht bei seiner Haltestelle ausgestiegen. Mit mir geredet!

Er schaute auch hinaus, setzte die Brille auf und sagte: »Huch!«

Dann meinte er, dass er wohl auch besser aussteigen und zurückgehen würde. Wir nahmen unsere Sachen an uns. Es waren nicht mehr viele Schüler im Bus, nicht genug jedenfalls, um blöde Bemerkungen zu machen. Nick stieg natürlich mit uns aus und sah mich mit einem anzüglichen Grinsen an.

Wie immer um diese Tageszeit hämmerte Hud an seinem Anbau herum. »Bis dann«, sagte ich zu Matt, aber er beachtete mich nicht. Er lief die Einfahrt entlang auf Hud zu, der mit Hämmern aufhörte, von der Trittleiter stieg und nach etwas suchte. Er bemerkte Matt und grüßte ihn. Es folgten ein paar Bemerkungen zum Wetter. »Herrlicher Tag.«

»Etwas kühl noch.«

»Der Mai soll mild werden. Lass mal dein Adlerauge schweifen und such mein Metermaß.« Matt entdeckte es und gab es ihm. »Ah. Kannst du es mal an einem Ende festhalten? Genau so, Junge.«

Matt wollte von Hud etwas Kompliziertes über die Trägerbalken wissen. Ich ging aufs Haus zu.

»Alles, was ich weiß, hab ich gelernt, als ich bei Vern Dowdle ausgeholfen hab. Und Vern hat es von Old Vern, seinem Vater, gelernt. War damals ein richtiger Baumeister, Old Vern. Also, pass auf, hier ...«

Ich ging rein und schloss die Tür hinter mir.

Ich hab den Tipp-Job. Das hat sich heute so ergeben, an meinem ersten Samstag allein. Richtig früh bin ich zum *Lo-bersch* gegangen und hab aufgeschlossen mit dem Schlüssel, den mir Frances gegeben hat. Dann hab ich die Vorbereitungen erledigt, Licht angemacht, die Kaffeemaschine angeworfen, Sandwiches zubereitet und so weiter. Alles. Keiner kam. Ich hab die Vorräte überprüft, eine Liste angefangen, den Kühlschrank eingeräumt, und es kam immer noch keiner. Wer war ich? Pech-Marie? Bestimmt konnte mich keiner leiden. Ständig sah ich auf die Uhr. Sie konnten mich auf den Tod nicht ausstehen.

Eine Frau fuhr auf den Parkplatz, kam rein, um aufs Klo zu gehen, und verschwand wieder. Sie hätte wenigstens einen Kaugummi kaufen können. Noch ein Auto fuhr heran, drehte um und fuhr in die andere Richtung davon. Ich schaute in den Spiegel. Frankensteins Braut. Ich dachte daran, mir selbst einen Kaffee zu kaufen, damit Frances nicht glaubte, ich sei ein totaler Reinfall, aber ich hatte kein Geld bei mir.

Um halb elf ging es dann los. Der mit den Ohrenklappen kam rein. Dann, gegen elf, Dickmadam und kurze Zeit später die noch dickere Freundin. Ein paar weitere Leute, die ich kenne, kamen und gingen. Auch ein paar Fremde. Allmählich wurde es doch noch ein ganz normaler Tag. Ich war viel zu beschäftigt, um mit den Tassen zu klappern oder zu stottern. Wenn ich mal loslege, kann ich ziemlich tüchtig sein.

Es hat sich rausgestellt, dass der mit den Ohrenklappen ein ehemaliger Zimmermann ist. Old Vern Dowdle genannt, der, den Hud erwähnt hat. Old Vern hat mir erzählt, dass er es sich nach dem Tod seiner Frau im letzten Herbst angewöhnt hat, auf einen Kaffee reinzukommen und ab und zu auch auf eine Mahlzeit. Der junge Vern, sein Sohn, ist vor zwei Jahren nach Kingston gezogen, Old Vern hat niemand aus der Familie hier in der Nähe. »Es gibt nichts Einsameres als ein gekochtes Ei zum Abendessen«, sagte er zu mir, nachdem er mir seine Geschichte erzählt hatte. »Außer einer halben Dose Suppe vielleicht.« Und dann fuhr er fort: »Ich komm fast jeden Tag rein, denn wenn ich es nicht tu, dann ruft mich Frances an, um sicher zu sein, dass ich nicht im Schlaf gestorben bin. Ich will nicht, dass sie sich Sorgen macht. Ach ja, es ist eine schreckliche Verantwortung für andere, wenn man alt ist, weißt du.«

Dickmadam hat auch einen Namen. Ruby McKericher. Die andere Lady ist ihre Schwester, Pearl Hurlehey. Sie treffen sich zu konspirativen Zwecken im *Lo-bersch*, alle paar Tage zu einer bestimmten Zeit, weil sich ihre Ehemänner nicht ausstehen können und die totale Familienfehde angedroht haben, falls eines der Familienmitglieder versuchen sollte, die Beziehung wieder zu flicken. Pearl Hurlehey hat kein Telefon und lebt weit außerhalb von Ambrose irgendwo tief in der Wildnis. Mann, was man so alles mitkriegt! Ich gebe ja nur ungern zu, dass ich mich für all den Quatsch auch noch interessiere.

Ich hab das Gefühl, dass ich zu einem Schwamm werde, der das Leben der anderen aufsaugt. Früher habe ich mir nicht mal vorgestellt, dass andere ein Leben *haben*. Bis zum heutigen Tag hatten sie nicht mal Namen. Old Vern, der sich Sorgen macht um Frances, weil sie sich um ihn Sorgen macht, und die zwei Schwestern, Ruby und Pearl, die Kopf und Kragen riskieren, nur damit sie sich gegenseitig über ihre Töchter beraten und Kindheitserinnerungen austauschen und sich erzählen können, wo es Sonderangebote gibt. Es ist fast, als ob sie alle irgendwie zusammenhängen. Sie erinnern mich an das Innere meines Computers.

Und dann das mit dem Tipp-Job. Einer der Fremden, die hereinkamen, war ein grauhaariger, vornehm wirkender Typ. Sehr höflich. Sprach ganz dialektfrei, wie ein Sprecher aus dem Radio. Er ließ sich an einem der Tische in der Nähe des Fensters nieder, und als ich rüberging, um seine Bestellung aufzunehmen, stellte er sich als Grainger Cleary vor. Er sei in der Gegend, um einige Forschungen anzustellen, sagte er. Hatte Mrs. Bellington besucht, um die Unterbringung für seinen Sommeraufenthalt zu besprechen. »Matthew hat gesagt, dass du für mich tippen kannst«, fuhr er fort, »und dass ich dich hier finden könnte, wenn ich die Arbeit mit dir besprechen wolle. Er hat dich wärmstens empfohlen.«

»Krächz«, antwortete ich. Du lieber Himmel.

»Leider kann ich es mir nicht leisten, eine Menge zu zahlen.« Er sagte, wie viel, aber ich war so damit beschäftigt, meine Stimmbänder zum Funktionieren zu bringen, dass ich vergaß, darauf zu achten, wie viel es war.

»Wärst du damit einverstanden?«, wollte er wissen.

Ich nickte. Dünne Drähte in meinem Hals drückten mir den Kehlkopf ab. Sicher würden mir gleich Blutstropfen aus den Mundwinkeln rinnen. Er bestellte Kaffee und ich hielt Becher und Untertasse mit beiden Händen fest, als ich ihm das dampfende Gebräu brachte.

Eine abgewetzte alte Aktentasche stand neben ihm auf dem Boden. »Wenn du willst«, sagte er, »kannst du mit dem hier schon anfangen.« Er zog etwa hundert Seiten heraus, handgeschrieben auf liniertem gelbem Papier. »Was meinst du, kannst du das lesen?«

Ich sah es genau an und war mir nicht mal sicher, ob es Englisch war. Seite um Seite voller altägyptischer Hieroglyphen. Allmählich konnte ich ein, zwei Wörter entziffern. Und. Der. Ländliche Gemeinden. Existenz von. Geistern? Ich sah ihn an, dann schaute ich wieder auf das Geschriebene. Dingsbums, Dingsbums, »der Glaube an die Existenz von Geistern ist gemeinhin verbreiteter unter Menschen mit englischen, schottischen oder irischen Vorfahren, die ihr –« Dingsbums, Dingsbums.

»Geister?«, flüsterte ich und klang, ohne es zu wollen, wie von eben solchen verfolgt.

»Ja«, bestätigte er. »Ein Teil der Studien, die ich mache. Vielleicht findest du es sogar ganz interessant. Es ist erstaunlich, wie viele Menschen Gespenstergeschichten erzählen können. Vor allem hier in der Gegend.«

»Sie schreiben ein Buch über Geister?« Meine Stimme tat wieder.

»Sieht wohl so aus.«

»Kein Mensch glaubt an Geister.« Ich sah ihn an.

Er rührte Zucker in seinen Kaffee und legte den Löffel sorgfältig auf den Rand der Untertasse. »Das hängt wohl etwas davon ab, was du unter Geistern verstehst. Wenn du Hollywood und die Comic-Version von Geistern außer Acht lässt, kannst du bestimmt feststellen, dass Erinnerungen, Ängste, Wunschvorstellungen, starke Leidenschaften, alle derartigen Dinge mit geisterähnlichen Erscheinungen in Verbindung gebracht werden können.« Er nahm einen Schluck Kaffee. Dann lächelte er mich an, wie um das wegzuwischen, was er gerade gesagt hatte. »Keine Sorge. Ich will ja nur, dass du es tippst, nicht, dass du es glaubst oder verstehst.«

Er ließ mir den dicken Stapel handgeschriebener Seiten in einem gelben Umschlag da. Ich sagte ihm, dass ich noch keinen Drucker hätte, dass ich aber vorhätte, einen zu kaufen, sobald ich es mir leisten könne. Wir tauschten die Telefonnummern aus, er zahlte seinen Kaffee, nahm seine Aktentasche und öffnete die Tür, um zu gehen. Es war einer dieser windigen Frühlingsnachmittage, an denen die Wolken über den Himmel fegen, als ob die Welt neu geordnet werden soll. In der Sonne, die auf den Asphalt des Parkplatzes knallte, roch es nach Zukunft und Vergangenheit. Wahrscheinlich werde ich diese Feststellung bereuen. Wenn ich es später wieder lese, werde ich an meinem Verstand zweifeln. Aber jetzt eben weiß ich, was ich damit sagen will. Der Geruch nach heißem Asphalt erinnert mich an Sommer, an vergangene Sommer. Ich kenne den Geruch. Aber der hier war irgendwie anders. Er schien auf etwas Zukünftiges hinzuweisen, und seltsam – es kommt mir so vor, als ob ich das alles schon mal erlebt habe. Die Geschichte mit den Geistern wird mir unheimlich. Ich stelle den Computer ab.

Halt. Noch eine Sache. Grainger Cleary stand ein paar Sekunden in der Tür. Den Schwestern Ruby McKericher und Pearl Hurlehey war der Gesprächsstoff ausgegangen, kaum dass Cleary das Lokal betreten hatte. Old Vern Dowdle war verfrüht heimgegangen und hatte so die Nachmittagsvorstellung versäumt. Wie dem auch sei, er stand im Eingang, als ob er über etwas nachdachte. »Wenn du mit dem Drucker warten willst«, sagte er, »ich kann wohl einen recht guten mitbringen, den du leihen kannst, wenn ich an dem langen Wochenende am Victoriatag wiederkomme.« Ich war einverstanden und sah meine kleine Vision, wie ich durch die weite, weiße Tundra streife, etwas näher rücken.

»Geister – das ist doch nichts Neues«, bemerkte Ruby zu Pearl, nachdem er gegangen war. »Erinnerst du dich noch an Grandma Cooch?«

»Nur vom Hörensagen.«

Ruby sah mich an. »Man konnte nur ihren Rock sehen, aber es war Grandma Cooch, ganz ohne Zweifel, die auf der Leiter vom Dachboden herunterkam, eine Sprosse, dann noch eine und noch eine. Meine Güte. Ich kriege noch heute eine Gänsehaut, wenn ich nur daran denke.«

Es ist sehr spät. Ich bin froh, dass ich Hud schnarchen hören kann. Womöglich würde ich sonst meine Nachttischlampe brennen lassen.

# 6

»Gloria, Victoria, am vierundzwanzigsten Mai, da haben wir alle frei – an diesem schönen Ort, sonst laufen wir alle fort.« Ma hatte wohl das Gefühl, sie müsse uns mit diesem kleinen Reim beim Frühstück etwas aufheitern. Ich hörte ihn zum ersten Mal im Leben, wenn auch nicht, wie sich bald herausstellen sollte, zum letzten Mal. »Noch mal«, bat Josh. Also wiederholte sie ihn. Dann wurde er von Hud, der draußen seine Saatkartoffeln begutachtete, runtergerasselt, als habe er ihn gerade erfunden, und ein Typ im Radio, der was von Königin Victoria erzählte, machte sogar eine Art Rap daraus.

Wo, das frage ich mich, wo hört die Vergangenheit auf und wo fängt die Zukunft an? Königin Victoria! Ich will in die Zukunft gelangen, dabei werde ich ständig von der Vergangenheit abgelenkt und bleibe in der Gegenwart stecken. Stecken bleiben ist das richtige Wort.

Was für ein Feiertag. Aufstehen beim ersten Hahnenschrei. Raus aufs Land, um zu ackern und zu rackern. Einpflanzen. Elende Sklavenarbeit, was sie da vorhaben. Bis zu diesem Tag hab ich noch nie was gepflanzt. Man nimmt so kleine braune Körnchen und verschrumpelte Krümel und alte, vertrocknete Bohnen, alle ohne Leben, steckt sie in den Matsch und wartet eine Weile. Dann voilà. Eine Mahlzeit. Irgendwann.

»Es wäre schneller, in der Stadt in den Supermarkt zu gehen«, bemerkte ich.

»Und was meinst du, wo das Zeug im Supermarkt herkommt?«, fragte Hud.

Hält er mich für blöd? Das weiß ich doch. Obwohl ich eigentlich nicht viel Zeit damit zugebracht habe, darüber nachzudenken, wie die Sachen entstehen.

»Alles hat irgendwo seinen Anfang«, sagte er.

Geisterschreiber zu sein, ich meine natürlich, Mr. Clearys Geistermanuskript zu schreiben fängt an, auf mich abzufärben. Warum kümmere ich mich auf einmal um die Vergangenheit und warum wird die Zukunft plötzlich so verschwommen? Ich blick's wohl nicht mehr ganz, die Tatsachen, meine ich.

Das sind Tatsachen: Gestern hat Ruth mich hier besucht, am Sonntag, einen Tag von ihrem langen Wochenende. Nicht direkt hier. Sie hat im Bellcroft Manor übernachtet, in dem Garni-Dingsbums von Matts Mutter. Sie wollte herkommen, behauptete sie, weil sie mal Abwechslung nötig habe und weil sie sich ansehen wolle, wie es mir hier so geht, aber es habe überhaupt nichts mit ihrem Job zu tun. Sie wolle nur wissen, ob's mir gut geht. Du lieber Himmel.

Am Sonntag Nachmittag fuhr ich auf dem Fahrrad der Huddlestons rüber, um zu sehen, ob sie angekommen war. Ich hätte auch anrufen können, aber ich wollte nicht riskieren, dass mir plötzlich die Stimme wegbleibt, wenn Matt drangewesen wäre. Ich hätte auch warten können, bis sie anruft.

Und warum hab ich nicht gewartet? Früher war ich doch nie neugierig.

Nachdem ich mehr von Ma's Hackfleischbrötchen verdrückt hatte, als ich je für möglich gehalten hätte, schlich ich mich davon, während Josh auf dem Klo war. Ich kann seine Art nicht ausstehen, immer an allem teilhaben zu müssen, was mein sogenanntes Leben angeht. Edith-Anne sah interessiert auf, als ich das Rad aus der Scheune holte, so, als ob sie mitkommen wollte, doch sie überlegte es sich anders. Sie hätte ruhig mitkommen können. Sie ist eine stille Gefährtin.

Ich fuhr mit dem Rad den schmalen Weg entlang. Als ich mich umsah, bemerkte ich, wie zart oder fast zerbrechlich die

Bäume wirkten, in ihrem dürftigen Kleid aus jungem Laub. Die Sonne fühlte sich warm und tröstlich an. Auf der einen Seite des Wegs lagen Felder, die so mit frischem Grün bedeckt waren, dass es mir wehtat – und zwar nicht in den Augen.

Die Maschine hier ist übergeschnappt!

Noch mal von vorne. Es war so heiß, dass mir das Hemd am Rücken klebte. Schwarze Mücken flogen mir dauernd in die Ohren und ins Haar. Ich hab vierzigtausend Stiche. Diese kleinen Mistviecher, die einen richtig beißen. Eines der Felder war mit Schafen übersät, sicher waren es die von den Huddlestons. Ich hab mich noch nicht aufgerafft, die Ausmaße der Farm zu erforschen, aber es scheint mehr dazuzugehören als das, was man vom Haus aus sehen kann. Ich weiß, dass Hud immer ziemlich kaputt aussieht, wenn er vom Überprüfen der Zäune zurückkommt.

Während ich so dahinfuhr, konnte ich das eintönige Blöken der Schafe auf den Feldern hören. Auf der anderen Straßenseite, jenseits eines verfallenen Lattenzauns, war die Sicht auf den See von Krüppelkiefern und einer Reihe von rötlich-grauen Felsen verdeckt, die sich stufenartig aneinander reihen und dann hinter dichten Wacholderbüschen verschwinden. Ich überquerte eine Kreuzung, kam am *Lo-bersch* vorbei und bog rechts in einen ungepflasterten Weg ein. Gleich darauf erreichte ich eine dichte Reihe von Fliederbüschen mit tief violettfarbenen Blütendolden, von denen einige bereits verblüht waren. Eine Lücke zwischen den Büschen führte auf einen Privatweg. Ein hölzernes Schild am Wegrand kündete Bellcroft Manor an. Mein Gott, wie vornehm! Ich steuerte das Rad durch die Lücke hindurch und fuhr den gewundenen Weg entlang.

Das ist vielleicht ein eigenartiges Anwesen, dieses Bellcroft Manor! Ich zog die Bremsen heftig an, als das Haus in Sicht kam. Der Herrensitz, genauer gesagt. Es liegt in einem Tal, eigentlich richtig versunken in einer kraterartigen Vertiefung und fast ganz umgeben von spitzen Nadelbäumen, die wie Wachtürme wirkten. Dahinter steigt das Gelände terrassenförmig an und gibt den Blick auf den See frei. Ich stieg vom Rad und schob es die geschwungene Auffahrt entlang, die zum Eingang des Hauses führt, und duckte mich unter die weit herabreichenden, Schatten spendenden Äste einer riesigen Trauerweide. Ich lehnte das Rad an den dicken Stamm und betrachtete das Gebäude durch die Blätter, die wie ein zerfetzter Spitzenvorhang herunterhingen. Das weiße Holzhaus erhob sich vor mir wie die drei Stufen eines Hochzeitskuchens. Gartenstühle aus Holzlatten waren über die etwas durchhängende vordere Veranda verteilt. Rechts in der Ferne schimmerte der See und hinter dem Haus konnte ich den rissigen und bröckelnden Rand eines Tennisplatzes erkennen. Das Ganze wirkte wie ein altes, heruntergekommenes Kurhotel. Letzte Zufluchtsstätte. Ich ging über die Veranda und drückte auf den Klingelknopf. Es kam kein Ton. Ich drückte noch mal, mit demselben Ergebnis.

Ich ging um das Haus herum, um nach einem Lebenszeichen Ausschau zu halten. Im ersten Stock waren die Rollos zugezogen, aber ganz oben stand ein Fenster offen und eine Gardine bauschte sich im Wind. Ich hielt die Hand gegen die Sonne schützend über die Augen und entdeckte mitten auf dem Rasen ein Murmeltier – scheinbar der einzige Bewohner –, das auf den Hinterbeinen hockte. Als ich mich auf die Rückseite des Hauses zubewegte, huschte es in seinen Bau. Ich fand einen zweiten Eingang.

Zu meiner Entschuldigung muss ich sagen, dass ich nach Ruth Ausschau hielt. Aber für das, was ich jetzt tat, gibt es keine Entschuldigung. Ich stieg über die knarzenden Stufen der hinteren Veranda zu der Tür hinauf. Ehe ich klopfte, spähte ich durch das Türfenster, das von weißen Gardinen umrahmt war, wie die Türen von Josh, wenn er ein Haus zeichnet.

Mein Blick fiel auf Matt. Der Küchentisch neben ihm war mit Silberzeug beladen – mit Schalen, einer Teekanne, plattenartigen Tellern, ich weiß nicht, mit was noch allem, mit Kerzenständern oder so. Er sah überhaupt nicht glücklich aus. Seine Mutter (ich nehme an, dass es seine Mutter war, ergrauendes Haar, das im Nacken zu einem Knoten hochgesteckt war, irgendwie gut aussehend, müde wirkend) trat herbei. Offensichtlich hatten sie eine Auseinandersetzung wegen dem Zeug auf dem Tisch. Sie gab ihm ein Glas mit irgendwas, Putzmittel vielleicht. Er stellte es hin. Sie reichte ihm ein Tuch. Er warf es auf den Tisch. Gott, wie reizend.

Ich konnte nicht alles verstehen, was sie sagten, aber einiges konnte ich erahnen. Ich schnappte ein paar Wortfetzen auf. Sie wollte, dass er das Silber putzt, und er fand, dass es Zeitverschwendung sei. »Es ist wichtig, den Schein zu wahren«, hörte ich sie sagen. »Wir dürfen die Sachen nicht vernachlässigen.«

»Die Veranda ist schon so vernachlässigt, dass sie vorne fast von der Wand fällt. Ich müsste sie dringend abstützen.«

Sie wandte sich etwas von ihm ab und fuhr sich mit dem Handrücken über die Stirn.

Er sagte, völlig zu Recht, wie ich fand: »Ich sollte außerdem ein paar von den Bäumen rausnehmen. Ein bisschen Licht reinlassen.«

Seine Mutter verharrte einen Augenblick lang bewegungslos, dann ließ sie die Schultern hängen und wirkte niedergeschlagen. Sein Blick glitt zu ihr und dann auf das Silber. Er murmelte etwas und schraubte den Deckel des Putzmittels ab. Ihr Gesicht hellte sich auf, seines nicht.

Ich wollte gerade von dem Fenster zurücktreten, da sah ich, wie sie ihn mit einer Schürze bedrängte, sie ihm über den Kopf stülpte und um die Hüften schlang. Mit Rüschen. Geblümt. Er versuchte, sich dagegen zu wehren, wenn auch nicht allzu heftig. Sie band sie ihm auf dem Rücken zu – die Siegerin. Sein Gesicht verlor jeden Ausdruck – der Verlierer. Dumpf starrte er vor sich hin. Direkt in mein neugieriges Gesicht.

Ich wäre am liebsten gestorben. Das wäre wohl auch das Beste gewesen. Ich stürzte die Verandastufen runter und rannte um das Haus herum zur Vorderseite, riss das Rad von dem Baumstamm und strengte jeden einzelnen Muskel an, um den Weg hinauf und auf die Straße zurückzuradeln. In dem Moment kam Ruths Auto um die Ecke.

»Ruf mich an«, schrie ich und trat wie verrückt in die Pedale.

Was hatte ich getan? Ich! Die diskreteste Person der Welt! Das Privatleben eines anderen bespitzelt. Ich an Matts Stelle würde mich nie mehr eines Blickes würdigen. Auf keinen Fall mehr neben mir im Bus sitzen. Genauer gesagt, ich würde eine so tiefe Abneigung gegen so jemand wie mich entwickeln, dass ich mich völlig mit der Löschtaste entfernen würde.

Ich fuhr wie wild, um etwas Abstand zu schaffen zwischen mir und Matt. Man musste keinen Psychologiekurs belegen, um zu sehen, dass Lady B., wie sie drüben im *Lo-bersch* genannt wird, ihn mit ihrer mütterlichen Art unter Druck setzte. Und er wehrte sich nicht sehr gut dagegen. Die Schürze mit den Rüschen! Geblümt! Wenn ich einen Hass auf ihn hätte, könnte ich ihn gut damit verspotten. Wenn ich einen Hass auf ihn hätte.

Jetzt hasst er wohl eher mich. Klarer Fall. Bei so etwas kenn ich mich nur zu gut aus. Lass jemand durch einen Spalt im Schutzwall reinschauen, lass ihn dich sehen, wenn du echt am Boden liegst, und du bist erledigt. Wenn ich aus meinem Glaskasten raustrete, dann kriegt die Welt ein einziges Gesicht von mir zu sehen, nur eines. Keiner sieht Sarah Moone, wenn sie am Boden liegt.

Was soll es mir schon ausmachen, wenn er einen Hass auf mich hat? Ich hab nie auch nur andeutungsweise durchblicken lassen, dass ich ihn mag. Wie er redet. Es hört sich immer so an, als wäre ... also, gut aussehende Jungs wie er sind immer so ... ach komm, ich kann ihn nicht ausstehen.

Am Morgen meines sechzehnten Geburtstags steig ich in einen Bus und fahr in eine Stadt im Norden. Irgendeine Stadt. Ich such mir eine Ganztagsstelle, vielleicht in einem Laden. Ich könnte vielleicht über dem Laden wohnen. Jeden Tag geh ich zum Arbeiten nach unten und jeden Abend steige ich in mein Zimmer hinauf und schreibe, nicht so alltäglichen Kram, sondern Krimis. Ohne Geister. Ich hasse Geister. Krimis mit Mördern. Ich lasse nicht zu, dass mir irgendjemand meinen Plan vermasselt. Dann, wenn ich genug Geld gespart hab, dann nehm ich die Landkarte und fahr weit in den Norden, stark und unabhängig. Um als Pilotin zu fliegen und in meiner Freizeit Bücher zu schreiben. Ich lebe als Einsiedlerin in der Wildnis des Nordens, ohne jegliche Kommunikationsmittel. Die geheimnisvolle Eremitin als Krimiautorin. Berühmt für ihren Stil. Überall bekannt. ›Tess von der Tundra.‹ Oder ich lass mir noch einen besseren Titel einfallen.

Das waren die Dinge, die mir auf dem Weg nach Hause durch den Kopf gingen. Auf dem Weg zur Farm der Huddlestons, meine ich. Matt gehörte jetzt der Vergangenheit an. Gelöscht.

Ich radelte dahin, fühlte mich allmählich wieder besser und versuchte, nicht an Ruth zu denken und daran, was ich ihr antworten würde, wenn sie mich fragte, warum ich wie eine Besessene abgehauen sei. Oben auf der Anhöhe kam ich wieder zu der Schafweide und hielt an, um Luft zu holen. Mit dem Fahrrad zwischen den Beinen blieb ich stehen und beobachtete die Schafe. Aus dieser Entfernung sahen sie aus wie Kuscheltiere, die die Nase am Boden hatten und sich durch ein grünes Feld fraßen. Durch die Kiefern am Straßenrand konnte ich die Frische des Sees in der Ferne riechen. Die warme Sonne auf meinem Kopf und die frische Brise, die mir durchs Haar fuhr, machten es irgendwie schwierig, mich auf die schneeverwehten Ebenen der Tundra zu konzentrieren.

»Lasset die Schafe in Frieden grasen«, sagte ich laut. Laber. Ein Sonnenstich wahrscheinlich. War aus einem Kirchenlied oder einem Choral oder so was, den ich von einem der zahllosen Kirchenbesuche kenne, zu denen man mich geschleppt hatte. Keine Religion hat mein vermasseltes Leben irgendwie besonders geprägt. In der einen Kirche hatte man mich gerade sicher und warm in die Arme Jesu gebettet, da wurde ich herausgerissen und in eine andere Kirche gekarrt, in der mir das sichere Höllenfeuer und ewige Verdammnis vorausgesagt wurden. Die Orgelmusik und das Singen mit der Gemeinde in der Kirche und Lieder wie ›Lasset die Schafe …‹, diese Dinge sind es, die ich am lebhaftesten in Erinnerung behalten habe. In diesem Moment hatte ich das seltsame Gefühl, dass der Anblick der wolligen Schafe und der endlosen, sicher umzäunten grünen Weiden etwas Tröstliches hat. Ehrlich gesagt, das mit dem Tröstlichen beunruhigte mich. Ich versuchte es noch mal mit der Tundra, aber es funktionierte nicht.

Gerade wollte ich den Fuß auf das aufgestellte Pedal setzen und losradeln, da entdeckte ich, dass ein Gatter am Rand des Feldes, nahe bei der Straße, kaputt war. Die durchgebrochenen Teile der Stange hingen auf den Boden und bildeten eine so große v-förmige Lücke, dass ein neugieriges Schaf sicher durchgepasst hätte. Ich fuhr los.

Schnurstracks ging ich ins Haus. Durch das Küchenfenster konnte ich sehen, dass Hud und Nick Kartoffeln pflanzten. Hud pflanzte. Nick, das Hemd um seine knochigen Hüften geschlungen, lehnte sich auf einen Spaten. Josh war auch dabei. Er trat auf die Erdhügel, die sie gerade angehäuft hatten, und stolperte über die Stöckchen, die die Beete begrenzten. Ich hätte wohl auch draußen sein sollen, um zu helfen, aber ich musste mich dringend dieser Maschine anvertrauen. Ma kam herein, als ich gerade die Treppe hinauf wollte. Sie musste das Brot aus dem Ofen holen, das eben fertig wurde. Der Duft in der Küche war so stark, dass einem fast schwindelig wurde. Schnell, ehe sie vom Brotbacken und Gärtnern und vom Leben im Allgemeinen anfangen konnte, sagte ich: »Könntest du Hud sagen, dass ein Loch im Zaun ist, wo die Schafe sind? Ich muss nach oben.«

»Ach du lieber Himmel«, stöhnte Ma und wusch sich die Hände an der Spüle. Sie griff sich die Topflappen und öffnete den Backofen. »Was denn sonst noch alles? Wenn es nicht das eine ist, dann sind es fünfhundert andere Dinge, kein Tag vergeht, ohne …«

Ich flüchtete.

Scheinbar sicher saß ich in meinem Zimmer und die Tür war zu. Gerade hatte ich die Maschine so richtig in Gang, da hörte ich Ma nach mir brüllen. Hat man denn nirgends seine Ruhe? Mein Computer verweigert die Antwort. Er kann nur speichern und abstürzen.

Ich öffnete die Tür, um zu sehen, was Ma wollte.

»Besuch für dich, deine Freundin«, rief sie die Treppe rauf. Ich wartete, ob sie noch etwas hinzufügen würde, aber zu meiner Überraschung war das alles. Was meinte sie mit ›deine Freundin‹? Ich hab doch keine Freunde. Da tauchte Ruth hinter Ma auf. Sie sah wie eine ganz normale Frau aus, nicht wie eine Sozialarbeiterin. Aber als Freundin würde ich sie nun doch nicht bezeichnen.

»Hi«, sagte sie.

»Gehen Sie ruhig rauf«, sagte Ma zu Ruth. »Sarahs Zimmer ist immer schön sauber und aufgeräumt, man könnte glatt die Königin von England reinbitten, wenn man wollte, und man müsste sich kein bisschen schämen. Hier unten in der Dose sind Kekse, Sarah, du weißt ja wo, oder? Lass Miss Petrie ja nicht mit knurrendem Magen und ohne ihr was Süßes angeboten zu haben wieder gehen, ich bin draußen im Garten, falls du mich brauchst.« Ruth kam die Treppe hoch. Der Rock ihres grünen Kleides umwogte sie wie hohes Gras.

»Hübsch«, sagte sie und sah sich in meinem bewohnbaren Schrank um. Ein Brise von draußen wehte die hellen Gardinen im offenen Fenster sanft hin und her. Ich sah mich um und bemerkte, dass die Sonne, die durch den Ahornbaum mit den jungen Blättern schien, Lichter auf die Tapete warf und das Muster betonte. Veilchen und Gänseblümchen. Das Muster war mir tatsächlich bis heute noch nie aufgefallen.

»Ein bisschen eng«, sagte ich.

»Gemütlich.«

»Gemütlich? Ja, stimmt wohl.« Wenn ich es mir recht überlegte.

»Was ist das?«, fragte Ruth. Sie hob die zur Wand gedrehte gerahmte Stickerei hoch und spähte auf den Text. Aus den Augenwinkeln sah sie dann zu mir, nickte und hängte das Bild wieder in die alte Stellung zurück. »Das sagt ja wohl alles, was?«, meinte sie. Ich verdrehte die Augen.

Ruth bekam den Stuhl und ich setzte mich aufs Bett, weit zurück, damit ich mich an die Wand lehnen konnte. Und jetzt?, fragte ich mich. Was macht man mit einer Sozialarbeiterin im Zimmer, die als Freundin zu Besuch kommt? »Wir könnten wohl Regen brauchen«, sagte ich. Du lieber Himmel. Ich klang ja schon wie Hud oder so jemand.

Mit einem Ellbogen auf meinem Schreibtisch und dem Kopf auf die Handfläche gestützt, sah Ruth stirnrunzelnd auf die Rückseite der Stickerei. »Das macht mir zu schaffen«, murmelte sie.

Ich sah gleichgültig zu ihr rüber.

»Das hat sie extra für dich aufgehängt, weißt du.« Als ich nicht reagierte, schüttelte sie den Kopf und wechselte das Thema. »Warum bist du eigentlich abgehauen, als ich beim Bellcroft angekommen bin?«

»Aus keinem besonderen Grund. Ich bin nicht abgehauen, ich bin gegangen.«

»Die Bellingtons sind nett.«

»Wenn man diese Art Leute mag.«

»Gut aussehender Junge.«

Ich starrte sie mit meinem ›Zu-Tode-gelangweilt-Blick‹ an. Sie erkundigte sich nach meinem Tipp-Job, deshalb zeigte ich ihr den Stapel handgeschriebener Seiten, den ich bereits entziffert hatte. Der fertige Text ist in meinem Computer gespeichert, bis mir Grainger den Drucker leiht.

»Das sieht ja ziemlich interessant aus«, sagte sie, nachdem sie eine Seite davon gelesen hatte. »Hör dir das an: ›In Kulturen, die von der modernen Zivilisation größtenteils unberührt blieben, haben Erscheinungen noch eine gewisse Bedeutung. Ihr gelegentliches oder häufiges Auftreten wird als Manifestation verstorbener starker Persönlichkeiten angesehen. Es wird angenommen, dass sie im Leben derart heftige Leidenschaften – Liebe, Angst, Hass oder Verlangen – in ihren Familien beziehungsweise bei ihren Mitmenschen hervorriefen, dass sie, wie Erinnerungen, gebeten oder ungebeten wiederkehren.‹« Sie sah sich die Titelseite an. »Grainger Cleary! Das ist der Mann, den ich fast umgefahren habe!«

»Du bist ja eine Bedrohung für die Menschheit, Ruth.«

»Beim Einparken am Bellcroft hab ich ihn nicht gesehen, und plötzlich taucht er da vor meiner Windschutzscheibe auf. Ich bin zu Tode erschrocken.«

»In deinen Händen wird ein Lenkrad zur tödlichen Waffe.«

»Kein Haar hab ich ihm gekrümmt.«

»Was nicht ist, kann ja noch werden.«

»Ein äußerst höflicher Mensch. Hat sich gleich vorgestellt.«

»Man soll seine Gegner kennen, sag ich immer.«

»Wirkte wahnsinnig nett.«

»Dem Untergang geweiht.«

Sie fand wohl, dass unser Gespräch nichts brachte, und schlug vor hinauszugehen. Bevor wir das Zimmer verließen, drehte sie das gerahmte Ding mit der Schauseite nach vorn. Ich lächelte sie zuckersüß an. Und drehte es wieder um.

Am Fuß der Treppe kam uns Ma mit Limonade und Gläsern entgegen. »Ich wollte gerade hochrufen, aber da seid ihr ja, als ob ihr meine Gedanken gelesen hättet. Ich dachte, wir könnten alle einen kühlen Schluck gebrauchen an einem Tag wie diesem, vor allem Hud, der hört nämlich nie auf zu arbeiten, es sei denn, ich fessle ihn an den Stuhl und setz mich noch auf ihn, na ja ...« Ich öffnete die Tür für Ma und wir gingen hinaus.

Hud meinte, so würde die Arbeit nie fertig, aber es schien

ihm nicht so sehr viel auszumachen, denn er setzte sich in den Schatten des Ahornbaums und stürzte zwei Gläser runter. Nick maulte, weil es keine Cola war, und Josh stolperte über Nicks Fuß, wobei er die Hälfte seiner Limonade über Nicks Arm schüttete. Der fluchte und schubste ihn und Josh heulte, und Hud brüllte beide an. Ein ganz normaler Tag.

Ma ging wieder rein, um Brot aufzuschneiden.

»Wie geht's denn so?«, wollte Ruth von Hud wissen.

»Nicht schlecht«, sagte Hud. Er sah mit seinem ruhigen Lächeln zu mir herüber. »Wir haben ein bisschen was gepflanzt. Mal sehen, was dabei rauskommt.«

Schwer zu sagen, ob er mich oder den Garten meinte, wie er so mit dem Kopf nickte und mich betrachtete, genau so, wie er kurz vorher seine Saatkartoffeln begutachtet hatte.

Ma brachte einen Teller mit Broten heraus, frisch mit Butter bestrichen und noch warm vom Ofen, und eine Schüssel mit Ahornsirup zum Einstippen. Es gibt auf der Welt nichts Köstlicheres, muss ich echt zugeben.

Ich fragte Hud, ob er von dem kaputten Zaun gehört hatte.

»Jau«, sagte er. »Will gleich mal runtergehen und ihn in Angriff nehmen.« Steifbeinig stand er auf und streckte ächzend den Rücken.

»Wart auf mich«, rief ihm Josh nach. »Ich will mit. Will ein Lamm haben. Für mein Zimmer.«

Ma sagte – unter anderem –, nur über ihre Leiche. Sie sammelte die Gläser ein und brachte sie zum Spülen in die Küche. Ruth fragte, ob sie helfen solle, doch Ma verneinte – unter anderem.

»Ich mag deine Familie wirklich«, sagte Ruth zu mir.

»Meine Familie?« Ich sah Ma nach, die gekonnt ein Tablett voller Gläser auf einer Hand balancierte und dabei posierte wie eine kleine, dicke Ballerina, während sie die Küchentür aufmachte. Ich sah Hud hinterher, der davonging, und Josh, der rannte, anhielt, sich bückte, etwas aufhob und es Hud zeigte. Der schüttelte den Kopf und Josh warf es wieder weg, was es auch gewesen war, und versuchte, an Huds kräftiger Seite hochzuklettern, weil er Huckepack reiten wollte. Hud bückte sich, um ihn hochzuheben, und richtete sich unter einigen Schwierigkeiten wieder auf. »Mehlsack«, hörten wir ihn sagen. Zwei Kätzchen tapsten hinterher. Edith-Anne fühlte sich bemüßigt aufzustehen und in diskretem Abstand zu folgen. Ich sah zu Nick rüber, der abseits hockte, sich an die kühlen Steine der Hauswand lehnte und den Blick abwandte, als ich ihn ansah. Den Begriff ›Familie‹ hatte ich bisher eigentlich noch nie benutzt.

Und ich fang auch jetzt nicht damit an.

Das alles war gestern. Ich glaube, ich bin süchtig nach dieser Maschine. Jetzt muss ich noch von heute erzählen. Nur kurz. Es ist der vierundzwanzigste Mai, also der Geburtstag der Königin, und wir haben alle einen freien Montag gehabt – da der Garten bereits angepflanzt ist, sogar Hud, und keiner hat das Haus verlassen. Bisher.

Ma hat sich in Unkosten gestürzt und Feuerwerkskörper gekauft. »Geldverschwendung«, war Huds Kommentar, aber er hat trotzdem mit uns anderen zugesehen, wir waren sogar richtig viele.

Ruth kam am Nachmittag noch mal her, ehe sie zurückfuhr. Ma bestand darauf, dass sie zum Abendessen blieb und das Feuerwerk mit ansah. »Es gibt nur Schäferpastete«, bemerkte Ma, »aber davon 'ne ganze Menge, außerdem noch Brot, und ich mach auch einen großen Salat, und wir haben so viel Apfelstrudel, dass eine halbe Armee 'ne Woche davon leben könnte, also wenn Sie …«

»Sehr gerne, danke. Meine Mutter hat auch oft Schäferpastete gemacht.«

»Was für 'ne Pastete?«, fragte ich dazwischen.

»Ach, tatsächlich, und was hat sie alles reingetan, ich selbst tu immer Möhren rein und viele Kartoffeln und natürlich nicht zu wenig Fleisch, aber das wissen Sie ja oder zumindest Ihre Mutter, und das Fleisch muss gut entfettet sein, ja …«

»Was soll das für 'ne Pastete sein?«

»Meine Mutter hat oft Fleischreste genommen.«

»Ah, das geht auch gut, keine Frage, aber meiner Meinung nach ist das beste Fleisch …«

»Wenn Schäferpastete was ist mit Fleisch von Schafen, dann kommt's mir hoch.«

»Nein, Liebes«, sagte Ma, »Hackfleisch kommt da rein, sonst nichts, schön mageres, und eine Nelke und ein oder zwei gehackte Knoblauchzehen, für den Geschmack, meine Nachbarin Mrs. Oaksi tut fünf Zehen rein, aber ich finde ...«

Und so laberten sie sich weiter durch alle möglichen Arten von Rezepten aus allen möglichen Kochbüchern, die sie kannten. Man spricht hier nicht darüber, wozu die Schafe gehalten werden. Sie liefern Wolle. So viel wissen wir. Am nächsten kamen wir dem Thema, als Josh Hud fragte, was es heißt, die Schafe zum Markt zu bringen. Hud setzte Josh hin, nahm einen seiner nackten Füße in seine schwieligen Hände und fing an: »Hier hast du 'nen Taler, geh auf den Markt, kauf dir 'ne Kuh, ein Kälbchen dazu, 's Kälbchen hat ein Schwänzchen, Dideldideldänzchen.« Ich wiederhole den ganzen Reim, weil ich ihn noch nie gehört habe und weil es irgendwie – lustig war, wie Hud Josh dabei kitzelte und neckte. Für ein kleines Kind, mein ich.

»Noch mal«, verlangte Josh immer wieder, »noch mal.« Und als Hud es schließlich viermal an jedem Fuß gemacht hatte, wussten wir immer noch nicht, was ›zum Markt gehen‹ bedeuten sollte. War uns aber auch egal.

Wie bin ich nur darauf gekommen? Die ganze Mahlzeit über spielte Nick den braven Jungen und versuchte, sich so richtig bei Ruth einzuschmeicheln. Sie schien nicht durchzublicken, ich aber schon. Er führt was im Schild. Weiß der Teufel, was. Als sie sagte, sie wolle mal besser ihren Koffer im Bellcroft holen und nach dem Feuerwerk direkt von hier losfahren, fragte er, ob er mitfahren könne. Sie lehnte ab – höflich, aber bestimmt.

Keine Ahnung, warum ich froh war. Schließlich bedeutet mir Ruth ja nichts.

Ruth kam zurück, als es gerade zu dämmern anfing, aber sie war nicht allein. Hinter ihrem Auto folgte noch ein weiteres. Auf der einen Seite stieg Grainger Cleary aus, auf der anderen Matthew Bellington.

Dann alle möglichen Höflichkeitsfloskeln. Ruth, die hoffte, dass Ma und Hud nichts dagegen hätten; Grainger, der sagte, wie reizend, wie nett, Sie kennen zu lernen, wie schön dies, wie reizend das, bla-bla-bla. Matt sagte gar nichts.

Grainger hievte einen riesigen Drucker aus dem Kofferraum und ein paar Stapel Papier. Ich trug alles in mein Zimmer und wäre am liebsten oben geblieben, um den Drucker anzuschließen und ihn auszuprobieren, aber Ma rief mich wieder runter.

Ma versorgte alle mit Salbe gegen die Mücken. »Um Viertel vor neun kommen immer ganze Armeen von Mücken raus, man kann fast die Uhr danach stellen, nehmen Sie sich die Gartenstühle, obwohl, so viele Feuerwerkskörper sind es auch wieder nicht, sie sind so schrecklich teuer, aber ich hab ja immer das Eiergeld, das ich für besondere Anlässe beiseite lege, wollte deine Mutter nicht mitkommen?« Die letzte Frage war an Matt gerichtet.

Er sagte: »Ach, sie hat 'ne Menge zu tun.«

Wir saßen hinter dem neuen Teil des Hauses. In letzter Zeit hat Hud nicht viel daran machen können, deshalb ist der Bau irgendwie ins Stocken geraten. Ma klappte einen Gartenstuhl auf und Ruth ebenso. Grainger wollte seinen neben dem von Ruth aufstellen, aber Nick zwängte sich zwischen sie und hockte sich auf den Rasen. Das hielt Grainger nicht davon ab, sich mit Ruth zu unterhalten. Unterhalten ist kaum der richtige Ausdruck. Sie auszufragen wäre wohl angemessener. Er schien sich für ihren gesamten Lebenslauf zu interessieren. Wenn sie nicht aufpasst, dann taucht sie als Geist in seinem Buch auf. Ich hab Ruth noch nie so lebhaft gesehen. Wenn sie nicht gerade am

Lenkrad sitzt, ist sie zwar meistens ganz heiter. Aber während der Unterhaltung mit Grainger war sie eine ganz andere Person. Sie perlte und sprudelte, als ob jemand ihren Korken hatte knallen lassen.

Ich saß ziemlich im Hintergrund auf den Balken vom Anbau. Obwohl ich nicht direkt Angst vor Feuerwerk habe. Ich weiß, dass es nur ein paar Funken sind, knall, puff, vorbei. Hat nichts mit Feuersbrunst oder Flammen zu tun. Nur der Geruch erinnert daran. Davon wird mir immer beinahe schlecht. Matt stand in meiner Nähe an einen der Stützbalken gelehnt.

Es ging los und Hud stellte zunächst einen Eimer mit Sand auf den höchsten Punkt des Hügels, kurz bevor der Hang abfällt. Hinter ihm war nichts zu sehen außer den Kronen der Apfelbäume, die am Hang stehen, und dem Himmel, der von Wolken durchzogen war, von rosa bis dunkelroten Schichten, die in Dunkelblau übergingen. Josh rannte wie ein Hund mit einem Ball zwischen Hud und Ma hin und her, bis Hud sich bückte, um den ersten Kracher anzuzünden, der im Sand steckte. Ma schnappte sich Josh, hielt ihn fest und schaute gespannt zu Hud hinüber.

Die Zündschnur fing Feuer und knisterte. Ich hielt den Atem an. Hud trat zur Sicherheit zurück. Kometen zischten aus dem Sandeimer empor und ergossen sich in Funkenregen über den Himmel. Ruth klatschte. Josh auch. Ma rief hurra. Ich atmete aus.

Und da stand Hud am Rand des Universums wie Gott, der die Sterne und den Mond schuf.

»Warum hast du gestern durch die Küchentür geschaut?«, fragte mich Matt. Er sah dem nächsten Kometenschwall zu.

Ich wollte abstreiten, dass ich es gewesen war, aber stattdessen sagte ich »ähm«.

»Ich dachte, ich seh Gespenster.«

»Tut mir Leid«, erwiderte ich. »Ich hab dich gar nicht richtig gesehen.«

»Komisch. Du hast mich direkt angeschaut.«

Was für ein seltsamer Junge, wie er da stand, die Hände in den Taschen. Er war weder böse noch verlegen, noch sah er mich an. Ich sagte: »Ich meine, ich hab nichts bemerkt.« Eine Rakete, die man Goldrausch nennt, wie Hud ankündigte, brannte fast geräuschlos ab und tauchte den Himmel in geisterhaftes Grün.

»Nichts bemerkt?« Jetzt sah mich Matt an. Josh schrie Hud zu, er solle eine mit lautem Knall abschießen. »Was soll denn zu bemerken gewesen sein?«

»Nichts.«

»Komm schon. Du musst doch was bemerkt haben, sonst würdest du nicht behaupten, dass du nichts bemerkt hast. Wie meine Mutter und ich über das Silberputzen gestritten haben? Wir streiten uns über alles. Was meinst du?«

Ein roter Stern zerplatzte über dem Kamm des Hügels. Dann ein grüner. Plopp! Josh schrie vor Begeisterung.

»Was hast du nicht bemerkt?«, beharrte Matt. Plopp! Ein silberner. Er starrte mich an, als ob er ewig weiterfragen wollte.

»Die Schürze.« Ich sagte es leise.

»Die Schürze?« Er sah aus, als ob er sein Gedächtnis durchforschte. »Die Schürze. Was ist damit?«

»Tut mir Leid, wenn ich dich in Verlegenheit gebracht hab.« Ich konnte es nicht fassen, dass ich mich da entschuldigte. Normalerweise kann ich das nicht ausstehen. Mir fiel ein, wie der schwächliche Frank einmal gesagt hat, er wolle sich nicht mal tot in einer Schürze erwischen lassen, und der alte Arn, du lieber Himmel, wenn Sonja versucht hätte, ihm eine über den Kopf zu zerren, dann hätte er ihr einen Kinnhaken verpasst.

»Ich bin nicht so leicht in Verlegenheit zu bringen«, lachte Matt.

Ich kam mir vor wie jemand aus einem unbekannten, fremden Land, mit einer Sprache, die niemand sprechen oder überhaupt wahrnehmen will. Ich ging rüber und setzte mich neben Ma ins Gras.

Das Feuerwerk dauerte nicht lange. »Och«, beschwerte sich Josh nach der letzten Rakete. »Oooch, noch eine. Bitte. Och.« Es nützte ihm nichts.

»Schau dir den Mond an, Josh«, sagte Grainger. Und wir alle sahen auf zu der silbrigen Sichel, die neben der mächtigen, im Schatten liegenden Mondkugel eher unscheinbar wirkte. Grainger zitierte:

*Ich sah den Neumond gestern Nacht,*
*den alten Mond im Arm;*
*und wenn zur See wir fahren, Herr,*
*dann wird's uns bringen Harm.*

»Warum redet er so komisch?«, wollte Josh von Hud wissen.

»Damit du zu jammern aufhörst, denk ich. Siehst du den Neumond da oben? Sieht doch so aus, als ob er den alten mit sich rumträgt.«

Ma sah auch hinauf und meinte: »Ich hoffe, das ist nur so'n alter Spruch, denn ich will nicht, dass jemand von uns Harm zustößt, aber auf jeden Fall bedeutet es Regen, was wir auch brauchen können, jetzt, wo der Garten angepflanzt ist.«

Alle machten sich zum Aufbruch bereit. Grainger stand vor Ruth, schüttelte ihr die Hand und sah auf sie hinunter. Er ist ziemlich groß, im Gegensatz zu Ruth. Sie starrte ihn mit einem komischen Blick in den Augen an. Ich würde am liebsten sagen, sie sah verzaubert aus, aber Wörter wie ›verzaubert‹ benutze ich nicht. Ich weiß nicht, wie sie ihn ansah; es war dunkel. Hud und Matt waren ganz in ein Gespräch vertieft. Edith-Anne tauchte plötzlich auf und lief zu Ruth hin. »Nicht den Hund streicheln«, sagte ich.

»Warum nicht?«, fragte Ruth.

»Er beißt.«

»Oh.« Ruth bückte sich und tätschelte ihn trotzdem und Edith-Anne wedelte mit dem Schwanz.

Du lieber Himmel.

Ma sagte zu Matthew, als er ins Auto einstieg: »Anscheinend geht's ja inzwischen ganz gut mit eurer Frühstückspension.«

»Es geht aufwärts«, antwortete er. »Heute hat eine Frau angerufen und für die ersten beiden Juliwochen ein Zimmer gebucht.«

»Na also –«

»Eine, die schon mal da war, wie Mr. Cleary.«

»Das sind die besten Gäste«, bemerkte Cleary und ließ sich auf den Fahrersitz fallen.

»Sie war im Winter mal ein Wochenende da. Ich musste sie drüben im Café abholen, weil sie mit dem Bus gekommen war und ihr Gepäck nicht alleine tragen konnte«, sagte Matt.

Ich konnte mich daran erinnern.

»Diesmal kommt sie mit dem Auto«, fuhr Matt fort. »Ich glaube, sie hat erwähnt, dass ihre Tochter hier in der Nähe lebt.«

Winkend fuhren alle davon. Ich hab so ein Bild vor Augen, dass Matt den Kopf aus dem Fenster streckte und lächelte, vielleicht zu mir hin, aber wohl eher nicht. Er hat so ein offenes und freundliches Gesicht, und wenn er lächelt, hat man das Gefühl, etwas geschenkt zu kriegen. Abschiedsrufe, Versprechungen, uns bald mal wieder zu besuchen, und Ma's Aufforderung, reinzukommen, hallten in meinem Kopf wider, während ich bewegungslos dastand. Über allem dröhnten die Worte »ihre Tochter in der Nähe, ihre Tochter in der Nähe«, bis mein Kopf zu zerplatzen drohte. Die beiden abfahrenden Autos müssen alles Licht mit sich genommen haben.

Ich stand im Dunkeln und fröstelte.

# 7

Ich holte die letzten paar Abschnitte auf den Bildschirm zurück und war versucht, sie zu löschen. Hab es aber nicht getan, denn es würde sowieso nichts ändern. Die Frau kommt, ob sie nun im Speicher dieser Maschine drin ist oder nicht. Sie hat ihre eigene Geschichte und die hat nichts mit meiner zu tun. Sie ist einfach ein Frau, ohne Bezug zu mir, mit einer Tochter, die zufällig hier in der Gegend wohnt. Jedes weibliche Wesen in diesem Bezirk ist die Tochter von irgendeiner Frau. Lass sie kommen. Ich hab aufgehört, über sie nachzudenken.

Nur noch drei Wochen Schule, dann ist die letzte Prüfung geschrieben (und zwar die allerletzte). Keine Schule mehr, nie mehr. Nur noch die Flugschule. Ich bin froh, dass ich dann mehr Zeit für die Arbeit an Graingers Manuskript habe. Er hat gesagt, ich kann alle Rechtschreibe- und Zeichenfehler korrigieren, die ich finde. So etwas gefällt mir. Ich hab den Drucker, den er mir geliehen hat, angeschlossen und fünfzig Seiten für ihn ausgedruckt. Das Ergebnis hat ihm anscheinend gefallen. Frances will, dass ich jetzt außer samstags auch mittwochs arbeite und ihr den Sommer über helfe, wenn's hier rund geht. Sieht so aus, als ob ich genug Geld für die Reise in den Norden zusammenkriege. Ich schau mir die Karte von Ontario an. Wahrscheinlich wäre es am besten, in nordwestliche Richtung zu fahren, nach Timmins, dort für eine Weile in einem Laden zu arbeiten und dann entweder Richtung Norden nach Moose Factory oder Richtung Westen nach Pickle Lake aufzubrechen. Es gibt nicht so viele Straßen da oben. Na gut.

Josh hat heute mit der Post eine Geburtstagskarte von seiner Mutter bekommen. Ma hat sie ihm beim Abendessen gezeigt. Er ist sofort ganz aufgeregt herumgerannt und wollte wissen, wann er seine Geschenke kriegen würde und seinen Kuchen mit Kerzen und ob er auch Feuerwerkskörper haben könnte, denn schließlich hätte die Königin da auch welche gekriegt, warum also nicht auch er?

»Du hast eigentlich noch gar nicht Geburtstag, Schätzchen«, erklärte ihm Ma. »Erst Mitte September, das ist, wenn die Blätter bunt werden, daran erkennst du, wann es ist.«

Er wurde langsamer und hielt schließlich an. Starrte auf die Karte. »Aber warum kommt 'ne Karte?« Und der kleine, rundliche Kerl sieht zu Ma hoch und will wissen, was los ist. Und Ma beißt sich auf die Unterlippe und weiß nicht, was sie ihm sagen soll. »Warum?« Er betrachtete die Karte, als ob der Hund mit dem Cowboyhut, der auf einem Pferd sitzt, das Rätsel lösen könnte.

»Man sollte meinen, sie weiß, wann er Geburtstag hat«, sagte Nick.

»War wohl irgendwie durcheinander«, meinte Hud.

»War wohl besoffen«, brummte Nick, aber Hud hörte es nicht.

Josh betrachtete die Karte von allen Seiten, fand aber keine Antwort. Hud sah ihn mit seinem sanften Blick an und Ma sagte, er könne zwei Portionen Apfelpastete zum Nachtisch haben. »Ich mag sowieso nur Karten mit Katzen«, sagte Josh. Er nahm die Karte und steckte sie unter einen Stapel Zeitungen neben der Waschmaschine.

»Sie kommt dich holen«, flüsterte ihm Nick ins Ohr und verduftete, ehe Josh genug Spucke im Mund sammeln konnte.

Jetzt legen die Hühner wie wild und Ma hat uns befohlen, die Eier einzusammeln. Josh kann das ziemlich gut. Er hat den Hennen Namen gegeben – Puschel, Rosabella, Allradantrieb (frag mich bloß nicht, warum), Fleckie und Muckie, das sind einige davon. Tapfer geht er auf die Nester zu, wo sie sitzen, redet sie mit ihrem Namen an, fragt, wie es ihnen geht, greift unter sie und schnappt sich die Eier. Könnte ich nicht. Ich nehm einen Besenstiel und schubse sie von den Nestern. Die vorwurfsvollen Blicke! Die fiesen Schnäbel! Wenn sie mit den Flügeln nach mir schlagen, krieg ich fast einen Herzschlag.

Nick hat sogar noch mehr Schiss vor ihnen als ich, glaub ich, obwohl er so mutig tut. Er schreit sie an und stürzt auf sie zu. Eine ist auf ihn zugeflogen und er hätte sie bestimmt getreten, wenn ich nicht aufgepasst hätte.

Hud hat Matt Bellington als Helfer engagiert. Ich hab ihn in letzter Zeit nicht im Bus getroffen, weil seine Prüfungen vorbei sind. Als ich gestern von der Schule heimgekommen bin, war bei dem Anbau wieder ganz schön was los. Josh hämmerte verbogene Nägel in Holzreste. Eine seiner Katzen saß in der Nähe, fuhr sich mit der Pfote über die Ohren und wartete auf seine ungeteilte Aufmerksamkeit. Nick verdrückte sich ins Haus, damit ihn niemand zum Helfen auffordern könnte. Sekunden später kam Hud um die Ecke des Hauses geschnauft und schleppte das eine Ende von einem Bretterstapel. Am anderen Ende plagte sich Matt ab. Als er mich begrüßte, ließ er es fast fallen.

»Ich dachte, wir könnten ein oder zwei Monate lang eine helfende Hand gebrauchen«, sagte Hud, als ob ich um eine Erklärung gebeten hätte. »Setz dein Ende da drüben in der Ecke ab«, wandte er sich an Matt.

Drinnen gab Ma ihren Kommentar dazu. »Womit er den Burschen zahlen will, ist mir unklar, denn das Geld wächst ja nicht auf Bäumen bei uns, aber du weißt ja, Hud hat ein so weiches Herz wie nur einer und ’ne weiche Birne dazu, denk ich manchmal, wenn es darum geht, dass die Kinder was brauchen, auch wenn’s nur ein Ferienjob ist, aber wer bin ich, ihm was vorzuwerfen, ich weiß ja, dass Hud es nur gut meint, und er selbst hat drüben bei Bellingtons gearbeitet, als der alte Bellington, der Großvater, noch gelebt hat, und ich übrigens auch mal und meine Mutter vor mir. Außerdem kann er einen kräftigen Helfer gebrauchen, er hat ein bisschen angeschlagen ausgesehen in letzter Zeit, findest du nicht auch?«

Schwer zu sagen bei Hud. Er ist wie die Erde unter den Füßen. Immer da, um einen zu tragen, deshalb achtet man gar nicht darauf, wie sie aussieht. »Vielleicht braucht er mal Urlaub«, sagte ich.

»Das hat er einmal versucht, vor zehn Jahren, aber das hat nicht geklappt. Wir waren bei seiner Schwester, weit weg, in Moose Jaw Saskatchewan, im Westen. Sie haben eine Farm. Am ersten Tag, morgens, zieht Jimmy, sein Schwager, die Stiefel an und geht raus. Hud sitzt da mit der Zeitung und er blättert sie von vorn bis hinten durch und sagt, das sind ja ganz andere Nachrichten als bei uns daheim, und dauernd sieht er so aus dem Fenster und läuft auf und ab, bis Betty meint, das ist seine Schwester, nimm doch Jimmys zweites Paar Stiefel, ich glaub, sie passen dir. Und weg ist er und arbeitet genauso viel wie daheim. Danach hat er nie mehr Urlaub gemacht.«

Kein Unterricht mehr, deshalb bin ich daheim und lerne für die Prüfungen. Der Lehrplan fürs nächste Jahr sieht ziemlich interessant aus. Physik. Altertumsgeschichte. Ich bin ja dann nicht mehr da, um daran teilzunehmen, klar, deshalb weiß ich überhaupt nicht, warum ich mich damit beschäftige.

Es ist schwierig, Matt aus dem Weg zu gehen, jetzt, wo er bei Hud arbeitet. Würde ich aber gerne. Seine Welt ist nicht meine. Er weiß nicht, dass die Antwort auf eine Schürze ein Kinnhaken sein könnte oder dass die Vorwürfe einer herrischen Mutter bedeuten, dass man ihr was an den Kopf werfen sollte. Schwer zu sagen, wie man mit so einem Typ von Mensch umgehen soll. Wo ist seine Reizschwelle? Es wird das Beste sein, einen tiefen, breiten Graben zwischen ihm und mir zu ziehen.

Heute Morgen, als ich gerade mit Frühstücken fertig war, fing es zu regnen an. Hud und Matt kamen rein, um zu warten, bis es wieder aufhört. Sie tranken Kaffee, während ich das Frühstücksgeschirr in die Spülmaschine stellte. Josh machte sich an Matt ran und wollte aus seinem Lieblingsbuch vorgelesen haben, dem Bestellkatalog, Herbst- und Winternummer. Matt schob sich die Brille zurecht und tat ihm den Gefallen. Er fand anscheinend nicht, dass die Wahl der Lektüre seltsam war. Er las ihm den Abschnitt über Schneeräumer vor und klang fast so begeistert davon wie Josh. Als der Regen nachließ, wollte er mit Sägen anfangen und Hud sagte: »Alle Mann an Deck. Auch du, junger Mann«, wandte er sich an Nick, der rumsaß und die ganze Zeit Karten mischte und keine Anstalten machte, dem Arbeitstrupp zu folgen. »Wenn du nicht auf die Prüfungen lernst, dann kommst du raus und hilfst mit. Was ist dir lieber?«

»Hab schon gelernt. Ich kann alles.«

»Also los, dann mit raus.«

»Aber ich bin noch hungrig«, sagte Nick. »Ich hab noch nicht fertig gefrühstückt.« Er sah Ma an.

»Er kommt gleich nach«, sagte Ma. »Mit leerem Magen kann er wirklich nicht arbeiten, und außerdem ist er dran mit Eiersammeln. Er kommt dann.« Sie steckte zwei Scheiben Brot in den Toaster und fing an, eine Orange für ihn zu schälen.

Du lieber Himmel.

Ich hätte wohl besser in die Stadt gehen sollen, um in der Bibliothek zu arbeiten. Das Haus glich kurz darauf einem Krisenzentrum nach einer landesweiten Katastrophe. Kurz: Nick kam brüllend aus dem Hühnerstall rein, er sei von einer Schar wilder Hennen angegriffen worden. Er verlangte, zum Arzt gebracht zu werden; Ma meinte, er habe ja nicht mal einen Kratzer abgekriegt. Er schrie sie an, schnappte sich ein Küchenmesser von der Anrichte und stieß es sich in den Arm. »Bist du jetzt zufrieden?«, brüllte er Ma an. Blut lief ihm am Ellbogen entlang.

Inzwischen waren wir alle in der Küche versammelt. Nick

schrie, Ma redete auf ihn ein und versuchte, ihn zu trösten, Hud brüllte, wir sollten uns mal alle beruhigen, Josh war so verschreckt, dass er sich in die Hose machte und eine Pfütze auf dem Boden hinterließ. Matt fragte mich: »Habt ihr Pflaster?«

Ich fand welches, aber Nick wollte keinen an sich ranlassen. Schließlich konnte Hud ihn beruhigen und sie fuhren in die Stadt zur Unfallklinik. Ich wischte den Boden auf, Ma wusch Josh und Matt ging wieder raus, um Nägel einzuschlagen.

Versuch mal einer, nach so was die ganze Französische Revolution in den Kopf zu kriegen. Ich klappte meine Bücher zu.

Ma kam in mein Zimmer, was sie selten tut, wahrscheinlich, weil ich die Leute, die in meine Privatsphäre eindringen, mit bösen Blicken anschaue. Sie setzte sich auf die Bettkante, die kurzen Arme über der Brust verschränkt, was eigentlich kaum möglich ist. So saß sie da und starrte die Wand an. Ich weiß nicht, ob sie das umgedrehte Stickbild wahrnahm.

»Was ist?« Ich saß immer noch am Schreibtisch.

Sie sagte nichts, sondern schüttelte nur den Kopf. Wenn Ma die Worte fehlen, muss man sich Sorgen machen um sie. Ich wartete.

»Wir tun ihm nicht gut.«

»Nick?«

»Es wird schlimmer mit ihm, nicht besser.«

»Vielleicht will er ja bei seiner Mutter leben.«

Jetzt sah Ma mich an. »Er hat keine Mutter. Sie war drogenabhängig und, na ja, sie hat sich ab und zu um ihn gekümmert, wenn sie konnte, aber meistens hat sie ihn bei einer Freundin abgesetzt oder bei einer Schwester, die nicht besser war als sie selbst, oder irgendwer hat ihm was zu essen gegeben, und schließlich ist sie an einer Überdosis gestorben, er lag neben ihr, so haben sie ihn gefunden, ein kleines Kind, das sich an seine tote Mutter klammert, ich mag gar nicht daran denken, und nur der Herrgott weiß, wie lange sie schon tot war, denn er war schon halb verhungert, wirklich, und da war er erst sechs

Jahre alt, und nichts, was wir tun, kann das wohl auslöschen.« Dicke Tränen rollten Ma über die Wangen und ihre Worte wurden immer wieder von Schluchzern unterbrochen. Ich sah mich zu ihr hingehen und mich neben sie auf die Bettkante setzen und ihr den Arm um die Schultern legen.

Natürlich tat ich es nicht.

Schließlich verließ sie das Zimmer.

Nach einer Weile ging ich runter. Durch das Küchenfenster sah ich Ma draußen in einem Gartenstuhl sitzen. Es war kein Tag zum Draußensitzen – grau und so neblig, dass es fast nieselte. Da saß Ma und starrte in die Ferne. Und daneben Edith-Anne, den Kopf auf Ma's Schoß und Ma's Arm über ihrem Rücken.

Ich ging wieder in mein Zimmer und drehte die Stickerei um.

Wenn ich mal alles lösche, was ich auf dem Computer geschrieben habe, dann fang ich mit diesem Abschnitt an.

Die Prüfungen sind vorbei. Die Schule ist aus. Mit jedem Tag komme ich der Freiheit näher. Ich hab einen Blick in das Physikbuch fürs nächste Jahr geworfen, nur um zu sehen, ob was drin ist, ohne das ich nicht leben kann. Da steht was über Computer, ein paar Kapitel über Aerodynamik. Und noch ein paar andere Sachen. Was soll's.

Ich hab an das Arbeitsamt von Timmins geschrieben und um Informationen über Jobs gebeten und so weiter. Meine Tage verbringe ich damit, mich in meinem Zimmer zu verbarrikadieren und zu lesen, oder damit, Josh aus dem Weg zu gehen, Nick aus dem Weg zu gehen, Matt (mehr oder weniger) aus dem Weg zu gehen, und damit, Hud oder Ma zu helfen und im *Lobersch* zu jobben.

Heute ist wieder ein Feiertag. Erster Juli, Kanadas Nationalfeiertag. Das heißt, ein Feiertag für alle außer mir. Und außer Hud, nehme ich an. Auf jeden Fall ist eine Menge los in Ambrose –

eine Parade, eine Bootsausstellung, eine Oldtimershow, zwei Rockkonzerte, Tanz und ein öffentliches Feuerwerk. Ich geh nirgends hin. Frances hat mich gebeten, bis vier zu arbeiten, weil sie damit beschäftigt ist, in der Stadt in einem Hotdog-Stand zu helfen. Das hab ich also getan, und danach bin ich ins Bellcroft gegangen, um Grainger weitere dreißig getippte Seiten zu bringen und neue handgeschriebene zu holen, damit ich weitermachen kann.

Was für ein Haus. Jetzt weiß ich, warum Grainger Cleary es sich ausgesucht hat. Bestimmt spukt es da. An der Vordertür hatte inzwischen jemand einen Türklopfer angebracht, den ich ziemlich laut betätigte. Mrs. Bellington machte auf. Ich sagte ihr, wer ich bin und was ich wollte, mit der üblichen halb erstickten Stimme. Sie reagierte aber sehr freundlich und bat mich herein. Als Erstes bemerkte ich den dramatischen Temperatursturz. Die Luft drinnen war nicht nur kalt, sondern höhlenartig, wie in einem alten, modrigen Keller. Sie ging nach oben, um Grainger zu rufen, der im dritten Stock wohnt.

Ich stand in der Eingangshalle und glotzte und versuchte, Luft zu kriegen. Es war, als ob die Innenwände einem den Atem wegsaugten und dafür die eigene dumpfe Feuchtigkeit ausströmten. Ich fang schon an, mich wie Grainger Cleary anzuhören, wenn er seine Beobachtungen mit ›wahren‹ Geistergeschichten ausschmückt. Das Haus ist wie aus einer anderen Zeit. Ich konnte in das Esszimmer sehen, das beengt und überladen wirkte vor lauter dunklen Buffets und Schränken. Über einem klobigen Tisch und verzierten Stühlen hing ein Kronleuchter, von dem Ketten von unterschiedlich großen Kristalltropfen herunterbaumelten. Eine Tür an der anderen Seite der riesigen Eingangshalle führte in ein düsteres Zimmer, das mit altmodischen Möbeln vollgestopft war und dessen Fenster mit Samtvorhängen verhüllt waren. Es fehlte nur noch eine Kordel davor, die es wie in einem Museum absperrte. Gegenüber lag ein gemütliches Wohnzimmer. Das Haus war anders als alle, die ich bisher gesehen hatte, und vor allem anders als das der Huddlestons. Ihres ist eher nüchtern eingerichtet, mit Kunststoff, Chrom und stark gemaserter Holzimitation.

Mrs. Bellington kam zurück und bat mich in das gemütliche Wohnzimmer, um auf Grainger zu warten. Ich fragte mich, wo Matt wohl sei, doch schon erzählte mir Mrs. B., dass er in die Stadt gegangen sei, um an den Festlichkeiten teilzunehmen. Ich wusste, dass Hud ihm für heute freigegeben hatte. Während ich wartete, schaute ich mir die Fotografien an, die auf einem Tischchen standen. Die meisten waren von Matt – Matt als glatzköpfiges Baby, Matt als Dreikäsehoch mit Locken, Matt als Teenager in einem Blazer mit Wappen. Auf dem Kaminsims standen weitere Bilder, einige davon sehr alt. Fotos von einer Hochzeit, von einem Mann in Uniform, von einer Frau zu Pferd. Alte Leute, junge Leute, Babys und Kinder, und alle sahen einer Person unheimlich ähnlich; richtig geraten – nämlich Matt.

»Hallo Sarah, wie nett, dass du gekommen bist.« Grainger trat ein. Wir redeten eine Weile über die Arbeit, dann schlug er vor, nach draußen zu gehen und auf der Veranda zu sitzen, ehe wir uns drinnen zu Tode frieren würden. War mir nur recht.

»Und nun erzähl mir mal was von dir«, sagte er, als wir uns auf den hölzernen Stühlen niedergelassen hatten. »Ich bin so wissbegierig.«

Ich zuckte mit den Schultern. »Da gibt es nichts zu erzählen.«

»Für jemand, der so jung ist, hast du aber schon eine dicke Mauer um dich aufgebaut. Wer bist du und wo kommst du her? Ich bin unheilbar neugierig.«

»Sarah. Und ich komm nirgends her. Ich bin unheilbar verschlossen.«

»Sarah, und weiter? Sei mal großzügig.«

»Moone. Mit einem ›e‹ hinten dran«, fügte ich großzügig hinzu. »Ich bin im Winter hierher gekommen.«

»Aha. Von wo?«

»North Malverington.«

Grainger verzog das Gesicht. »Nicht gerade das Paradies, was?«

»Kann man nicht sagen, aber von Ambrose auch nicht.« Das war eine Lüge. Ambrose ist die hübscheste Stadt, die ich kenne. Die Hauptstraße führt über einen gewundenen Fluss, der an malerischen Häuschen und einem Schlösschen vorbeifließt, das sich bei näherer Betrachtung als das Postamt entpuppt. Ich schaute ihn mit runden, leeren Augen an, in der Hoffnung, dass er mit dem Kreuzverhör aufhörte.

»Nette Farm haben deine Leute.«

Er versuchte, mich aus der Reserve zu locken. Diese Erfahrung habe ich schon öfters mit kultivierten Menschen gemacht. Sie fragen dir die Seele aus dem Leib und lassen dich dann fallen. Eine meiner Pflegefamilien bestand aus so pseudokultivierten Typen. Sie zogen nach Toronto, nahmen mich aber nicht mit.

»Die Leute, bei denen ich wohne, sind Pflegeeltern.« Ich erwartete, dass er unbehaglich dreinschaute. Wahrscheinlich war ich das niedrigste Lebewesen, mit dem er je gesprochen hatte.

»Ich dachte, du seist ein Adoptivkind.«

»Ich bin ein Mündel der Fürsorge.« Das würde ihn mundtot machen. Ich richtete mich auf dem Stuhl auf, um schnell abhauen zu können.

»Das ist ja interessant. Bist du nie adoptiert worden? Entschuldige, dass ich so neugierig bin, aber wie gesagt –«

»Als Baby bin ich mal adoptiert worden, von Mr. und Mrs. Moone.« Ich hatte die Hände startbereit mit angehobenen Ellbogen auf die Armlehnen gestützt. Fast konnte ich sein Gehirn wie meine Computer-Tastatur klicken hören. Er speicherte meine Lebensgeschichte.

»Weiter«, sagte er.

Warum machte ich bloß weiter? Warum erzählte ich einem total Fremden dieses ganze Zeug? Es gibt nur zwei mögliche Erklärungen. Erstens, er hatte mich hypnotisiert. Oder zweitens, ich fühlte mich geschmeichelt, dass mir ein Schriftsteller dabei zuhörte, wie ich über mich selbst sprach. Hoffentlich war es Ersteres. Egal, auf jeden Fall sagte ich auf, was ich aus meiner Vergangenheit noch wusste, mit einer so nüchternen Stimme, als wäre ich ein Nachrichtensprecher, der irgendwelche Meldungen von einem Blatt abliest. »Ihre Vornamen sind irgendwo festgehalten, aber da sie nicht mehr leben, denke ich nicht mehr an sie. Sie sind bei einem Unfall ums Leben gekommen, als ich drei war. Bei einem Feuer. Ich kann mich nicht mehr erinnern, was passiert ist, nur noch an die Schreie. Ich wäre dann fast ein zweites Mal adoptiert worden, von einem Paar, bei denen sich rausstellte, dass sie Alkoholiker waren und somit als Eltern nicht in Frage kamen. Deshalb bin ich wieder dem Jugendamt zugewiesen worden. An die Alkoholiker kann ich mich noch erinnern. Sie haben mich mit Geschenken überschüttet, ich hab sogar noch ein paar davon. Dann kam eine ganze Reihe von Aufenthaltsorten, zu viele – ich kann mich nur noch vage erinnern – an die Schocks, die Angst, Schläge, Püffe, schlechte Gerüche, Langeweile. Nicht die Art von Vergangenheit, mit der man sich gerne befasst.«

»Wie schrecklich!« Grainger sah entsetzt aus, das muss ich ihm lassen. Wahrscheinlich tat es ihm Leid, dass er gefragt hatte. »Wie traurig, so ganz allein auf der Welt zu sein, ganz ohne Familie«, sagte er.

Ich machte ein ausdrucksloses Gesicht. Die Frau, die mit der Zeitungsanzeige nach ihrer Tochter suchte, blinkte in meinem Kopf auf, aber ich löschte sie aus. »Das ist gar nicht so schrecklich«, sagte ich. »Es bedeutet, dass man sich nur auf eine Person konzentrieren muss. Das macht das Leben einfacher.«

»Einfacher! Wie kann es einfach sein, so ganz alleine?«

»Es tut mir schon Leid, dass ich Ihnen das alles erzählt hab.«

»Tut es dir nicht.«

»Was?«

»Ich merke gleich, wenn jemand von Geistern verfolgt wird.«

Ich versuchte, absolut gleichgültig dreinzuschauen, aber ich glaube, stattdessen starrte ich ihm wie gebannt in die Augen, als ob ich auf eine Erklärung wartete. Fluchtbereit stand ich auf.

»Man muss seinen Geistern gegenübertreten, bevor man sie endgültig begraben kann«, sagte er. »Es gibt Menschen, die Geister sehen, es aber nicht eingestehen wollen. Manche Menschen klammern sich aus dem einen oder anderen Grund an ihre Geister und wollen sie nicht loslassen.« Er hob die Hände und ließ sie wieder sinken. »Bei manchen kommt beides vor.« Es war, als ob er mich erforschte. Womöglich tauche ich in seinem nächsten Buch auf.

»Ich muss jetzt gehen«, sagte ich, nahm den Packen mit handgeschriebenen Seiten von ihm an mich und ging auf das Fahrrad zu, das am Baum lehnte. Ich hielt an und sah mich um. »Mein Leben soll nicht veröffentlicht werden«, rief ich zurück, »verstanden?«

Er winkte. Ich hoffe, er hat mich gehört.

Das war am Freitag.

Was jetzt kommt, ist schmerzvoll, aber ich füttere trotzdem jede Einzelheit in diese unersättliche Maschine. Ein sehr langer, ganz schrecklicher Tag liegt hinter mir.

Es passieren seltsame Dinge. Da ist etwas schief gegangen. Zuerst hab ich gedacht, dass es in dieser Maschine spukt, dass der Geist verrückt spielt. Aber ich weiß, dass der Computer keine Fehler macht. Alle Fehler gehen auf menschliche Stümpereien zurück. Auf meine.

Heute Morgen, Sonntag, zwei Tage nach der letzten Lieferung, hat mich Grainger angerufen, um mir zu sagen, dass in seinem Manuskript Seiten fehlen, dass aber stattdessen andere Seiten drin seien, etwas, das ich wohl geschrieben hätte. Er sagte, es sähe wie ein Teil von einem Tagebuch aus.

»Scheiße!«, sagte ich.

»Keine Angst«, beruhigte er mich, »es steht nichts Belastendes drin.«

Ich glaube, ich weiß, was passiert ist. Letzte Woche wurde ich andauernd unterbrochen. Ständig hab ich zwischen seiner und meiner Datei hin- und hergeschaltet. Josh kam immer wieder rein und hat mich gestört und drausgebracht.

Dann war der Teufel los, weil Nick in einem neuerlichen Anfall ein Huhn ermordet hat. Ma flippte total aus. Ich hatte schon einen Stapel Seiten ausgedruckt, aber noch nicht alle. Ich schaltete den Drucker wieder ein und ließ ihn ausdrucken, während ich nach Hud suchte, damit er sich um Ma und Nick kümmerte. Dann schnappte ich die gedruckten Seiten, ohne sie zu ordnen, sogar ohne sie noch mal durchzusehen, und steckte sie in Graingers gelben Umschlag. Eine mögliche Erklärung. Oder es war ein Geist.

Nick geht nicht mehr Eier sammeln.

Wie dem auch sei, Grainger sagte: »Schau mal, ob du die fehlenden Seiten hundertneunundsechzig bis hundertachtzig hast, dann tauschen wir. Matt fährt rüber und holt dich ab.«

»Aber –«

»Er ist schon unterwegs.«

Ich fand Graingers fehlende Seiten und kurze Zeit später kam Matt in Graingers Auto die Einfahrt reingefahren.

»Er hätte meine Seiten doch einfach herbringen können«, sagte ich.

»Nein, konnte er nicht«, erwiderte Matt. »Er hat eine Bänderzerrung am Knie und kann gerade mal herumhumpeln.«

Ich verstand. »Wie ist denn das passiert? Bei der Geisterjagd?«

»Beim Tennisspielen auf unserem kaputten Tennisplatz.«

Den ganzen Weg bis zum Bellcroft redeten wir darüber und über Geister und Schriftstellerei. Ich hab den Eindruck, dass es besser wird mit meiner Stimme und dass ich endlich wenigstens einen Teil von mir unter Kontrolle hab.

Als wir ankamen, sagte Matt: »Ich bring dich rauf in Graingers Elfenbeinturm.« Wir stiegen die breite Treppe hinauf unter den missbilligenden Blicken verschiedener Bellington-Ahnen, die aus ihren Rahmen im holzgetäfelten Treppenhaus auf uns herunterstarrten. Ganze Generationen von Bellingtons, die weit in die Geschichte zurückreichen und deren Familienname bis heute existiert.

Ich sah mich die Treppe hinaufsteigen, Sarah Moone, mit dem ›e‹ hinten dran, ein Einzelstück, erste Person Singular, die nicht ganz sechzehn Jahre von Zeit und Raum einnimmt. Weniger, um genau zu sein, denn meine frühe Kindheit ist eigentlich nichts als eine einzige große Lücke. Ich habe keine Verbindung zu irgendeiner Geschichte. Ich stehe allein in der Gegenwart.

Mrs. Bellington tauchte am Fuß der Treppe auf und schien erstaunt zu sein, mich und Matt zusammen zu sehen. Sie grüßte mich mit fast schon eisiger Stimme und machte ein paar höfliche Bemerkungen. Wohlerzogene Menschen haben anscheinend eine Höflichkeitstaste, die sie bei Bedarf drücken, und schon kommt die richtige Phrasensammlung raus. Dann fragte sie Matt, ob er versuchen könne, das klemmende Fenster im großen Gästezimmer zu öffnen.

»Ich brauche vielleicht im Lauf des Nachmittags deine Hilfe«, sagte sie betont an Matt gerichtet, als ob ich Luft wäre. »Wir bekommen heute einen neuen Gast, falls du es vergessen hast.«

Auf einem Treppenabsatz zwischen den Stockwerken teilt sich die Treppe. Eine Richtung führt weiter durch den Hauptteil des Hauses, die andere mündet in einen seitlichen Flügel.

»Komm mit«, forderte Matt mich auf. »Das hier ist der Gästeflügel.«

Ich kenne solche Häuser vom Lesen. In Büchern hab ich schon in genau solchen Häusern gelebt.

Er öffnete die Tür zu einem dämmrigen, stickigen Raum, der eigentlich groß war, aber durch riesige Möbelstücke eng wirkte. Nachdem er die schweren Vorhänge beiseite geschoben hatte, trat ich ans Fenster, um zu sehen, wie der Ausblick war. Durch die Zweige von Bäumen konnte ich den Tennisplatz sehen, ein Bootshaus mit Giebel und dahinter eine schimmernde, runde

Fläche, die Bucht des Sees. Zusammen schafften wir es, das Fenster zu öffnen. Ich lehnte mich auf die Fensterbank, starrte hinaus und atmete die frische Luft tief ein. Das Gesicht hatte ich an das Fliegengitter gedrückt. Die Hitze der Sonne, die sich durch die Schatten spendenden Pinienäste kämpfte, drang nur bis zur Fensterbank vor, an der klammen Kühle des Zimmers konnte auch sie nichts ändern. Der Gast, der es gemietet hatte, würde es vielleicht eine Nacht aushalten. Eine halbe Nacht. Und um Mitternacht schreiend rausrennen, von Geistern gejagt. Und Fledermäusen. Und auch von Spinnen.

Ich musste hier raus, mir blieb die Luft weg. Wir stiegen hoch in Graingers Elfenbeinturm, wo er herumhumpelte und sein Bein schonte. Er bewohnt den ganzen dritten Stock – Schlafzimmer, Badezimmer, Arbeitszimmer mit Kochnische, offene Fenster, frische Luft. Wir tauschten die Dokumente. Grainger behauptet, in meinem nach den ersten beiden Sätzen nicht weitergelesen zu haben, nachdem er festgestellt hatte, dass es ein persönliches Tagebuch war. Wer's glaubt! Ich weiß doch, wie neugierig er ist. Außerdem deutet die Tatsache, dass er mir ein paar ganz spezielle Fragen zu Ruth gestellt hat, darauf hin, dass er alles über Ruths Besuch am vierundzwanzigsten Mai gelesen hat.

»Wann kommt Ruth denn wieder zu Besuch?«, fragte er.

»Wer weiß?«

»Übernachtet sie hier?«

»Keine Ahnung.«

»Sie machte mir den Eindruck, eine Frau von Substanz zu sein.«

Ich bin mir nicht ganz sicher, was er damit meinte. Wahrscheinlich, dass sie keine übersinnliche Erscheinung ist. Egal, schließlich rief Mrs. Bellington mit einer Stimme wie ein Silberglöckchen nach Matt, ob er wohl herunterkommen und ihr helfen könne.

Er kam nicht zurück und ich merkte plötzlich, wie spät es war. Ich erklärte Grainger, dass ich gehen müsse, und stieg hinunter, um zu sehen, ob Matt mich heimfahren könne. Zu den Huddlestons, meine ich. Zuerst konnte ich ihn nirgends entdecken. Ich blieb eine Weile in der Eingangshalle stehen und beschloss dann, im Wohnzimmer auf ihn zu warten. Dabei sah ich aus dem Fenster.

Ein kleines Auto, alt, aber blitzblank, kam die geschwungene Auffahrt entlang und hielt. Die Person darin blieb einen Moment sitzen, stieg aus, sah sich um und schaute mit vorgehaltener Hand, wegen der Sonne, zum Haus her. Dann griff sie ins Auto und zerrte einen Koffer heraus. Sie kam damit aufs Haus zu und die Verandatreppe hoch. Dann verschwand sie aus meinem Blickfeld. Wahrscheinlich probierte sie gerade die kaputte Klingel, spähte durch die Seitenfenster und betrachtete dann den Türklopfer. Es folgte ein energisches Pochen an der Tür.

Ich ging in die Halle zurück. Mrs. Bellington tauchte auf, mit würdevollen Bewegungen und ohne mich so richtig wahrzunehmen, und öffnete die Haustür. Die Frau trat ein. Ich erinnerte mich an sie. *Café L'auberge*, Anfang März. Sie sah mich mit großen Augen an, als ob sie sich fragte, wo sie mich schon mal gesehen hatte. Dann wandte sie sich an Mrs. Bellington und sagte: »Es war eine lange Fahrt.« Ihre Stimme war ausdruckslos. Kein Lächeln, das ihre Züge weicher gemacht hätte. Sie fuhr sich mit der Hand durch das kurze, aschblonde Haar.

»Bestimmt sind Sie erschöpft«, sagte Mrs. Bellington freundlich. »Ich zeige Ihnen Ihr Zimmer. Ich dachte, Sie würden gerne dasselbe haben wie das letzte Mal im März.« In dem Moment tauchte Matt auf, nahm ihren Koffer und sagte zu mir, er käme gleich zurück. Ich sah der Frau nach, die, gefolgt von Mrs. Bellington und Matt, die Treppe hinaufstieg. »Ist Ihnen das Zimmer recht?«, fragte Mrs. Bellington.

»Es spielt keine Rolle«, sagte die Frau. »Ich habe nicht vor, mich viel darin aufzuhalten. Ich muss etwas herumspionieren.«

»Wie meinen Sie das?«, hörte ich Mrs. Bellington von dem Treppenabsatz her fragen.

»Vor sechzehn Jahren habe ich einen Fehler gemacht. Jetzt will ich ihn wieder gutmachen.«

Ich sah, wie sich Mrs. Bellington nach ihrem Sohn umdrehte, konnte aber ihren Gesichtsausdruck nicht erkennen. Matt zuckte mit den Schultern.

Als Matt ein paar Minuten später zurückkam, stand ich noch immer wie versteinert am selben Fleck. »Was für eine seltsame Frau«, flüsterte er.

Ich sah ihn an, dann stürzte ich mit Riesenschritten an ihm vorbei durch die Haustür, schnurstracks die Verandastufen hinunter und über die Auffahrt bis zu dem gewundenen Weg. Rufend kam Matt hinter mir her, aber ich blieb nicht stehen. Erst als ich auf der Straße war, verlangsamte ich meinen Schritt, um zu Atem zu kommen. Ich hörte hinter mir ein Auto. Matt.

»Was ist los?«, rief er durch das offene Autofenster.

»Nichts.«

»Ich fahr dich heim.«

»Ich will zu Fuß gehen.«

Er hielt an und öffnete die Tür.

»Bitte.« Ich drehte mich um und sah ihn an. »Ich möchte lieber zu Fuß gehen.« Er sah mich besorgt an, ließ seinen durchdringenden Blick zwischen meinen beiden Augen hin- und herwandern, immer wieder, als ob er meine Gedanken darin sehen könnte. »Bitte«, flüsterte ich noch einmal. Ich wandte mich wieder um. Er schloss die Wagentür. Ich sah das Auto nicht mehr und hörte es auch nicht fahren, wahrscheinlich saß er einfach da und sah mir nach.

An der Kreuzung beim *Café L'auberge* waren Wegweiser. Einer zeigte zum Wilderness Provincial Park, einer in Richtung Ambrose und ein dritter nach Ottawa. Ich hatte also eine nette Auswahl. Ich konnte mich in der ungezähmten Wildnis verlieren; ich konnte in Ambrose bleiben und auf der Farm der Huddlestons versauern; oder ich konnte meine sterblichen Überreste in den Straßenschluchten der Großstadt begraben.

Rasch ging ich auf die Straßenböschung zu. Ich hatte das dringende Bedürfnis, mich zu entscheiden, eine Wahl zu treffen. Die Sonne brannte mir auf den Rücken und die Arme. Die Wildnis erschien mir einladend. Rau, unbewohnt, ein Ort nach meiner Wahl.

Es herrschte ziemlich starker Ferienverkehr. Ein Auto, das einen Anhänger mit Boot hatte und mit einer Campingausrüstung bepackt war, streifte die Böschung. Es erstickte mich fast mit seiner Staubwolke und ich musste in den Graben springen. Ich starrte dem Auto nach. So viel Ausrüstungszeug, um ein bisschen primitiv in der Wildnis zu leben! Wenn ich ehrlich war, musste ich zugeben, dass ich darauf nicht vorbereitet war. Ich hatte nicht mal Streichhölzer. Und selbst wenn, dann hätte ich nicht den Mut aufgebracht, ein Lagerfeuer anzuzünden.

Ich könnte nach Ottawa trampen. Eine Stunde und ich wäre da. Ich ging zu den Wegweisern zurück und wandte mich der Schnellstraße zu. Autos sausten vorbei. Ich streckte den Daumen raus, aber keiner hielt an. Keiner bemerkte mich. Jedes Auto sah so abgekapselt aus, während es die üppige Landschaft verließ und auf die Betonmassen der Stadt zustrebte. Ein schnelles Auto fuhr vorüber und einige Sekunden später bremste es quietschend und schlitternd und fuhr langsamer. Ich dachte, es wollte wegen mir halten und lief hin, aber es fuhr schon weiter. Mitten auf der Fahrbahn lag ein überfahrenes Stachelschwein.

Ich kehrte zu den Wegweisern zurück und machte mich auf den Weg zur Farm der Huddlestons. Und zu meinem Computer.

Die Julisonne raubte mir die Kraft. Oben auf einer steilen Anhöhe verließ ich die Straße und trat in den Schatten einer Gruppe von Birken. Am Rand einer umzäunten Wiese mit Gänseblümchen ließ ich mich nieder und wurde mit einer sanften, kühlenden Brise belohnt. Ich löste die Spange, die mein Haar zusammenhielt, schüttelte es und lehnte mich an einen Zaunpfahl, um nachzudenken.

Was tat ich da eigentlich? Vor einer fremden Frau davonlaufen, weil ich mir einbildete, der Fehler zu sein, den sie vor sechzehn Jahren gemacht hatte. Ich hätte niemals einen Zusammenhang hergestellt, wenn ich nicht auf die Kleinanzeige im *Globe and Mail* gestoßen wäre. Ich kann doch nicht die einzige herrenlose Tochter im ganzen Land sein. Sie hat keine Beweise. Ihr Fehler könnte genauso gut einen Meter groß sein und grüne Haare haben. Es gibt nichts, was mich mit ihr in Verbindung bringt.

Ich rieb mir mit dem Arm über die verschwitzte Stirn und versuchte, cool zu bleiben. Mit erhobenem Kopf und halb geschlossenen Augen sah ich um mich, Königin Cool. Eine Brise ließ die Gänseblümchen mit den Köpfen nicken. Ich griff danach und pflückte eins und noch eins. Ich pflückte ein Gänseblümchen nach dem anderen, dann streckte ich mich und pflückte einen langen Stiel, der von oben bis unten schöne blaue Blüten hatte. Es war so ein blühendes Wildkraut, das man zwar sieht, aber nicht richtig wahrnimmt, bis man genau hinschaut. In jeder der blauen Blüten waren zarte, rosafarbene Staubblätter. Wunderschöne Blüten. Als ich die Hand darum schloss, hatte ich plötzlich die Finger voller kleiner Stacheln. Blödes Unkraut. Ich warf es weg.

Es ist echt spät. Ich sollte die Maschine jetzt abstellen und ins Bett gehen, mach es aber nicht. Ich hacke weiter, bis ich mit dem ganzen Tag fertig bin.

Ich kam etwas zu spät zum Abendessen und danach mussten wir alle Unkraut jäten, nicht nur im Gemüsegarten, sondern auch in Ma's Blumenbeeten. Wir zupften Unkraut mit langen Wurzeln, kurze, zähe Büschel, alle möglichen Arten und noch zwei mickerige Tomatenpflanzen, die Ma dann wieder einpflanzte. Wir arbeiteten fast bis zum Einbruch der Dunkelheit. Als das Telefon läutete und Ma deswegen reinging, sagte Hud, wir könnten aufhören.

»Matt Bellington hat angerufen und gesagt, dass du einen Umschlag mit Seiten liegen gelassen hast«, verkündete Ma, als ich reinkam.

»Oh«, sagte ich.

Ma hörte nicht auf, von Matt Bellington zu reden und dass er die Seiten bringen würde und was er doch für ein wahnsinnig netter Kerl sei und so weiter und so fort. Und während sie noch immer über ihn laberte, kam Matt die Auffahrt heraufgefahren. Direkt hinter ihm folgte Mrs. Oaksi mit einem Glas Eingemachtem von letztem Jahr, das Ma versuchen sollte.

Matt gab mir den Umschlag. Ich dachte, er würde gleich wieder gehen, aber nein. »Können wir uns irgendwo unterhalten?«, fragte er. Du lieber Himmel.

Ma und Mrs. Oaksi waren in der Küche und schrien sich gegenseitig Einmachrezepte zu. Ma schreit Mrs. Oaksi an, weil sie meint, dann versteht sie besser Englisch, und Mrs. Oaksi schreit zurück, weil sie annimmt, dass Ma schwerhörig ist. Hud und die Jungs guckten sich im Wohnzimmer Fußball an, also gingen wir nach draußen in den Anbau, der inzwischen Wände hat. Wir zwängten uns unter den Plastikplanen durch, die vor den Fenstern und Türen hängen, damit es nicht reinregnet. Die Planen lassen auch keinen einzigen Windhauch rein – und keine Moskitos raus.

Wir saßen auf dem Boden, lehnten uns an die Wand und schlugen uns in regelmäßigen Abständen auf die Arme und den Nacken. Ich wartete, dass Matt anfing. Vielleicht wartete er auf mich. Auf jeden Fall redete erst mal keiner, aber durch die Plastikplanen konnte man von draußen trotz des Summens der Moskitos ein ganzes Konzert von Naturgeräuschen hören. Irgendwo bei den Apfelbäumen blieb ein Vogel namens Ziegenmelker in immer den gleichen drei Tönen stecken, aber er pfiff trotzdem vergnügt weiter. Ganz in der Nähe stimmten die Frösche ein Konzert an.

»Warum warst du so durcheinander, als du gegangen bist?«,

fragte Matt. »Ich kann mir einfach nicht denken, was ich Falsches gesagt hab.«

»Das lag nicht an dir.« In dem schwachen Lichtschein, der von der angrenzenden Küche hereinfiel, konnte ich seinen verwirrten und verletzten Gesichtsausdruck sehen. Ich schüttelte den Kopf. »Weißt du, du würdest es doch nicht verstehen. Dass ich durcheinander war, hat nichts mit dir zu tun. Es hängt mit meinem Leben zusammen und meine Welt hat so wenig mit deiner zu tun, dass wir kaum dieselbe Sprache sprechen.«

»Versteh ich nicht.«

»Hab ich doch gesagt.«

»Wenn du mich einweihen würdest, könnte ich's vielleicht. Mein Leben war auch nicht gerade auf Rosen gebettet, weißt du, zumindest, seit mein Vater tot ist.«

»Na gut. Aber du weißt immerhin, wer er war, oder?«

Matt räusperte sich.

»Vergiss es. Das soll kein Wettbewerb werden. Die Frau hat mich an Sachen erinnert, über die ich nicht nachdenken will.«

Eine Weile saßen wir schweigend da.

»Grainger hat mir ein bisschen über dich erzählt.«

»Dachte ich mir schon. Er weiß nicht mal die Hälfte.«

»Erzähl.«

»Ich kann nicht. Hab das meiste vergessen. Alles ist so verschwommen.«

»Was zum Beispiel?«

»Einmal hab ich vor etwas Angst gehabt.«

»Vor was?«

Während ich darüber nachdachte, fragte ich mich, ob ich die Wirklichkeit vielleicht mit einem Alptraum verwechselte, den ich mal geträumt hatte. Ich hatte das Gefühl, mich an schauerliche Schreie zu erinnern, Dunkelheit, höllenhaft aufblitzendes Licht aus dem Nichts, aber vielleicht hatte ich das nie wirklich erlebt. Ich zwang mich, an leere Flächen, an einen dunklen Bildschirm zu denken. »Ich kann mich nicht erinnern.«

Er schwieg wieder. Ich glaube nicht, dass er oft Leute über ihre düstere Vergangenheit befragt. Er tut es so unbeholfen.

»An was erinnerst du dich denn?«

Ich strengte mich an, etwas aus der Vergangenheit zu erkennen. Da war die Frau, die mir das viele Spielzeug geschenkt hatte. Sie hatte die Arme um mich geschlungen und mich fast zu Tode geschaukelt und gewiegt. Dabei weinte sie die ganze Zeit. Ich war immer froh, wenn sie mich losließ und sich wieder ein ›Schlückchen‹ einschenkte. Dann kam ich in die Schule. Meine erste Lehrerin liebte ich. Eines Tages versuchte ich, sie zu umarmen, aber sie stieß mich weg. »Ich kann doch nicht nur ein Kind in den Arm nehmen, verstehst du?«, sagte sie. »Dann müsste ich das ja mit allen in der Klasse tun.« Zuerst dachte ich, wie schön das wäre. Aber schließlich kapierte ich, dass es nicht logisch war, nicht möglich, und dass die Menschen andere Menschen nur in kleinen Mengen mögen können. Was für ein dummes kleines Kind ich damals war. Ich fing an, auf Nummer Sicher zu gehen und mich fern zu halten von Leuten, die ich möglicherweise umarmen wollte.

Keine Ahnung, warum ich das hervorgekramt habe. »Mein Kopf ist total leer«, sagte ich. Das Quaken der Frösche übertönte unser Schweigen.

Matts Fragen wurden geschickter. »Und was ist mit deinen richtigen Eltern?«

»Was soll mit ihnen sein?«

»Ich meine, willst du nicht wissen, wer sie sind?«

Ich konzentrierte mich auf die Frösche. Qua-a-ak, qua-a-ak, qua-a-ak sangen sie immer wieder in die Nacht hinaus.

»Willst du nicht?«, fragte er nochmal. Er hatte sich so hingesetzt, dass er mir ins Gesicht sehen konnte, im Schneidersitz, die Ellbogen auf den Knien, das Kinn auf die Handflächen gestützt.

Ich gab auf. »Doch.«

Qua-a-ak, qua-a-ak, qua-a-ak.

»Ich hasse sie.« Bisher war mir nicht bewusst gewesen, dass meine Gefühle stark genug waren, um zu hassen.

»Warum denn hassen?«

»Ich hasse sie, weil sie mich weggegeben haben.« Ich hatte so etwas noch nie gesagt; nicht mal dran gedacht. Eigentlich hasste ich auch wohl nicht diese Frau, den Gast im Bellcroft, die meine Mutter sein mochte oder auch nicht. Ich hasste ein mythisches, unbekanntes männliches oder weibliches Wesen, zwei Leute, die mich, völlig unschuldig und wehrlos, in die Welt gesetzt hatten und es sich dann anders überlegten. Mich mit den Wurzeln rausgezogen und weggeworfen hatten.

»Grainger hat gesagt, dass sie gestorben sind.«

»Das waren meine Adoptiveltern.« Auf einmal hatte ich den Wunsch, all das einfach unberührt zu lassen, den Deckel meines Glaskastens wieder fest zu verschließen. Es ging nicht. Gedanken, die ich immer verdrängt hatte, entkamen durch einen kleinen Spalt. Es brach aus mir hervor. »Sie haben mich im Stich gelassen.« Ich hielt es nicht aus, dass er mich betrachtete, und stand auf. »Meine Mutter hat mich verstoßen. Weggeworfen.« Ich lehnte an einem der Fensterrahmen und schob die Plastikplane beiseite. Sie fiel auf den Boden. Nebel, der über dem Kamm des Hügels aufstieg, umhüllte die Apfelbäume, die sich gegen den blassen Mond abhoben. »Sie hat ein ganz konkretes lebendes Wesen, einen denkenden, fühlenden, verletzlichen Menschen rausgeworfen. Ich hasse sie!« Matt schwieg, aber ich hörte, wie er sich rührte und aufstand. »Und was viel schlimmer ist«, fuhr ich fort, denn ich konnte nicht mehr aufhören, »was mich wirklich wütend macht, sind – die Anlagen.«

»Anlagen?«

»Gene. Ich hab ihre blöden Gene alle geerbt.«

»Ach so.«

»Ich bin genau wie sie. Herzlos.«

»Bist du überhaupt nicht.«

»Was wäre, wenn ich mich, aus Versehen sozusagen, an jemand dranhängen würde? Ich würde ihn schließlich doch nur im Stich lassen, ihn abschütteln.«

Matt unterbrach mich. »Das kann ich mir nicht vorstellen.«

Er stand jetzt neben mir. Wir sahen beide in den Nebel hinaus, der den Mond halb verdeckte. »Vielleicht hast du Recht«, sagte ich. »Wie meine sogenannte Mutter würde ich nicht werden. Es gibt keinen, den ich im Stich lassen kann. Und wird nie einen geben. Das Einzige auf der Welt, an dem ich hänge, ist mein Computer. So regeln sich die Dinge immer irgendwie von selbst, oder? Ich meine, ich hab mich mein Leben lang auf niemand eingelassen und die meiste Zeit werd ich auch von anderen in Ruhe gelassen. Ist doch alles in bester Ordnung. So gibt es keine Verlierer.«

»Du liebst einen Computer?«

»So was in der Art.«

»Damit kannst du nicht durchs Leben kommen.«

»Wart's ab.«

Ich hatte das Gefühl, dass er tatsächlich auf etwas wartete. Er schwieg. Die Frösche draußen änderten ihren Text. Qua-atsch, Qua-atsch, Qua-atsch sangen sie und der Ziegenmelker machte immer noch keine Anstalten, seinen sinnlosen Refrain zu variieren. »Das Leben ist so viel leichter«, fuhr ich fort, »wenn man niemand braucht. Sobald ich sechzehn bin, hau ich von hier ab. Ich kann die Schule verlassen und nach Norden gehen. Bis in die Arktis, wenn ich will. Ich hab keine Eltern, die es kümmert, was ich tue oder nicht tue. Und wenn ich achtzehn werde, bin ich auch nicht mehr vom Jugendamt abhängig. Ich bin frei. Ich ganz allein in meinem kleinen Paradies.«

»Sarah.« Ich sah, wie er näher kam. Spürte, wie er die Hände auf meine Schultern legte und mich an sich zog. Ich stand stocksteif da. Seine Hand war in meinen Haaren und meine Wange an seiner Schulter. Einen kurzen Moment lang ließ ich das Gefühl zu, ich selbst zu sein, meine weiche Brust an seinen harten Rippen zu spüren und einen Hauch von seinem Schweiß, feucht und salzig, zu riechen. Dann riss ich mich los.

Im nächsten Augenblick starrte ich ihn wütend aus der anderen Ecke des Zimmers an.

»Was hab ich ...? Was ist los?«, fragte er. Er klang völlig entgeistert.

»Nichts«, knurrte ich. »Warum gehst du nicht?«

»Das tu ich auch«, sagte er verletzt. Und er schlüpfte unter der Plastikplane hinaus, die über der Öffnung für die Schiebetür hing.

»Zwick mich nicht«, sagte ich und es war mir egal, ob er mich hörte.

Ich kann nicht umhin, hier festzuhalten, dass ich vor einigen Monaten unter den gleichen Umständen wahrscheinlich zum Eisblock erstarrt wäre. Jetzt konnte ich mich noch bewegen, wenn mir auch nicht danach war.

Der Mond vor dem Fenster war nicht sehr groß. Er hing einfach am Himmel, sinnlos, halb in Nebel gehüllt. Gestern hab ich in der Zeitung gelesen, dass es diesen Sommer eine Mondfinsternis gibt. Aber erst in ein paar Wochen. Der Mond schien nicht hell und war auch nicht besonders schön. Auf keinen Fall poetisch. Obwohl ich genau hinsah, konnte ich auch kein Gesicht entdecken – keinen Mann im Mond. Ich hörte Matt davonfahren. Manchmal glaube ich, wenn ich weinen würde, dann könnte ich die Dinge besser in den Griff kriegen. Aber wenn ich erst mal anfinge – wüsste ich, wie man wieder aufhört?

Ich ging nach oben und schaltete den Computer ein.

Wenn ich nicht Graingers Gekrakel in sauber gedruckte, mit korrekter Zeichensetzung versehene Prosa verwandle, halte ich mich seit einer Woche fern von meinem Computer. Es ist mir auch geglückt, mich von Matt fern zu halten, wahrscheinlich, weil er sich auch bemüht, mir nicht über den Weg zu laufen. Doch der Tag gestern war ziemlich beunruhigend. Ich fühle mich gezwungen, den Computer mit meinen Gedanken zu füttern.

Gestern hab ich im *L'auberge* gearbeitet, um Frances auszuhelfen. Die Frau kam gerade raus, als ich eintraf. Ich hielt ihr die Tür auf. Als sie mich sah, nahm ihr Gesicht einen Ausdruck an, den ich nicht anders als zurückhaltend bezeichnen kann. Sie wirkte wie jemand, der bemüht ist, geschickt vorzugehen. »Schöner Tag«, sagte sie zu mir. Stimmte überhaupt nicht. Es war bedeckt und schwül. Ich brummte etwas. Weiß nicht mehr, was.

»Die Frau da!«, bemerkte Frances, als sie weg war. »Bei der kann man ja fast 'ne Gänsehaut kriegen, findest du nicht? Sieht aus, als ob man ihr das Leben aus den Adern gesaugt hat.«

Ich band mir eine Schürze um und sagte nichts.

»Sie war vor ein paar Tagen schon mal hier und hat erzählt, dass sie nach ihrer Tochter sucht, die sie zur Adoption freigegeben hat. Ist doch irgendwie interessant, oder nicht?«

»Nicht besonders.«

»Anfangs hab ich gedacht, du könntest das sein.«

Mein Herzschlag setzte einen Moment aus. »Wieso das denn?«

»Na ja, sie sagte, ihre Tochter sei adoptiert worden, und ich weiß ja, dass du ein Mündel oder so was bist, vom Jugendamt, das heißt ja, dass du nicht adoptiert bist. Also, wenn man adoptiert ist, dann doch lebenslang, oder? Also hab ich ihr nichts von dir gesagt. Wär ja nicht fair gewesen, Hoffnungen in ihr zu wecken.« Sie sah mich fragend an, ob ich ihr zustimmte.

Ich nickte. Dann schenkte ich Ruby McKericher am anderen Ende der Theke Kaffee nach. Ihre Schwester Pearl war noch nicht eingetroffen.

»Schade irgendwie«, sagte Ruby. »Denk doch mal, wenn du es wärst! Wie so 'ne Geschichte aus dem Fernsehen oder aus einer Zeitschrift. Verloren geglaubte Tochter aufgetaucht. Wäre doch aufregend.« Sie sah mich auch lange und eindringlich an.

»Fände ich gar nicht aufregend«, erwiderte ich. »Die Tochter hat vielleicht ihre eigenen Pläne. Warum sollte sie wollen, dass die Frau da, die 'ne Psychopathin sein könnte oder so, sich in ihre schönen Zukunftspläne einmischt?« Ruby und Frances nickten.

Dann trat Pearl Hurlehey ein. Die beiden Schwestern umarmten sich umständlich, bevor Pearl ihren ausladenden Hintern auf dem Hocker neben Ruby platzierte. Ruby klärte ihre Schwester über das Gesprächsthema auf. Hier wird keiner der zahlenden Gäste ausgeschlossen. Old Vern Dowdle, der am oberen Ende der Theke saß, hielt sich in unsere Richtung die Hand hinters Ohr. Ein paar Leute in der Mitte glotzten mit leerem Blick in den Spiegel und ließen sich kein Wort entgehen.

Pearl sagte: »Ach so, jetzt weiß ich, welche Frau ihr meint! Natürlich ist das aufregend. Die verloren geglaubte Tochter findet plötzlich raus, dass sie Verwandtschaft hat. Die Frau ist doch keine Psychopathin. Furchtbar dünn allerdings.«

Old Vern Dowdle sagte: »Da kann man nie sicher sein. Es gibt 'ne ganze Menge davon.«

»Ach was, hier bei uns doch nicht, wirklich.« Tommy Fradette, ein Beinahe-Stammgast, mischte sich jetzt auch ein. »In Toronto gibt's vielleicht 'ne Menge.« Er trompetete mit seiner riesigen Nase in ein Taschentuch und wischte sich dann die Nasenspitze damit ab.

Ruby meinte: »Die verloren geglaubte Tochter wäre doch bestimmt begeistert, plötzlich auf Tanten und Onkel und Großeltern und Vorfahren zu stoßen.« Alle Blicke waren jetzt auf mich gerichtet.

»Vielleicht sogar Schwestern«, fügte Pearl hinzu.

»Wozu denn Verwandte?«, sagte ich. »Ich wäre nicht scharf auf Verwandte und schon gar nicht auf Vorfahren. Mit oder ohne Vorfahren, ich bin immer noch ich, ganz allein, und das zum Glück.« Und das Bild, das ich in diesem Augenblick von mir hatte, war langgewachsen, dünn, stachelig. Ein Wachturm, so ein bisschen wie die Bäume, die um das Bellcroft stehen. Dunkel. Undurchdringlich. An Nadelbäumen wachsen auch keine Kletterpflanzen hoch. Sie stehen für sich. Als ich von der Theke aufblickte, die ich gerade abwischte, waren ihre Augen auf mich gerichtet wie auf ein seltenes Objekt in einer Glasvitrine.

»Du klingst genau wie die Frau«, sagte Frances.

»Wie meinst du das?«

»Sie hat mir erzählt: ›Ich habe nie geglaubt, dass es mir was bedeutet, Verwandtschaft zu haben. Ich bin eine richtige Einzelgängerin.‹ Das hat sie gesagt.«

»Wirklich?«

»Und dann sagte sie: ›Ich hab plötzlich das unwiderstehliche Verlangen, mein Baby zu sehen.‹«

»Ihr Baby! Wie alt soll denn diese Tochter sein?«

»Sechzehn am einunddreißigsten August.«

Ich biss mir in die Backe und zuckte nicht mal mit der Wimper. Bestimmt sind so um die hundertfünfzig Babys am selben Tag wie ich geboren. Ich muss deshalb noch lange nicht die Richtige sein.

»Sie hat wohl nicht gesagt, wo sie geboren ist, oder?«, wollte Ruby von Frances wissen.

Und bestimmt sind nicht alle in dem Krankenhaus geboren, das in der Anzeige erwähnt worden ist.

»Damit wird sie schon noch rausrücken. Sie kommt öfters her.«

Aber nicht alle sind adoptiert worden.

»Natürlich könnte sie auch 'ne Hackebeilmörderin sein«, gab Old Vern zu bedenken.

Das schränkt die Auswahl ein.

»Die doch nicht.« Tommy Fradette schüttelte den Kopf.

»Na jaa, es heißt, man kann nie sicher sein –«

»Ach hör doch auf, wer ist das schon.«

»– bis es zu spät ist.«

»Es fängt zu regnen an«, sagte ich und alle hörten zu reden auf, um nach draußen zu sehen. Der Regen schlug ans Fenster. Er wurde stärker und spritzte von der Fensterbank hoch.

»Die Natur kann's brauchen«, sagte Old Vern.

Ich ging in das Hinterzimmer, um Tassen und Teller zu spülen. Ich starrte in das volle Spülbecken und sagte mir, sie denken, dass ich die Tochter bin. Es geht aus der Art hervor, wie sie mich dauernd ansehen. Und die Frau glaubt es auch. Aber sie hat keinen Beweis, nicht einen einzigen. Sie kann mich nicht kriegen, solange ich es nicht zulasse. Ich muss keine Entscheidung treffen, solange ich nicht mit dem Rücken zur Wand stehe.

Das war gestern.

Ein Unglück kommt selten allein. (Einer von Ma's Lieblingssprüchen. Einer davon.) Vor einer Weile, nach dem Abendessen, bin ich hier raufgekommen, um über meinem Computer zu brüten. Ich war gerade bei ›mit dem Rücken zur Wand‹, als ich von Josh unterbrochen wurde.

»Sarah, ich will rein!« Seine Stimme klang eher ängstlich als befehlend.

Ich beugte mich über die Tastatur. Das wurde allmählich zur Gewohnheit. »Geh weg, ich bin beschäftigt!« Ich wollte nämlich gerade nach einer Formulierung suchen, mit der ich der Frau zu verstehen geben konnte, dass sie wieder dorthin verschwinden solle, wo sie hergekommen war. Und nach einer, mit der ich Hud und Ma beibringen wollte, dass ich in sieben Wochen in den Norden abhauen würde. Die Unterlagen aus Timmins sind mit der Post gekommen, es tut sich also was.

Josh hörte nicht auf zu plärren und an die Tür zu trommeln. »Es ist wirklich zum Heulen!« Ich gab nach. Schließlich hatte Ma mich gebeten, ein bisschen auf ihn zu achten, und es war schon spät, fast dunkel. Ich machte die Tür auf.

»Nickie will mich verbrennen!«

»Er ist doch gar nicht da. Er ist weggegangen.«

»Jetzt ist er aber zurück.«

»Wenn du ihm aus dem Weg gehst, tut er dir nichts.«

»Doch, tut er!« Er schlang mir die Arme um die Hüften und wollte nicht mehr loslassen. Ich musste ihm die Hände lösen und sah ihn genau an. Er starrte zurück mit angsterfüllten, dunklen Augen. Etwas an diesen Augen rührte mich. Aus einer jener unerreichbaren dunklen Höhlen, in denen meine Erinnerung lauert, kam ein sanfter Hauch. Einen kurzen Moment lang empfand ich Panik, Angst kam auf. Keine greifbare Angst, nur so eine ziellose Angst, wie in den Alpträumen, die nicht enden wollen.

Für einen Vierjährigen ist Josh ganz schön schwer, aber ich nahm ihn auf den Arm. Er kuschelte sich eng an mich und ich kam mir vor wie in einer Falle.

»Jetzt ist aber genug«, sagte ich und versuchte ihn wieder auf den Boden zu stellen. Er klammerte sich wie ein Äffchen mit Armen und Beinen an mich.

»Festhalten«, bat er mich mit seiner Babystimme. Ich wusste nicht, wie er darauf kam, dass Nick ihn verbrennen wollte. Nick selbst wird schmoren. In der Hölle.

Ich seufzte, biss die Zähne zusammen und ging mit meiner Last mühsam die Treppe hinunter und auf die vordere Veranda hinaus. Es stand ein altersschwacher Schaukelstuhl draußen, ziemlich wackelig, aber noch zu benutzen. Ich setzte mich hinein, denn der Kleine war bleischwer. Ich schaukelte ein bisschen und überlegte, was ich mit ihm machen sollte. Ma war bei irgendwelchen Nachbarn, um angeblich ein bisschen Karten zu spielen, aber ich ließ mich nicht täuschen. Sie veranstalteten eine Marathon-Redeorgie. Würde die halbe Nacht dauern. Hud war am anderen Ende des Grundstücks, um das zweite Tor zu reparieren. Zu weit weg, um Josh hinzuschleppen. Sein Kopf nickte mir an die Wange beim Schaukeln. Sein Haar fühlte sich weich an.

Plötzlich glaubte ich, Rauch zu riechen. Ich hob Joshs Kinn an und sah ihm in die Augen. »Hat Nick wirklich ein Feuer gemacht?«

»Nur ein kleines. In der Scheune. Bin weggeschlichen.«

Auf einmal war ich stärker als Josh. Ich setzte ihn unsanft auf den Boden der Veranda und rannte um das Haus herum auf die Scheune zu. Er fing an, in höchsten Tönen zu kreischen. »Nicht hingehen!«, schrie er. »Nickie zündet dich auch an!« Er rannte mir nach, stolperte über seine Beinchen und brüllte.

Und brüllte.

Ich blieb nicht stehen. Ich wurde auf die Scheune zugetrieben. Wurde angezogen. Wie ein Schlafwandler, der in einen vertrauten, immer wiederkehrenden Traum gelockt wird. Zuerst konnte ich nur eine dünne Rauchfahne sehen, die sich mit dem Abendnebel vermischte. Mit weichen Knien lief ich automatisch weiter und mein Blick konzentrierte sich auf die Scheunentür. Rauch schwebte mir träge entgegen. Ich wusste, dass ich rannte, aber ich hatte das Gefühl, nicht voranzukommen. Wie durch den Trick eines bösen Zauberers war die Tür plötzlich von einem hellen Schein erfüllt. Das höhlenartige Innere der Scheune war halb erleuchtet. Unterschiedliche Schatten tanzten wild über die Wände.

Josh hatte mich eingeholt und klammerte sich wie am Spieß brüllend an mich. Ich starrte in den grellen Schein, bis ich es nicht mehr ertragen konnte. »Nein!«, schrie ich. »Hör auf. Hör auf zu schreien!« Ich zog ihn eng an mich und versuchte, seinen Mund mit meiner Hand zuzuhalten. Seine Panik ging auf mich über. Ich taumelte von der Tür zurück und stolperte. Wie ein dreijähriges kleines Kind plumpste ich auf den Boden. Rückwärts rutschte ich auf dem Hintern weg, indem ich die Fersen in den Boden grub und mich abstieß, nur um Abstand zu schaffen zwischen mir und der Feuersbrunst.

Es war einmal ein Feuer.

Erinnerungen brachen hervor, überfluteten mich wie eine

Riesenwelle, eine schwarze Welle nach der anderen. Der beißende Geruch von Angst und Tod. Es umzuckte mich wie wahnsinnig, gelb, orange, aufflackernd, nachlassend und wieder von neuem auflodernd.

Josh, der auf mich draufkletterte, sich anklammerte. Seine Schreie, die auf mein Trommelfell hämmerten und meinen Kopf beinahe zerbersten ließen. Seine Finger krallten sich in meinen Rücken und ich wiegte mich mit ihm auf dem Boden hin und her. Schreie durchdrangen mich völlig, wurden aufgedreht wie mit einem Verstärker. Mein Mund war weit aufgerissen; mein Kiefer schmerzte. Die Schreie kamen von mir selbst.

So unheimlich, wie das Feuer aufgeflammt war, so geheimnisvoll erstarb es wieder. In der Scheunentür erschien Hud, eine Silhouette, ein Riese. Meine Schreie wurden leiser. Schließlich war es nur noch stoßartiges Weinen, dann trockenes Schluchzen. Ich holte tief Luft.

Hud setzte einen riesigen Feuerlöscher ab und stützte sich mit einem Arm an den Türrahmen. Mit dem anderen Arm wischte er sich über die Stirn. »Alles in Ordnung mit euch?«, rief er mit erstickter Stimme. Josh antwortete mit Ja für uns beide. »Okay«, sagte ich endlich, aber ich wiegte mich immer noch auf dem Boden hin und her und umklammerte Josh. Hud holte den Gartenschlauch, um den Rest der Scheune abzuspritzen.

Mit seinem Hemdchen tupfte mir Josh die Augen trocken. »Braucht Sarah ein Pflaster?«, flüsterte er mir ins Ohr.

Ich hätte mir dämlich vorkommen müssen, peinlich berührt, dass ich mich vor einem kleinen Kind wie Josh so hatte gehen lassen. Langsam hörte ich mit den Schaukelbewegungen auf und warf vorsichtig einen Blick auf die Scheune. Sie stand noch, um die Tür herum zwar verkohlt, aber nicht ganz zerstört. Es roch nach Rauch, als ob jemand ein Lagerfeuer gemacht hätte. Komischerweise kam ich mir wegen meinem Verhalten gar nicht dumm vor. Ich saß im Schneidersitz auf dem Boden und rieb mir mit beiden Händen das Gesicht. Ich fühlte mich erleichtert. Oder eher befreit. Josh hockte jetzt vor mir und sah mich mit einem Ausdruck an, der nicht von Angst, sondern von tiefer Sorge um mich erfüllt war. Ich stand auf und ließ es zu, dass er meine Hand nahm. Gemeinsam gingen wir zum Haus. Wir konnten das Zischen des Wasserstrahls hören, den Hud auf die Scheune lenkte.

Wenn Ruth mich fragen würde, wenn Ruth tatsächlich wissen wollte, wie ich mich in diesem Augenblick fühlte, dann müsste ich sagen: Ich habe mich gefühlt, als ob ein Fenster, nein, eine Tür – eine ganze Wand eingerissen oder herausgesprengt worden sei und als ob frische Luft hereinwehte. Vielleicht nicht Luft, sondern Heliumgas, und ich war ein Ballon. Es kam mir vor, als ob ich leichter sei. Und ich würde sie fragen, ob es das ist, was man mit dem Ausdruck ›Urschrei‹ meint. Ich hatte mal irgendwo davon gelesen. Ich überlegte mir, dass ich mir später vielleicht tatsächlich mal einen Brief an sie abringen könnte. Und ihn ausdrucken. Und sogar einwerfen.

Es war inzwischen dunkel und Josh sehnte Ma herbei. Ich sagte: »Das ist doch nicht nötig. Es ist ja alles vorbei.« Wir standen da und schauten aus dem Küchenfenster. Rechts erhob sich der neue Anbau; links, im Schein der Außenlampe, konnten wir Hud erkennen, der immer noch die Scheune abspritzte und sie ordentlich unter Wasser setzte. Das einzige Geräusch kam vom Fernseher, der im leeren Wohnzimmer vor sich hin plärrte. Nick hatte sich oben verkrochen.

»Wir brauchen Ma doch«, beharrte Josh.

»Wofür denn?«

»Sie soll mit uns reden.«

Ich wählte die Nummer, die Ma uns aufgeschrieben hatte, und sie versprach, sofort zu kommen.

»Gelobt sei St. Florian!«, sagte sie, nachdem sie das Innere der Scheune angesehen hatte. »Was für ein Glück, dass das Heu noch nicht drin ist und nur ein oder zwei Ballen vom letzten Jahr übrig waren, die haben ja wohl gleich Feuer gefangen, und dass du zufällig vorbeigekommen bist, Hud, und dass wir den Feuerlöscher gekauft haben, das wollten wir ja ursprünglich nicht, und dann doch, und das hat die Scheune vor großem Schaden bewahrt.«

»Schaden wird's geben für den Hosenboden von Nick, wenn ich mir eine Bemerkung erlauben darf«, sagte Hud. Josh hatte Nick verraten. »Hab fast einen Herzkasper gekriegt.« Er ging zur Treppe und brüllte, Nick solle runterkommen, ehe er raufkäme und ihn am Schlafittchen packen würde.

»Beruhig dich erst mal, Hud«, sagte Ma, »setz dich, setz dich um deines eigenen Seelenfriedens willen erst mal hin, und wegen des Jungen, er ist nicht unser Sohn, und er ist ein gestörtes Kind, wenn er uns auch Sorgen macht, und wir brauchen etwas Zeit, um uns zu beruhigen, doch, doch.«

Nick schaute unter seinen strähnigen Haaren hervor und stand wie ein begossener Pudel vor Hud und Ma Huddleston in der engen Wohnstube. Der Fernseher war bedrohlich still. Als Nick mich und Josh erblickte, sah er schnell auf den Boden. Während ich das Geschehen beobachtete, bemühte ich mich, nicht unter Joshs Gewicht zusammenzusacken, der wieder auf meinen Arm geklettert war, als Nick die Treppe runtergeschlichen kam. Er hielt das Gesicht an meiner Schulter verborgen. Gut fünf Minuten lang wurde der Raum von Ma's Stimme erfüllt.

»Warum hast du das gemacht?«, fragte Hud schließlich, nach Ma's Vortrag, der alles Mögliche zur Sprache brachte: Feuer im Allgemeinen, Sicherheit, Vorkehrungen, Feuertreppen, ihren Onkel, der Feuerwehrmann war, sowie ein paar persönliche Erfahrungen, die irgendwie entfernt mit Feuer zu tun gehabt hatten. All das schien zu bewirken, dass Huds Ärger verflog.

»Ich hab nur so rumgespielt«, sagte Nick. Seine Stimme triefte vor verwundeter Unschuld. Er biss sich auf die Unterlippe und sah Ma an. »Ich hab das nicht gewollt.«

Josh drückte sich noch enger an meinen Hals.

»Zigaretten, stimmt's?«, sagte Hud.

Jetzt schaute Nick seinen Pflegevater an und sah dann mit schamerfülltem Blick zu Boden. »Ja.«

Josh wandte den Kopf und sah ihn an, verbarg sein Gesicht aber gleich wieder an meiner Schulter, als ihn Nicks warnender Blick traf.

»Ich weiß, dass ich das nicht hätte tun sollen«, sagte Nick zu Hud mit der Stimme von einem, der bereit ist, eine lebenslange Haftstrafe oder Schlimmeres auf sich zu nehmen, wenn es denn sein musste. »Ich hab ein halb volles Päckchen draußen beim Briefkasten gefunden.«

Ma hielt ihm einen Vortrag, wie gefährlich das Rauchen sei, wobei sie ihm alle möglichen und unmöglichen Krankheiten aufzählte und ausmalte, die davon verursacht werden konnten.

»Du hättest die gesamte Farm in Brand stecken können«, sagte Hud.

»Du hättest mich in Brand stecken können«, ergänzte Josh von dem sicheren Platz auf meinem Arm aus.

»Ihm wäre gar nichts passiert. Ich wollte es gerade ausmachen, aber dann ist der kleine Schreihals abgehauen und hat gepetzt.« Nicks Stimme hatte wieder den Ton verletzter Unschuld angenommen. »Ich hätte es ausgekriegt. Es tut mir Leid. Ich wollte einfach nicht zugeben, dass ich geraucht hab. Ich wollte die Zigaretten verstecken, und da ...«

Josh schüttelte den Kopf, als ob er Nicks Erklärung rundheraus abstreiten wollte, und klammerte sich noch verzweifelter an mich.

Nick sah Ma bittend an. Ich beobachtete, wie er ein paarmal mit den Augendeckeln klapperte und schließlich ein paar Tränen herausdrückte. »Es tut mir Leid«, flüsterte er.

»Zu viel Freizeit«, meinte Hud. »Morgen mach ich dir einen Arbeitsplan. Mal sehen, ob du danach noch rauchen magst. Jetzt ab ins Bett.«

Ma rief dem Missetäter noch einen Abschiedsgruß hinterher.

»Und eine Woche lang keinen Nachtisch. Hast du gehört? Eine ganze Woche.« Nick rannte nach oben. Er war glimpflich davongekommen und das wusste er auch.

Dann bemerkte Ma Josh auf meinem Arm. »Was ist mit ihm los?«

»Er hat Angst vor Feuer und Angst vor Nick. Er will mich nicht loslassen.«

»Will Joshilein ein bisschen Schokoladenkuchen?«, lockte Ma.

»Ja.« Josh löste seinen Griff und glitt zu Boden. Er folgte Ma in die Küche.

»Verlassen wegen einem Stück Kuchen.« Keiner hörte mich. So ist eben das Leben.

Ich setzte mich draußen auf die Verandastufen, um allein zu sein und mir zu überlegen, warum ein Urschrei bewirken kann, dass man sich leichter fühlt als Luft. Edith-Anne schleppte sich unter der Veranda hervor, wo sie sich anscheinend am liebsten aufhält. Sie legte sich vor mir auf den Boden, wachsam, hechelnd, mit heraushängender Zunge. Ich streckte die Hand aus, um sie zu kraulen. Aus den Tiefen ihrer Hundeseele kam ein leises, bedrohliches Knurren und ich zog die Hand zurück.

Dämlicher Köter. Was soll's!

Ich bin fort gewesen. Ruth rief an, nachdem sie meinen Brief bekommen hatte. »Hau ein bisschen von deinem sauer verdienten Geld auf den Kopf, spring in den Bus und besuch mich. Du musst mal mit einer menschlichen Maschine reden. Ich lad dich zum Chinesen ein.«

»Warte mal«, sagte ich und legte die Hand über den Hörer. Ich dachte, es sei besser, Ma zu fragen, die gerade kopfschüttelnd vor dem Radio saß. »Ma?«

»Ich weiß, wie viel Grad wir haben, und was der Kerl im Radio sagt, stimmt einfach nicht, wo liest er es bloß ab, liest er es falschrum oder was ...«

»Ma?«

»Warum, frag ich dich, mache ich mir die Mühe, so einem Depp zuzuhören, nennt sich Wettermann, dabei kann er Regen nicht von Badewasser unterscheiden, und die Wäsche stapelt sich schon turmhoch und wäscht sich doch nicht …«

»Ma …«

»… von selbst, und die Hühner sind auch noch nicht gefüttert, obwohl, sie legen ja wie wild, aber man weiß ja nie mit der neuen Rasse, die wir da haben, wie heißt sie doch gleich, ach, das weiß Hud sicher. Hud!!«

»Sie sagt, es geht in Ordnung«, informierte ich Ruth.

Also fuhr ich und es war ziemlich gut. Wir haben viel geredet. Ich zeigte ihr die Broschüren über die hübsche Innenstadt von Timmins, aber sie beeindruckten Ruth nicht. »Das hat nicht so viel Flair wie Ambrose«, sagte sie. Ich musste ihr zustimmen, sagte aber nichts.

Ehe ich zu Ruth fuhr, radelte ich noch zum Bellcroft, um weitere Manuskriptseiten abzuliefern. Ich hatte die Frau eine Woche lang weder gehört noch gesehen und fragte mich, ob sie es aufgegeben hatte und abgereist war. Ihr Auto stand nicht in der Einfahrt. Vielleicht wollte ich ihr auch gegenübertreten, um das Schicksal herauszufordern. Wie ich auf das Feuer in der Scheune zugerannt bin; ich hatte mich nicht dagegen wehren können, auf das zuzulaufen, dem ich entgehen wollte.

Mit den getippten Seiten wäre es nicht so eilig gewesen, aber ich wollte mir auch mein Geld abholen, das Grainger nicht so leicht herausrückt. »Entschuldige«, sagte er, »ich vergess es immer.«

»Ich zum Glück nicht.«

»Schöne Grüße an Ruth«, trug er mir auf. Sein Knie macht ihm immer noch zu schaffen und er humpelt etwas. »Sag ihr, sie soll uns mal wieder besuchen.«

Uns? Ist da bei den Gruftis etwa eine Liebesaffäre am Köcheln? Ruth muss auf die Vierzig zugehen. Und Grainger! Er ist mindestens fünfzig. Du lieber Himmel.

Er kam nicht mit mir nach unten, wegen seinem Knie. Ich rief ihm vom zweiten Treppenabsatz »Auf Wiedersehen!« zu und kam auf dem Weg nach unten an der Tür zum Gästeflügel vorbei.

»Kann ich vielleicht eine Tasse Tee haben?« Plötzlich stand die Frau in der Tür hinter mir.

Ich machte einen Satz.

Sie trat ins Treppenhaus. »Ach, Entschuldigung«, sagte sie. »Ich dachte, dass es die Besitzerin ist, aber da hab ich mich wohl getäuscht.«

Ich starrte sie an und versuchte, meine fünf Sinne wieder zusammenzubringen. Ich schluckte und bemühte mich, »ja« zu sagen, brachte aber keinen Ton heraus.

»Weißt du, wo sie ist?«

»W-w-wer?« Meine alte Krankheit.

»Die Besitzerin. Mrs. Bellington.«

»Nein, t-t-tut mir Leid.« Ich setzte meinen Weg nach unten fort. Die Frau folgte mir auf den Fersen.

»Das ist die chaotischste Pension, in der ich je war. Na ja, so ist das in Kleinstädten. In Hamilton, wo ich herkomme, könnte man sich das nie leisten.« Dabei sprach sie ›Hamilton‹ besonders langsam und deutlich aus. In der Mitte der Eingangshalle blieb ich stehen und atmete tief durch. Ich wollte die Augen schließen und mich in Luft auflösen. Die Adresse in der Kleinanzeige war Hamilton gewesen.

»Ich m-m-muss gehen«, sagte ich, öffnete die Tür und trat hinaus. Die Frau folgte mir.

»Kennst du irgendeine andere Pension hier in der Nähe?«, fragte sie meinen Rücken.

»Nee.« Ich überquerte die Veranda und ging die Stufen hinunter.

Die Frau holte auf. »Eigentlich will ich mir gar nichts anderes suchen. Hier kann ich mein Auto in die Garage stellen und das Haus ist ideal. Es ist so kühl und angenehm, dass man gar nicht rausgehen will. Ich glaube, ein schöneres Zimmer hab ich nirgends gehabt. Wenn ich die Vorhänge zuziehe, dann komme ich mir wie in einer versiegelten Gruft vor. Ich hab das Gefühl, ich kann da drin leben, ohne dass mich je einer stört.«

Einen kurzen Moment starrte ich sie erschrocken an, dann drehte ich mich um und ging schnell zu meinem Fahrrad.

»Trotzdem«, hörte ich sie noch sagen, »eine Tasse Tee ab und zu wäre nicht schlecht.«

Den ganzen Rückweg über hielt ich die Augen stur geradeaus gerichtet. Ich sah weder rötliche Felsen noch Wiesen mit Gänseblümchen, noch Schafe, noch Zäune. Ich sah nur die Straße, die endlos weiterführte. Ich hab es aufgegeben, zu leugnen, wer sie ist. Als ich zurück in meinem Zimmer war, wollte ich mich wieder meiner einseitigen Konversation mit dem Computer hingeben, aber ich tat es nicht. Ich packte meine Tasche und Hud fuhr mich zum *L'auberge*, wo ich den Bus nahm.

Ich erzählte Ruth von der Frau. Sie beteuerte mir, dass ich nichts gegen meinen Willen tun müsse.

Aber was will ich denn?

Ruth sagte: »Ich hab sie nie persönlich kennen gelernt. Wie sieht sie denn aus?«

»Sie sieht nach nichts aus. Hat keine Substanz.«

»Allmählich fängst du an, wie Grainger zu reden«, sagte sie und fügte hinzu: »Was ganz nett ist.«

Du lieber Himmel.

Es war ein grauer Montagmorgen, als der Bus gegen halb elf beim *Lo-bersch* hielt. Anstatt Hud oder Ma anzurufen, damit sie mich abholten, nahm ich Pearl Hurleheys Angebot an, mich mitzunehmen.

»Gerne«, sagte ich. »Müssen Sie sowieso in die Richtung?«

»Nein«, sagte sie, »aber es macht mir nichts aus. Dann muss Hud nicht extra rauskommen, wo es doch nach Regen aussieht, und wie ich gehört habe, ist er bei der Heuernte.«

Josh kam mir entgegen, als ich meine Tasche aus Pearls Auto hob. Ich winkte ihr zum Abschied zu, während sie rückwärts auf die Straße zurückfuhr. Ich glaube, ich hab sogar gelächelt. Als ich mich umdrehte, hob Josh die Fäuste an die Schläfen und streckte mir die Zeigefinger drohend entgegen. »Warum willst du mich verhexen?«, fragte ich. »Ich hab dir doch nichts getan.«

»Doch. Bist ohne mich weggegangen.«

»Doch nur eine Nacht. Na und?«

»Nix na und. Ich hab nämlich gespuckt. Hab alles voll gespuckt.«

»Kann ich doch nichts dafür. Was hat Ma dir denn zu essen gegeben?«

»Gar nichts. Nur Brot. Und ich hab ein bisschen Zuckerguss vom Kuchen draufgemacht und Marmelade und braunen Zucker.«

»Aha.«

»Ist eklig.«

»Find ich auch.«

»Ja.« Josh machte Riesenschritte, damit er mit mir mitkam, ohne rennen zu müssen.

In der Küche rollte Ma gerade einen Pastetenteig aus. »Aha, wieder zurück«, sagte sie. »Und es hat dich jemand vom *Lobersch* hergefahren, wahrscheinlich Ruby oder ihre Schwester Pearl, die sind ja beide so gutmütig. Hud ist mit Nick und dem jungen Bellington drüben auf dem Südfeld und versucht, das Heu einzufahren, bevor es regnet, und wir könnten schon noch ein Paar Hände gebrauchen, entweder hier oder da drüben, hast du denn was zu essen gekriegt bei Miss Petrie, nicht, dass sie dich verhungern lassen würde, aber ich frag mich manchmal, wann die berufstätigen Frauen überhaupt jemals Zeit haben, was zu kochen, schließlich hab ich ja selbst mal gearbeitet, damals, als ich den Job in *Katies Kuschelküche* hatte und Hud eines Tages reinkam und …«

»Ma!« Allmählich gelang es mir immer besser, Ma's Wortschwall aufzuhalten. »Ich kann helfen. Was soll ich tun?«

»Du könntest die Pastete hier fertig machen, damit ich rüber kann, um Hud und den Jungs zu helfen mit dem Heu, ehe es zu schütten anfängt, denn der Himmel gefällt mir gar nicht, auch wenn der Kerl im Radio gesagt hat, gewittrige Schauer erst am Abend, aber auf den kann man sich ja nicht verlassen, und pass auch auf Josh auf.«

Ich warf einen Blick auf den ausgerollten Pastetenteig und die Schüssel mit Erdbeeren und noch eine Teigkugel. Ich hab keine Ahnung, wie man Pasteten macht. Bevor ich zu den Huddlestons kam, wusste ich ja nicht mal, dass manche Leute sie tatsächlich selbst machen. »Ich könnte auch auf dem Feld helfen«, sagte ich.

»Ja, das ist eigentlich wahr, obwohl ich mir nie hätte träumen lassen, dass ein Stadtmädchen auf einem Traktor rumfahren möchte, wenn der Tag am heißesten ist, aber ganz wie du willst, mir ist es völlig einerlei, Josh, du bleibst hier bei mir, sonst bist du im Weg.«

Josh sperrte den Schnabel zu einem lauten Protestgeheul auf und das Gezeter verfolgte mich fast ganz bis zum Südfeld hin, verklang allmählich und hörte unvermittelt auf, wahrscheinlich, weil Ma seinen Mund mit einem großen Löffel gezuckerter Erdbeeren voll gestopft hatte.

Die Gewitterschauer setzten gegen Abend ein, wie vorausgesagt, wenn auch nicht von Ma. Murrend gab sie zu, dass der Kerl im Radio ausnahmsweise einmal Recht gehabt hatte, aber das müsse man im Kalender anstreichen, denn vor dem ersten Frost würde das wohl nicht mehr passieren.

Ich stand am Küchenfenster, sah zu, wie der Regen niederprasselte, und merkte, dass ich lächelte, nicht wegen irgendwas, das Ma gesagt hatte, sondern wegen dem Tag, der hinter mir lag. Hud hat mir beigebracht, den Traktor zu fahren.

Anfangs machte es mir schrecklich Angst. Aber nachdem ich

ein paarmal die Gänge hatte aufheulen lassen und das Ding ein paar Sätze gemacht hatte wie ein bockendes Pferd, kam ich allmählich auf den Dreh. Ich fand es toll, dahinzutuckern und mich zu wappnen, wenn das Gefährt über unebenes Gelände rumpelte. Hinten war der Heubündler angehängt, mit dem ich an den langen Reihen entlangfuhr, zu denen das Heu zum Trocknen zusammengeharkt war.

Es kam mir vor, als würde ich dem ganzen Geschehen aus einiger Entfernung wie einem Film zuschauen. Wir waren umgeben von einem Feld mit grünen, gelben und braunen Flächen, über dem ein schiefergrauer Himmel hing, der bedrohlich wirkte.

Ein Lüftchen erhob sich und fuhr durch die Pappeln, die das Feld als Windschutz begrenzten. Das Laub der Pappeln schimmerte mal grün, mal silbern und dann wieder grün. Der Heubündler fraß sich an den langen Heureihen entlang und legte dabei wie durch Zauberhand große, rechteckige Eier. Nick zerrte die Ballen aus der Fahrbahn der Maschine. Hud und Matt hievten sie hoch und stapelten sie zu schiefen Pyramiden, die vor dem erwarteten Regen etwas Schutz bieten würden.

Matt hatte bisher nicht von seiner Arbeit aufgesehen. Ich kam mir vor wie unsichtbar. Also ließ ich ihn auch unsichtbar werden.

Nick machte ein saures Gesicht, weil er den Traktor nicht fahren durfte. »Nächsten Sommer«, sagte Hud. »Wachs noch ein bisschen und werd noch etwas kräftiger und dann gibt's kein Halten mehr für dich. Wirst wahrscheinlich noch mal Mondraketen steuern.«

Nick erwiderte nichts. Er sah mich säuerlich von Kopf bis Fuß an. Immer wenn Hud gerade nicht herschaute, ließ er seine Blicke vorne auf meinem T-Shirt herumwandern. Wenn ich ihm dann den Rücken zukehrte, kam ein gepresstes Lachen durch seine Zähne. Er hat so seine Art, mit den Leuten umzugehen. Ich bin ja schon über alle Berge, wenn er erwachsen wird.

Bis dahin und solange Hud nie weit fort ist, ist er eher eine Plage als eine Bedrohung.

Längst über alle Berge, dachte ich beharrlich und holperte mit dem Lenkrad in den Händen dahin. Allein. In der Ferne hörte ich Donnergrollen. Im weiten Bogen drehte ich am Feldrand eine Kurve und für einen kurzen Moment schienen Feld und Himmel zu einem leblosen, gelblichen Grau zu verschmelzen. Ich sah hinunter. Vor dem Traktor saß ein Kaninchen, wie versteinert, erstarrt vor Angst, welche Richtung es nehmen sollte.

Ich würgte den Motor ab. Ein weißes Schwänzchen blitzte auf und das Kaninchen hoppelte davon, in seinen Bau hinein.

»Was ist los?«, fragte Hud von einer Anhöhe her, hinter der das Land abfiel. Breitbeinig stand er da, die Hände in die Hüften gestemmt, hinter ihm nichts als der Himmel. Er erinnerte mich an ein Bild von dem Giganten Atlas, das ich mal in einem Buch mit griechischen Sagen gesehen hatte. Er sah aus, als könne er die Welt auf die Schultern nehmen, wenn es sein musste.

»Abgewürgt«, sagte ich. Ich betätigte den Starter, aber nichts geschah. Der Motor heulte nur auf. Matt richtete sich auf und sah zu mir herüber.

»Kein Gas geben«, rief Hud.

»Abgesoffen«, sagte Matt in das Jaulen des Motors.

Wir warteten einen Moment ab und sahen zu, wie der Wind in Stößen durch die Heureihen fuhr. Hud schickte Nick los, um die Schafe zu holen. Ich sah den Hang hinauf und dann hinter mich auf das Feld, mit dem wir schon fertig waren, und betrachtete, was wir heute schon geschafft hatten. »Das ist eine Arbeit, die ich mag«, sagte ich. »Man kann sehen, wo man hin muss, und man kann sehen, wo man schon war.«

»Man hinterlässt seine Zeichen auf dem Land.« Hud kam zu mir herübergelaufen und lächelte so ganz natürlich, wie es seine Art ist. »Der Apfel fällt nicht weit vom Stamm«, sagte er, so als sei ich mit ihm verwandt. »Mit dem Land ist es so, es ist einfach da.« Matt legte eine Pause ein und ließ sich auf einem Findling nieder, der wahrscheinlich schon seit der letzten Eiszeit dort liegt. Er sah Hud mit einem Blick an, als ob er der Prophet Jesaja sei. »Manche Leute glauben, dass Land etwas ist, was man besitzt, oder etwas, das man sich von den Stiefeln kratzt oder was man sich rahmt und an die Wand hängt. Aber es ist das, was man bearbeitet. Es verbindet den Körper mit der Seele. Komm«, wandte er sich an mich, »lass mich mal ran an den Traktor.«

»Nein, warte«, sagte ich. »Ich möchte es noch mal versuchen.«

»Du musst es über das Gehör machen«, riet mir Hud. »Das ist ein launisches altes Stück. Hör genau hin. Kurz bevor er so weit ist, musst du den Choke ziehen. Aber nicht zu viel Gas geben. Verstanden?«

»Jau.« Der Motor sprang an und ich sah zu Hud hinunter.

»So ist's richtig, Mädchen! Die versteht was von Maschinen«, sagte er zu Matt. Ich warf einen kurzen Blick in Matts Richtung, ehe ich den Gang einlegte. Seine Mundwinkel schienen sich zu einer Art ironischem Lächeln zu verziehen. Wahrscheinlich dachte er an meine innige Beziehung zu meinem Computer. Aber immerhin machte das Lächeln sein Gesicht weicher. Rumpelnd fuhr ich los und musste nun nach vorne schauen, um darauf zu achten, wo ich hinlenkte.

Ich stand also am Küchenfenster, während der Regen allmählich nachließ, und sah in mein lächelndes Spiegelbild. Und wie das Lächeln langsam verschwand, weil ich daran dachte, was nach der Traktorepisode geschehen war.

Als es zu regnen anfing, verließen wir das Feld. Hud forderte Matt auf, mit reinzukommen und den schlimmsten Regen abzuwarten, und Ma stellte jedem von uns einen Becher Tee auf den Küchentisch. Sie zog einen Zitronenkuchen aus dem Backofen und setzte jedem ein Stück davon vor. Dann ein zweites Stück. Auf einmal waren nur noch Matt und ich in der Küche. Nick verdrückt sich immer, wenn Matt in der Nähe ist. Er ging nach oben. Ma rannte plötzlich herum, um abzuräumen, weil ihr Lieblingsprogramm im Fernsehen anfing, und ich sagte: »Lass stehen, ich räume ab.«

Ihr blieb vor Erstaunen der Mund offen stehen, weil ich gewöhnlich nicht freiwillig meine Hilfe anbiete. Matt war noch nicht fertig. Der Donner grollte. Hud ging raus in die Scheune, mit Josh im Schlepptau. »Er muss die Schafe in den Schlaf singen, damit sie keine Angst vor dem Gewitter kriegen«, bemerkte ich, nur um etwas zu sagen.

Matt blieb am Tisch sitzen und pulte an einer Schwiele auf seiner Handfläche herum. Seine Brille lag vor ihm. Ich wollte seinen Becher abräumen. »Bist du fertig?«

»Ja, komm, ich helf dir.« Er fing an abzuräumen.

»Brauchst du aber nicht.« Ich nahm die Platte mit dem Kuchen.

»Es macht mir nichts aus.« Er griff nach der Platte.

Ich wollte nicht, dass er mir half, in der engen Küche, so nah auf mir drauf. Ich ließ die Platte nicht los, er aber auch nicht. Verlegen und gleichzeitig verärgert über meine Verlegenheit sah ich auf.

»Ich brauche wirklich keine Hilfe.«

»Es macht mir nichts aus.« Er roch nach Heu und Schweiß und Motorenöl. Ohne die Brille sah er wie ein Forscher aus, der überlegt, ob er neues, unbekanntes Land betreten soll.

Ich kann es nicht ertragen, wenn jemand verletzlich aussieht. Am liebsten wollte ich ihn anfahren, sich zusammenzureißen. »Bist du taub?«, fragte ich.

Er ließ die Platte los und sie fiel mir fast runter. Schnell griff er danach, um sie aufzufangen, und berührte dabei versehentlich meinen Arm. Ich starrte seinen Arm, sein Handgelenk an und schämte mich für die Verärgerung in meiner Stimme.

Matt trat zurück. Ich hatte den Eindruck, dass er etwas sagen wollte, aber stattdessen presste er die Lippen aufeinander und kratzte sich am Kopf. Sein Blick schweifte über den Boden, als ob er da etwas entdeckt hatte, was er nicht verstand.

»Also gut«, murmelte ich, »wir machen's zusammen, wenn du willst.«

Unsicher zuckte er mit den Schultern, dann nickte er.

Ich warf ihm das feuchte Spültuch zu. »Da, du kannst aufwischen.«

Er putzte die Tischfläche ab, die dort, wo Josh gesessen hatte, klebrig und verschmiert war. Ich spülte das Geschirr unter dem Wasserhahn vor. Als ich das Wasser abdrehte, fragte er: »Warum bist du eigentlich immer sauer auf mich?«

Ich stellte die Becher in die Spülmaschine. »Ich bin überhaupt nicht immer sauer auf dich. Ich kenne dich ja kaum.«

»Du gibst mir das Gefühl – als ob ich ständig etwas falsch mache. Hasst du mich?«

»Ich hasse überhaupt keinen.« Ich drehte den Hahn wieder auf, um einen Löffel abzuspülen. »Ich stehe allen neutral gegenüber. Mein Leben ist ziemlich unbestimmt«, erklärte ich durch das Rauschen des Wassers, »unvorhersagbar. Deshalb kann ich es mir nicht leisten, viel Zeit damit zu verbringen ... die Menschen kennen zu lernen.«

»Warum nicht?«

»Sie verschwinden immer so plötzlich.« Während ich den restlichen Zitronenkuchen verpackte und die Butter abdeckte, wurde ich rot wie eine Tomate.

Er spülte den Lappen aus. »Ich hab nicht vor zu verschwinden.«

»Wer weiß. Das kannst du nie wissen.«

»Warum riskierst du es nicht, wenn ich dir doch sage, dass ich es nicht tue?«

»Ich riskiere nie etwas. Ich versuche sogar ganz besonders, das zu vermeiden. Deshalb mache ich meine Pläne. Ich will nichts als von A nach B. Keine Haken. Keine Verwicklungen.« Allmählich hatte ich nichts mehr zu tun. Ich stellte die Milch in den Kühlschrank und schloss ihn. Jetzt stand ich mit dem Rücken zur Kühlschranktür. »Früher konnte ich Leute ausblenden, wann immer ich wollte.«

»Kannst du mich auch ausblenden?« Er stand beim Tisch und rieb sich die Augen. Dann setzte er die Brille wieder auf und sah mich neugierig und voller Anteilnahme an. Das kann einem den letzten Nerv rauben.

»Sag schon.«

»Weiß nicht. Ich hab noch nicht raus, was für ein Typ du bist.«

»Typ?« Jetzt klang er allmählich etwas verletzt. »Teilst du die Leute in Typen ein? Was hast du vor? Ein psychologisches Nachschlagewerk zusammenzustellen?«

»Das nicht gerade. Manche Typen kann ich leicht wieder vergessen, bei anderen dauert es länger.«

»Mich kannst du nicht typisieren. Ich bin ein Individuum.«

So etwas lag mir schon mehr. Ein Streit, schroffe Worte und bingo, weg ist er. Ich löste meine Haarspange und schüttelte meine Mähne auf, um ein Medusenhaupt zu bekommen. »Was für ein Individuum?« Mein Sarkasmus sollte sich wie Lava in den kühlen Abstand zwischen uns ergießen. »Du bist Probeperson A«, sagte ich so verächtlich wie möglich.

Er sah nicht verärgert, sondern verletzt aus.

»Ach komm schon«, höhnte ich, »erzähl mir nicht, dass du mich nicht auch einer bestimmten Kategorie zugeteilt hast, ich weiß doch Bescheid.«

Matt sah mich eindringlich und nachdenklich an, dann schaute er aus dem Fenster. Es fing an hereinzuregnen. Er schob die Hände tief in die Taschen und zog die Schultern hoch. »Vielleicht.«

»Na also. Und wie hast du mich kategorisiert?«

»Ich weiß nicht.« Er sah immer noch aus dem Fenster.

»Was bin ich denn deiner Meinung nach?«

»Eine Frau, mit der man rechnen muss.«

»Eine Frau –«

Er nickte.

»Mit der man rechnen muss?«

Er nickte wieder.

»Was soll denn das bedeuten?«

»Eine, die weiß, wo sie hin will, denke ich, und die weiß, wie sie dahin kommt.«

Ich musste an meinen kühlen, klaren Norden denken, an die Broschüren von Timmins mit der Liste der Einkaufszentren, Hockeyplätze, Kirchen und Schulen. Ich dachte an meine Karte vom nördlichen Ontario und wie die roten Linien der Autobahnen plötzlich aufhören, sobald man hinter Moose Factory ist. Und dann dachte ich, der Kerl hier weiß nicht mal, wo ich hin will, und trotzdem glaubt er, dass ich weiß, wie ich es anstelle. Für einen kurzen Moment geriet ich in Panik, so als ob ich mir die ganze Zeit etwas vorgemacht hätte. Das war aber völlig albern, denn ich würde tatsächlich in den Norden gehen und auch ohne jegliche Schwierigkeiten durchkommen. »Ende August geh ich weg«, sagte ich. »Und ich weiß auch wohin und wie.«

Er kam näher und schloss die Klappe der Spülmaschine. Ich hatte das Geschirr schon dreimal umgeräumt. »Warum denn das?«, fragte er.

Ich war gezwungen, ihn direkt anzusehen. »Weil ich abhaue. Ich hab kein Glück mit Pflegeeltern.« Er stand nur ein paar Zentimeter von mir entfernt. Mir ging kurz das erstarrte Kaninchen durch den Kopf, das vor dem Traktor gesessen hatte und nicht wusste, wo es hinrennen sollte. Die Spülmaschine stand mir im Weg; Matt stand mir im Weg. Irgendetwas drückte mich mit Macht nieder. Er streckte die Hand nach meinen Haaren aus. Ich benötigte meine ganze Willenskraft, um stillzustehen und seine Hand nicht wegzuschlagen. Ich muss mir wohl gewünscht haben, dass er mein Haar berührt. Er strich eine Strähne hinter mein Ohr. Ich merkte, wie meine Blicke zwischen seinen Augen hin- und herzuckten. Sein Handrücken streifte meine Wange.

Ich biss mir auf die Lippe, weil ich den Eindruck hatte, dass er auf meinen Mund starrte. Durch das Fenster sah ich, wie Blitze durch die Wolken zuckten. Der Donner krachte und erschütterte den Himmel – oder vielleicht auch meinen Verstand. Ich hatte nichts mehr im Griff. Vielleicht sah ich verängstigt aus. Er trat zurück.

Ich bemerkte, wie sein Adamsapfel auf und ab glitt. Er sah so verletzlich aus. Wenn ich mich nun vorgebeugt und ihn geküsst hätte?

Du lieber Himmel.

Er sagte: »Ich geh wohl besser.«

»Du wirst klatschnass.«

»Ich hab doch Graingers Auto.«

Ich sah zu, wie er die Hand ausstreckte und die Tür nach draußen öffnete.

»Sarah?«, rief Ma aus dem Wohnzimmer. »Kannst du mir helfen, das Fenster hier zuzuschieben? Ich könnte schwören, dass es einen Zentimeter pro Jahr aufquillt. Sarah?«

»Ich komm schon.«

Matt sah mich an. »Ich gehe, aber ich verschwinde nicht«, sagte er. »Ich gehöre zu der Kategorie, die nicht verschwindet.« Dann trat er ins Freie. Durch das Fenster konnte ich sehen, dass ihn der Regen wie ein Laken umhüllte. Er legte den Kopf zurück und trank den Regen, dann wandte er sich um, ging rückwärts auf das Auto zu und grinste, weil er sah, dass ich ihn beobachtete. Er fuhr davon, in das Unwetter hinaus.

Schräg fiel der Regen in das offene Küchenfenster, aber ich konnte nur an Matt Bellingtons auf und ab hüpfenden Adamsapfel denken und an die dunklen Haare, die auf dem Rücken seiner feingliedrigen Handgelenke wuchsen und mir so gefielen. Du lieber Himmel. Was für eine Gefühlsduselei.

Ich schloss das Küchenfenster.

»Sarah?«

»Komme schon.«

Du lieber Himmel.

Der Regen hatte noch kein bisschen nachgelassen, aber dafür der Wind. Ich schob das Küchenfenster wieder auf und sog den süßen Duft nach Heu und den kräftigen Geruch der Erde tief in meine Lungen. Ich hatte das merkwürdige Gefühl, im Mittelpunkt von irgendetwas zu stehen, vielleicht vom Universum. Josh und Hud waren vom Schafetrösten zurück. Über uns grollte der Donner. In der Ferne wetterleuchtete es noch und rings um unser kleines Schuhschachtelhaus prasselte der Regen herunter, als ob er nicht mehr aufhören könnte, nachdem er einmal damit angefangen hatte. Eine Talkshow, die Ma nicht interessierte, plärrte aus dem Wohnzimmer herüber und das Leiern von Hud, der Josh am Küchentisch etwas vorlas, ließ die Gefühle, die in mir waren, irgendwie ineinander fließen und verschmelzen. Nicht mal Nick konnte mir die Stimmung verderben. Er war nirgends zu sehen. Wahrscheinlich war er immer noch oben, nahm ich an.

In dem Moment hörte ich ihn herunterkommen. Er stand in der Küchentür und grinste mich höhnisch an und das Gefühl, im Zentrum von etwas zu stehen, löste sich allmählich auf.

Der Ton des Fernsehers drang jetzt deutlicher in mein Bewusstsein. Nick ging ins Wohnzimmer und ich versuchte, das Geräusch auszublenden, und setzte mich an den Tisch.

»Das über gasbetriebene Gartengrills haben wir schon gelesen«, sagte Hud zu Josh. »Wie wär's mit Schubkarren?«

»Mag keine Schubkarren«, erwiderte Josh und blätterte die Seiten seines Katalogs weiter, um nach interessanteren Themen zu suchen, die seine Phantasie mehr beflügelten.

Hud sah mich mit hundemüden Augen hinter seiner Lesebrille, die ihm auf der Nasenspitze saß, an und schüttelte den Kopf. »Im Herbst kommt er in die Schule. Was die Lehrer mit ihm anfangen werden, ist mir schleierhaft. Hat noch nie im Leben von ›Hänschen klein‹ gehört und so weiter. Hält Dornröschen bestimmt für 'ne Blumensorte.«

Mit Unterbrechungen regnete es ein paar Tage lang weiter. Hud konnte sich eine wohlverdiente Pause gönnen und sah bald etwas erholter aus. Ich begleitete ihn im Lieferwagen in die Stadt, um Vorräte einzukaufen. »Bist bald sechzehn, was?«

Ich nickte.

»Wenn es so weit ist, bring ich dir bei, den Lieferwagen zu fahren.«

Ich lächelte. Doch dann schaute ich wieder ernst drein, weil ich ja nicht mehr lange genug da sein würde, um das zu lernen. Sobald ich sechzehn bin, pack ich meine Sachen.

»Wenn ich sechzehn bin, kann ich gehen«, sagte ich zu Hud.

Er schaute zu mir rüber, dann wandte er seine Aufmerksamkeit wieder der Straße zu. »Da hast du wohl Recht.«

Als ich wieder zu ihm hinsah, kam es mir vor, als ob er verletzt wirkte. Wie Josh, nachdem ich ihn gezwickt hatte.

Auch ich sah wieder geradeaus auf die Straße.

# 8

Es ist schon beinahe Ende Juli. Ich helfe Frances im Café jetzt nicht nur mittwochs und samstags, sondern fast jeden Tag um die Mittagszeit.

Gestern kam die Frau zum Mittagessen und setzte sich an einen Tisch am Fenster. Ich hätte mich am liebsten unter der Theke versteckt. Old Vern war der einzige Stammgast, der da war, und er zog gerade seine Geldbörse raus, um zu zahlen. Frances war in die Stadt auf die Post gegangen, daher konnte ich mich nicht verdrücken. Es saßen noch ein paar Gäste herum, aber sie unterhielten sich angeregt miteinander und zeigten kein Interesse für ihre Umgebung.

Ich brachte ihr die Karte.

»Bin immer noch da«, sagte sie. »Ich hatte zwar nur die ersten beiden Juliwochen im Bellcroft gebucht, aber dann hab ich beschlossen, noch ein bisschen zu bleiben.« Sie sah mir direkt in die Augen. »Weißt du, ich bin in die Gegend gekommen, um meine Tochter ausfindig zu machen.«

Ich brachte nichts als eine Art Würgelaut hervor und ging zurück an die Kasse. Old Vern zahlte. Ich gab ihm sein Wechselgeld und er ging. Dann nahm ich die Bestellung der Frau auf.

Sie verlangte den Rindereintopf. Ich nickte und wollte im Hinterzimmer verschwinden, bis ihre Portion aufgewärmt war. »Du musst nämlich wissen, dass ich mal ein Kind hatte«, sagte sie zu meinem Rücken. »Ein Kind habe«, korrigierte sie sich. »Ich musste sie zur Adoption geben und jetzt will ich sie sehen, sie kennen lernen.« Ihre Stimme klang schrill und eifrig.

Ich hatte ganz fest vor, sie nicht zu beachten und einfach mit meiner Arbeit fortzufahren, aber ich hörte mich fragen: »Warum?« Ganz ohne zu stottern. Ist es das, was man als typisch menschlich bezeichnet? Dass wir so reagieren? Geradewegs unserem Schicksal in die Arme laufen? Ich wandte mich sogar um und sah sie an.

»Warum ich sie kennen lernen möchte?«, fragte die Frau. »Ach, zuerst war es nur so eine Laune, aber jetzt wird es doch mehr als das. Es ist inzwischen fast zu einer Art Besessenheit geworden. Vielleicht hab ich einen Fehler gemacht. Vielleicht hätte ich mein Baby nicht hergeben dürfen.« Ihre Augen glänzten und ihr Gesicht wirkte angespannt. Hals und Wangen verfärbten sich rötlich.

Ich trat an die Theke zurück. Die anderen Gäste zahlten und standen auf, um zu gehen. Ich verschwand im Hinterzimmer und kam kurz darauf mit dem Eintopf der Frau wieder. Jetzt saß sie da und schwieg und füllte den leeren Raum mit ihrer bloßen Anwesenheit. Dabei wirkte sie fast bedrohlich und sah ständig zu mir herüber. Sie trödelte mit ihrer Mahlzeit, fischte jede Möhre einzeln raus und reihte sie am Rand des Tellers auf. Ich wollte, dass sie ging.

»Wie ich gehört habe, wohnst du auf einer Farm in der Nähe.«

»Ja«, erwiderte ich.

»Du bist fast sechzehn, nicht? Kannst mit der Schule aufhören, wenn du willst.«

Ich holte tief Luft.

»Könntest du mir Kaffee nachschenken?«, bat sie.

Ich füllte die Kaffeetasse der Frau auf. Sie machte eine Bewegung, als ob sie mich am Arm berühren wollte, hielt aber inne, als ich wegzuckte.

»Ich suche sie nur, weil ich mit ihr reden will, verstehst du?« Jetzt flüsterte sie fast. »Ich hab nie geheiratet. Außer einer alten Tante, um die ich mich kümmere, habe ich niemanden. Wenn sie stirbt, bin ich allein.«

Ich stellte die Kaffeekanne auf die Wärmplatte zurück und hörte, wie sie in ihrer Tasse rührte.

Sie legte wieder los, lauter und schneller jetzt, als ob sie eine Rede auswendig gelernt hatte und sie anbringen wollte, ehe ihre Zuhörerschaft verschwand. »Wir führen zur Zeit ein angenehmes Leben, wir zwei. Wir haben eine Fabrik, na ja, eine kleine Fabrik, für Kunstblumen, die meisten aus Stoff, aber einige auch aus Plastik. Tante Bella ist natürlich inzwischen zu alt. Ich muss Leute einstellen. Das Geschäft läuft gut. Wir beliefern Läden, aber es kommen auch Leute in den Direktverkauf, hauptsächlich wegen der Plastikblumen. Mir ist aufgefallen, dass die Leute sie gerne als Grabschmuck kaufen. Sie halten ewig, obwohl es Beschwerden gegeben hat, dass die Sonne die Farben verblassen lässt. Sie sollten weiße nehmen, sage ich ihnen immer.«

Ich hatte ihr den Rücken zugewandt und wischte etwas Staub vom Spiegel. Es war der Versuch, ihr Spiegelbild wegzuwischen, das mich voller Hoffnung anpeilte, aber natürlich gelang es mir nicht. Frances war zum Hintereingang reingekommen und ich konnte hören, wie sie Dosen und Gläser in das Regal einordnete. Hoffentlich kam sie mir bald zu Hilfe.

Die Frau rührte immer noch in ihrem Eintopf herum. »Es ist ein ganz unkompliziertes Unternehmen«, fuhr sie fort. »Das lernt man so nebenher. Man braucht nicht mal eine Ausbildung, um es zu führen. Man muss addieren und lesen können. Das ist alles. Das ganze Zeug, das man heute lernen muss, wäre sogar eher hinderlich. Wievielmal am Tag denkt man schon über Dinosaurier nach? Wen kümmert es, wann sie ausgestorben sind?«

Ich fand nicht, dass sie Recht hatte, aber ich wollte mich da nicht reinziehen lassen. Ich wusch den Lappen aus.

»Allerdings«, fuhr sie fort, »war ich nicht immer in der Kunstblumen-Branche. Früher war ich Lehrerin, aber damit hab ich aufgehört.«

An diesem Punkt hätte ich in das Hinterzimmer zu Frances gehen sollen, stattdessen fragte ich die Frau, warum sie die Schule aufgegeben hatte.

»Wegen der Kinder. Ich bin nicht mit ihnen klargekommen. Jeden Tag diese lästigen Kinder, die immer Aufmerksamkeit forderten und dass man ihnen zuhörte, Kinder, die alles daran setzten, um nicht dasitzen und Rechnen und Lesen lernen zu müssen. Dieser Blödsinn war mir einfach zu viel. Da hab ich aufgehört.« Wieder rührte sie ihren Kaffee um, streifte den Löffel auf dem Rand des Bechers ab und ließ ihn geräuschvoll auf die Untertasse fallen.

»Erst mal wurde ich Sprechstundenhilfe bei einem Zahnarzt. War gar nicht so schlecht, abgesehen von den Patienten.« Ich sah sie jetzt direkt und fasziniert an. »Immer musste man so nett und höflich zu ihnen sein und sie haben das gar nicht geschätzt, dass man sich so bemüht hat. Sie konnten nur an ihre Zähne denken und was der Zahnarzt wohl mit ihnen machen würde.«

Sie bemerkte, dass sie meine volle Aufmerksamkeit hatte, und ließ mich nicht mehr aus den Klauen. »Also bin ich bei meiner Tante in die Kunstblumen-Branche eingestiegen und das liegt mir sehr. Wir wohnen mitten in einem Gebiet mit vielen Fabriken und kleinen Unternehmen und so weiter. Dort gibt es keinen Rasen, den man mähen muss, zum Glück. Auch nicht viele Nachbarn, was ein Segen sein kann. Ja, uns geht's ganz gut.«

Ich hatte die Frau angestarrt, zwanghaft angestarrt. Sie trank ihren Kaffee und starrte zurück. Ich musste mich retten. Daher nahm ich zwei leere Gläser und ging nach hinten.

»Ich frage mich ...«, rief die Frau und hielt einen Moment inne. Mit dem Rücken zu ihr wartete ich, dass sie fortfuhr. »Also, soviel ich weiß, kann meine Tochter sich ganz frei entscheiden.«

Ich spürte mein Herz bis zum Hals klopfen. Das schwarze Papierherz fiel mir ein, das in meiner Schublade bei den Huddlestons versteckt lag, und ich wollte schreien: »Zu spät!« Langsam wandte ich mich um und sah sie an. Ich fragte mich, ob ich meine Stimme so unter Kontrolle hatte, dass ich es ihr sagen konnte.

Sie redete ununterbrochen weiter. »Und ich hab mir überlegt, wenn sie wüsste, was für ein angenehmes Leben wir zusammen hätten, dann wäre der Entschluss leichter. Sie würde Geld zur Verfügung haben. Ich geb nicht viel aus, deshalb hab ich viel. Na ja, genug wenigstens. Hab mein Leben lang keine Schulden gehabt. Und natürlich würde ich ihr alle Freiheit lassen. Ihr nicht im Weg stehen. Die Privatsphäre ist mir wichtig. Ich lass die Welt in Ruhe und die Welt mich auch so ziemlich. Sie wäre ganz unabhängig und mit achtzehn könnte sie das Geschäft übernehmen. Ihrem Leben würde nichts im Wege stehen.«

Ich stellte die Gläser auf der Theke ab und sah der Frau direkt ins Gesicht.

Sie fuhr fort. »Es ist wohl nicht die schönste Wohngegend, aber mir gefällt's. Über der Fabrik kann ich aus meinem Fenster auf ein Meer von schieferfarbenen Dächern sehen. Unten ist alles wie ein riesiges Gitterwerk – kühle, graue Betonschluchten und quadratische Parkplätze. Einförmig und friedlich.«

Wir starrten uns an. Sie erwartete, dass ich etwas sagte. Dabei sah sie mich an mit dem einzigen Gefühlsausdruck im Gesicht, den ich an ihr kenne: Hoffnung.

Meine Stimme hatte sich anscheinend zu einem längeren Urlaub entschlossen.

Die Frau schob den Teller von sich. Ich ließ ihre Rechnung raus.

Erschöpft seufzte sie auf. »Ich habe gehofft, dass sie bald mit mir mitkommt. Ich mag Tante Bella nicht so lange alleine lassen.« Sie zahlte, sah sich genau im Café um, als ob sie erwartete, dass sich in den Ecken zwei oder drei weitere mögliche Töchter verborgen hielten, dann ging sie und ließ die Tür laut hinter sich zufallen.

Ruth kommt nächstes Wochenende, das durch den Feiertag wieder ein bisschen länger ist. Sie wird neugierig sein und mehr darüber wissen wollen, was ich von der Frau halte – mit ihrer Privatsphäre und ihrer Kunstblumenfabrik. Und ihrem Geld. Bestechungsgeld einer Verzweifelten, könnte man sagen. Ich sehe immer ihre Augen vor mir. So trostbedürftig irgendwie. Ich weiß nicht – sie wirkt ein bisschen traurig. Eine traurige Gestalt. Wenn ich sie nur hassen könnte.

Wenn es nicht das eine ist, dann sind es fünfhundert andere Dinge, wie Ma immer sagt. Jetzt haben wir erfahren, dass Joshs Mutter auch noch auftauchen wird. Ma hat Angst, dass sie die kleine Nervensäge zurückholen will. Als sie das mir gegenüber erwähnte, wollte ich schon sagen, lass sie doch. Wen stört's? Tat es aber nicht. Ma sah so total verzweifelt aus.

Ich werd am Ende noch sentimental.

Ich habe uns heute alle ein bisschen beobachtet und musste dabei an eines der Rätselbücher denken, die ich hatte, als ich klein war. Da gab es eine Seite, auf der man rausfinden musste, was falsch war an dem Bild. Hud und Ma und Josh und wir anderen, alle sahen aus, als ob sie gut zusammenpassten. Wenn jemand gefehlt hätte, dann wäre was nicht in Ordnung gewesen mit dem Bild. Ich würde das natürlich keinem sagen, ausgenommen Ruth vielleicht, falls sie mal versuchen würde, meine Psyche zu analysieren. Wir waren gerade alle draußen bei dem neuen Zimmer, das Hud baut. Ma schnitt Josh mit ihrer Schneiderschere die Haare. Sie werden nie wieder wie früher, sagte sie.

»Joshs Kopf wird auch nie wieder wie früher«, sagte ich.

Josh, der einen kleinen Handspiegel hielt, sagte: »Ich mag die Haare so nicht.«

»Wie willst du sie denn?«, fragte ich ihn.

»Lang und mit Locken.« Er betrachtete mein Haar.

»Ich will sehen, was sich machen lässt«, meinte Ma.

Wir konnten kaum unsere eigenen Worte hören, weil Hud

und Matt Nägel ins Dach schlugen. Matt ist im siebten Himmel. Gestern Nachmittag hat er mir eine halbe Stunde lang ausführlichst erzählt, wie man ein Dach schindelt. Der geborene Lehrer. Ich sagte ständig »Mmhm« und »Ach ja?« und »So so« während seines Vortrags und dachte dabei darüber nach, dass Joshs Mutter kommen würde und ob ich ihn wohl vermissen würde oder nicht, wenn sie ihn holte. Ich kam zu keinem endgültigen Ergebnis.

Nick durfte mit einem Vorschlaghammer die Ziegelsteine aus der Küchenwand schlagen, die an den Anbau angrenzt. Er macht aus dem Fenster eine Tür. Ich glaube, es ist die einzige Arbeit, die ihm je Spaß gemacht hat. Wir beschlossen, draußen zu bleiben, bis er damit fertig war. Wahrscheinlich hatten Ma und ich dieselbe Befürchtung, das Haus um uns herum könnte einstürzen, falls er auf die Idee kommen sollte, auf eine tragende Wand einzuschlagen. Immer noch Schwärme von Moskitos. Ma und ich wollen so ein Moskitonetz fürs Bett haben.

Jetzt ist es also passiert. Das mit Josh, meine ich, nicht, dass das Haus eingestürzt ist. Tatsächlich ist es allerdings so, als ob das Haus eingestürzt sei. Joshs Mutter und ihr Typ kamen in einem uralten Minibus, der auch schon bessere Tage gesehen hat, die Einfahrt heraufgefahren. Zuerst war Josh fast begeistert, weil er vergessen hatte, wie seine Mutter aussieht. ›Leicht angeschlagen‹ wäre wohl die passende Beschreibung. Sie überreichte ihm eine Tüte mit drei Mohrenköpfen, die das Eis schon fast brachen. Ma warf einen etwas misstrauischen Blick auf den Schokoguss. »Weiß der Himmel, wie lange die schon durch die Hitze transportiert worden sind«, sagte sie zu mir. Erst als Josh mit vollen Backen und klebrigen Fingern in dem Kleinbus saß, merkte er, was gespielt wurde.

Während sie losfuhren, veranstaltete Josh einen Höllenspektakel und versuchte, aus dem Fenster zu klettern. Ich stand da und sah ihnen nach und meine Kehle fühlte sich so zugeschnürt an, dass ich nicht schlucken konnte. Ich selbst hab immerhin die Wahl, mit meiner Mutter zu gehen oder nicht. Ich könnte wetten, sie haben ihm einen ordentlichen Klaps gegeben, kaum dass sie außer Sichtweite waren. So wie sie aussahen, würde ich es ihnen zutrauen.

Ich sah der Staubwolke nach, die das Auto aufwirbelte, und fühlte so etwas wie kleine Nadelstiche in den Augen. Ich musste heftig blinzeln.

Ab jetzt klingt alles etwas hohl, als ob es gar nicht von mir wäre. Ich habe unheimlich viel an Graingers Manuskript gearbeitet. Es gibt nämlich keine Unterbrechungen mehr, deshalb habe ich so viel Zeit zum Tippen. Joshs Katzen machen Rabatz. Wahrscheinlich fehlt er ihnen. Edith-Anne schleicht total trübsinnig herum, aber das tut sie ja eigentlich immer. Ich selbst bin natürlich an eine Menge Veränderungen im Leben gewöhnt, deshalb komme ich zurecht. Obwohl ich nicht erwartet hätte, dass es so still sein würde. Ma sagt fast überhaupt nichts mehr. Als ich sie gefragt habe, wie das Wetter heute wird, hat sie doch tatsächlich gesagt, sie wisse es nicht. Was denn der Typ im Radio erzählt hätte, fragte ich sie, und da meinte sie: »Wer?« Hud sieht auf einmal viel älter aus.

Nick ist glücklich. Pfeifend läuft er herum. Am liebsten würde ich ihm eine scheuern. Ich glaube, er wäre am liebsten ein Einzelkind.

Ich hab in dem Bestellkatalog geblättert und einen Abschnitt über Petroleumöfen gefunden, der Josh sicher gefallen hätte. Na ja, egal. Wen kümmert's schon?

Matt behauptet, dass ich niedergeschlagen wirke, das stimmt aber nicht. Wieso auch?

Hud hat Ma geraten, zu Mrs. Oaksi rüberzugehen und ein bisschen mit ihr zu plaudern, aber sie wollte nicht. Mann, ist das alles langweilig. Mir fällt nichts ein, was ich noch aufschreiben könnte. Matt hat mich ins Kino in Ambrose eingeladen, aber ich hab abgelehnt. Ich hab ihm doch schon gesagt, dass ich mich auf niemanden einlasse. Keine Ahnung, warum er sich nicht endlich verkrümelt.

Weder gestern noch heute hat Frances mich brauchen können, deshalb sitze ich hier fest. Heute habe ich ein paar getippte Seiten bei Grainger abgeliefert. Seinem Knie geht es besser und er wollte kommen und sie abholen, aber ich musste einfach mal raus aus diesem Trauerhaus. Grainger hat Leute aus der Gegend hier interviewt, damit möglichst viele unterschiedliche Ansichten in sein Buch kommen. Glaubt er eigentlich wirklich, dass es ernst genommen wird? Er hat tatsächlich Grandma Cooch drin, die Oma von Ruby und Pearl. Als ich bei ihm ankam, wollte er gerade in sein Auto steigen, um mit Vern über die Hexe der Familie Dowdle zu reden. »Eine Hexe!«, sagte ich. »Was haben denn Geister und Hexen miteinander zu tun?«

»Jetzt sei doch nicht so eine Spielverderberin«, meinte er. »Die Tante von Verns Großtante mütterlicherseits hatte das zweite Gesicht, sagt man. Sie war in der Gegend wohl bekannt, obwohl sie ein Stück weiter südlich von hier gewohnt hat. Die Leute sind meilenweit angereist, mit Pferd und Wagen, um sich die Zukunft voraussagen zu lassen. Es wird erzählt, dass sogar Sir John A. Macdonald von ihren Diensten Gebrauch gemacht hat.«

»Und meinen Sie, sie wäre erfreut darüber, dass sie in Ihrem Buch mit Geistern in einen Topf geworfen wird?«

»Angeblich geistert sie noch ab und zu herum.«

Ich stand in der Einfahrt und schüttelte nur den Kopf, sah zu dem schattigen, alten Haus hoch und sagte: »Bellcroft. Vornehmer Name. Aber voll von Belämmerten.« Grainger lachte nur und stieg in den Wagen. Er kurbelte das Fenster runter und streckte den Kopf raus. »Keiner zwingt dich, an Geister zu glauben. Aber denk daran, wenn jemand einen Geist sieht, dann gibt es Geister. Für diesen Jemand.« Er fuhr davon und ich konnte sehen, dass er mich im Rückspiegel beobachtete.

Gerade als ich gehen wollte, kam die Frau um die Hausecke herum. »Ach, du bist da?«, rief sie. Ich ging einfach weiter auf den Baum zu, an dem mein Fahrrad lehnte, sah mich aber um und bemerkte, dass sie mir folgte. Sie musste dem tief hängenden, abgestorbenen Ast eines Baumes ausweichen. Er verfing sich in ihren aschblonden Haaren, als ob er sie zurückhalten wollte, aber sie brach ihn einfach ab und holte mich rasch ein. Als ob sie einfach wieder an unser Gespräch im *L'auberge* Anfang der Woche anknüpfen wollte, sagte sie: »Ich muss bald wieder in die Fabrik zurück. Ich hab nämlich eines von unseren Aushilfsmädchen gebeten, nach Tante Bella zu schauen, aber sie will auch Urlaub machen. Wir haben zwar jetzt so eine Art Sommerloch, weil ja alles blüht, obwohl ich mir wirklich nicht erklären kann, warum sich die Leute richtige Blumen kaufen. Die verwelken ja nur.«

Ich duckte mich unter den herabhängenden Ästen der Trauerweide hindurch und ließ die Frau in der Einfahrt stehen. »Du hast schönes Haar«, sagte sie.

Ich zerrte das Rad vom Baum und schob es auf den Kiesweg. Die Frau griff nach der Lenkstange und legte die Hand darauf. Ich musste stehen bleiben. Mir wurde bewusst, wie ich ihr in die Augen starrte.

Sie sagte: »Meines war nie so dick.«

Ich sah auf ihre Hand runter, die mich daran hinderte, das Rad weiterzuschieben. »Ich muss gehen«, sagte ich.

»Oh, natürlich. Tut mir Leid.« Sie nahm die Hand weg, redete aber weiter. »Ich will mein Baby zurück. Es ist natürlich falsch, aber in meiner Vorstellung ist sie immer noch ein Baby. Bestimmt ähnelt sie mir so sehr, dass es ihr gut in der Fabrik gefallen würde. Es gibt schlimmere Jobs, als Kunstblumen zu machen.« Sie sah mich lange an.

»Ich muss gehen«, sagte ich noch mal, trat das Pedal in die richtige Position, setzte mich auf das Fahrrad und schnaufte den holperigen Weg hinauf. Ehe ich zur ersten Biegung der Einfahrt kam, sah ich über die Schulter zurück. Die Frau stand noch immer wie angewachsen mitten auf dem Weg. In meinem Kopf entstand so etwas wie eine Frage. Ich hielt an, verunsichert, ob ich sie stellen sollte oder nicht. Vielleicht hätte ich sie für den Computer aufheben sollen, aber ich wollte eine richtige Antwort, die ich von meinem Computer sowieso nicht kriege.

Ich wendete das Rad knirschend halb herum und rief der Frau zu: »Vielleicht ist das Baby ja seinem Vater ähnlicher.«

Sie kam auf mich zu. »Der Vater! Dass ich nicht lache. Ich weiß nicht, wo er jetzt steckt, und will es auch nicht wissen. Er ist so ein intellektueller Typ, verstehst du? Hat mich schnell fallen gelassen. Ist sicher in höhere Regionen entschwunden. Ein zerstreuter Professor oder verrückter Wissenschaftler geworden, könnte ich mir denken. Wer braucht so jemanden? Ich kann nur für mein Baby hoffen, dass es nicht wie er ist.«

Ich stieg aufs Rad und fuhr davon. Ich hätte lieber nicht fragen sollen.

Sobald Ma mit der Arbeit im Haus fertig ist, geht sie raus, um Mist zu schaufeln oder Heuballen auf den Wagen zu laden. Sie arbeitet ohne Pause und sagt kein Wort mehr. Hud ackert auch ohne Unterlass, zusammen mit Matt. Wenn sie nicht bei den Schafen draußen oder auf einem der Felder sind, arbeiten sie an dem Anbau.

Die Fenster sind jetzt drin, eine ganze Menge sogar, aber wir benutzen den neuen Raum noch nicht. Mrs. Oaksis Neffe hat für einen Sack Kartoffeln und einen Korb voll Äpfel beim Verputzen der Wände geholfen.

Der Raum hat einen ganz eigenen Charakter, obwohl er doch Teil des Hauses sein soll, eine Art Erweiterung der Küche. Hud nennt ihn ein Familienzimmer. Josh hätten die vielen Fenster gefallen. Ich habe angeboten, die Fensterrahmen zu streichen.

»Welche Farbe?«, wollte Hud wissen.

Ich ließ die Hand über das helle Pinienholz der Fensterrahmen gleiten, das glatt geschmirgelt und an den Kanten abgerundet war. Matts Arbeit. Ich ließ den Blick durch das Ostfenster schweifen, zu dem alten Ahornbaum bei der Hausecke. Ein Hauch von Abendrot streifte die Blätter schon. Im Süden krönten die ersten drei von Huds Apfelbäumen, von reifenden Früchten gesprenkelt, den Hügel, der sanft zum Kornfeld hin abfällt. Anstelle des Westfensters ist die gläserne Schiebetür angebracht. Hier kann man hinausgehen und steht dann fast unmittelbar in Ma's Blumengarten. Die Namen der großen Blüten, die in allen Regenbogenfarben leuchteten, kannte ich nicht, genauso wenig wie diejenigen, deren Köpfe mit ihren zerzausten Blütenblättern nickten und das Sonnenlicht aufzusaugen und wieder zu reflektieren schienen. Ich hatte den Eindruck, dass die Blumen bis in das neue Zimmer hinein leuchteten.

»Es gibt doch so was wie durchsichtige Farbe, oder? Farblos?«

»Jau«, sagte Hud.

»Das brauchen wir für das Holz.«

Als der Putz getrocknet war, schimmerte er strahlend weiß. Ich zeigte ihn Ma im sanften Licht des frühen Morgens. Sie hatte an eine Tapete mit stilisierten Dschungelblumen gedacht, aber jetzt klappte sie das Musterbuch zu und legte es beiseite. »Weiß ist schön«, sagte sie. Der grüne Hintergrund, der durch die Fenster schien und vom Blau des Himmels überwölbt wurde, brachte genug Farbe herein. Auf dem Boden lag eine Schilfmatte. Ma hatte sie mal geschenkt bekommen, sie konnte sich nicht erinnern, von wem. Sie hatte das Ding nicht weiter beachtet und es aufgerollt im Schuppen aufbewahrt. Wir hatten sie ausgeklopft, abgewischt und zum Lüften rausgehängt und jetzt bedeckte sie die Holzdielen wie ein Teppich aus frisch gemähtem Stroh.

Nick schleicht vergnügt und geheimnistuerisch durch die Gegend. Manchmal bemerke ich, dass er mich in einem fort anstarrt.

Ich helfe mit bei den Schafen, nur um Ma's traurigem Blick zu entgehen. Die Schafe sind laut und riechen, aber sie sind gar nicht so dumm wie man meint. Hud lockt sie in die Hürden, indem er einen Eimer mit Hafer schüttelt, und schon kommen sie auf ihren zierlichen Hufen den Hang hochgetrottet, zahm wie nur was. Er hat viel Geduld mit ihnen. Hud ist der Typ von Mensch, der Schafe erfunden hätte, wenn sie nicht schon erschaffen worden wären. Eins von den Schafen ist ein kleines schwarzes, das sich Josh bestimmt mit ins Zimmer hätte nehmen wollen.

Wir haben wieder ein Loch im Zaun entdeckt, durch das ein Schaf ausgebrochen war. Es kann sein, dass der Zaun etwas morsch war, aber mir schien es eher, als ob ihn jemand mit einem großen Stein zertrümmert hat.

»Wahrscheinlich Nick«, sagte ich.

Hud meinte: »Vielleicht. Ich sollte mehr Zeit mit ihm verbringen, damit nichts passiert. Er braucht wohl die ungeteilte Aufmerksamkeit von einem von uns.«

Das ausgebrochene Schaf war in einen Graben gefallen. Es lag auf dem Rücken (›gestrauchelt‹ ist das Wort, das Hud benutzte) und konnte sich kaum noch regen, deshalb mussten Hud und ich ihm auf die Beine helfen. Hud hat gesagt, wir hätten ihm das Leben gerettet, weil es auf dem Rücken nicht richtig atmen kann. Zum zweiten Mal in meinem Leben stand ich knöcheltief in Schafmist, bis wir es geschafft hatten. Kein besonders angenehmes Gefühl. Plastikblumen für Gräber zu machen, das fängt allmählich an, ganz angenehm zu klingen.

Ich hab den Eindruck, dass Nick in meinen Sachen herumstöbert, wenn ich Hud draußen helfe. Ich habe zehn Dollar aus meinem Versteck geholt und in meine Schreibtischschublade gelegt. Wenn sie verschwinden, weiß ich Bescheid. Gerade habe ich mir eingebildet, Josh unten heulen zu hören, aber es war nur der Fernseher. Ich drücke auf ›Escape‹. Diese Maschine ist ätzend.

An dem verlängerten Wochenende, an einem Freitagmorgen um zehn nach zehn, Anfang August, klingelte das Telefon. Ma und ich steckten beide bis zu den Ellbogen in Mehl. Wir sahen uns an. Ich hatte sie gebeten, mir beizubringen, wie man Pasteten macht, weil ich hoffte, dann hätte sie was, worüber sie reden könnte. Gerade war ich dabei, die dritte Portion von meinem krümeligen Teig neu auszurollen. »Ich geh dran«, sagte Ma und wischte sich die Hände an einem Geschirrtuch ab. »Jesses Maria!«, rief sie aus, nachdem sie eine Weile in den Hörer gelauscht hatte. »Ach, die arme kleine Seele.« Ich legte das Nudelholz weg, um sie besser verstehen zu können. »Und ob wir wollen! Natürlich, natürlich! Bringen Sie ihn raus, wir haben nicht ein Stück verändert, sogar sein Bett steht noch an derselben Stelle und das Gitter, das man hochklappen kann, auch, damit er nicht rausfällt, obwohl er es in den letzten sechs Monaten nicht gebraucht hat, er ist ja so ein großer Junge geworden und überhaupt – wie bitte? Oh, keine Ursache, das ist ganz in Ordnung, wann immer Sie herkommen, wir freuen uns sehr, dass er zurückkommt, sagen Sie ihm ... Hallo? Oh. Na gut.« Sie legte auf. »Das wirst du nie erraten«, wandte sie sich an mich.

Ich stellte umständliche Vermutungen an, summte vor mich hin und rollte ein perfektes Stück Teig aus. Ma ging hinaus, um Hud und Nick zu suchen und es ihnen zu erzählen, dann rief sie Mrs. Oaksi an. Ich musste die Pastete alleine fertig machen, teils nach Gefühl, teils nach Ma's Versuchen, mir vom Telefon aus per Zeichensprache Anweisungen zu geben, da sie die nächsten zwanzig Minuten damit verbrachte, Mrs. Oaksi lauthals mitzuteilen, dass Josh wieder in den Schoß der Familie zurückkehren würde.

Später fuhr dann das Auto, das Josh brachte, in die Einfahrt. Er kletterte raus, warf die Tür zu und ließ sich ins Gras fallen – mit finster zusammengezogenen Augenbrauen und einer schmollenden Schnute. Er fing an, Gras auszurupfen und es über seine Knie zu streuen, als ob es eine Decke sei, unter der er sich versteckte. Er hatte ein blaues Auge.

»Was ist los?«, fragte Hud. »Freust du dich nicht, dass du wieder da bist?«

Josh sagte: »Ich hätte nie weg sollen.«

Ma trat mit einem Schwall von leisen, einschmeichelnden Worten zu ihm und legte ihm die Hand auf den Kopf, aber er wich zurück und versuchte, sich noch tiefer im Gras zu verstecken. »Lass ihn eine Weile in Ruhe«, riet ihr Hud. »Er wird schon kommen.« Die Frau vom Sozialamt, die ihn hergebracht hatte, bat um eine vertrauliche Unterredung mit den Huddlestons und sie gingen hinein. Nick, der seit dem Anruf am Morgen schlechte Laune hatte, war nicht zu sehen.

Ich saß vor Josh im Gras. Er riss immer noch Grasbüschel samt den Wurzeln aus und sah mich nicht an. Ich schaute zu dem Auto, das hinter ihm auf der Einfahrt geparkt war. Dann drückte ich die Fäuste gegen die Schläfen und wackelte mit beiden Zeigefingern in Richtung Auto. Josh schielte durch die Augenbrauen hoch, immer noch mit schmollender Schnute. Er sah über die Schulter zum Auto hin. Es stand noch immer da. Schnell zog er den Kopf wieder ein. Nach einer Weile trat die Frau vom Jugendamt aus dem Haus. Ich kam mir zwar blöd vor, aber ich hörte nicht auf mit dem Verhexen. Die Jugendamttante starrte mich mit leicht hochgezogenen Augenbrauen an und rief Josh einen Abschiedsgruß zu. Er wandte sich nach ihr um, sah zu, wie sie ins Auto stieg und den Zündschlüssel herumdrehte. Langsam wandte er sich ganz um, legte die Fäuste an die Schläfen und wackelte mit den Fingern in ihre Richtung. Die Frau vom Jugendamt biss sich auf die Lippe, verzog das Gesicht ein wenig und fuhr rasch rückwärts aus der Einfahrt. Josh sprang auf und schrie »Zwick mich nicht!« hinter der Staubwolke her, die das Auto aufwirbelte. Dann ging er ins Haus und fragte Ma, was es zum Abendessen gäbe.

Josh ließ während des Essens nicht viel über den Aufenthalt bei seiner Mutter heraus und keiner drängte ihn dazu. Kurz vor Ende der Mahlzeit sah er uns alle an und sagte: »Sie hat mich k.o. geschlagen. Seht ihr?« Er deutete auf sein blaues Auge. Ma machte ein besorgtes Geräusch und legte noch ein Stück Pastete auf seinen Teller.

»Was hast du ihr getan?«, fragte ich.

»Nichts.«

»Das glaube ich nicht.«

»Ich hab ihre Bierdose umgekickt«, gab er schließlich zu. »Und noch eine geworfen. Eine andere direkt durchs Fenster geworfen.«

Ich nickte. Hud räusperte sich.

Nick starrte Josh an. »Ist das Fenster kaputtgegangen?«

»Klar!« Josh klang überrascht, dass Nick noch fragte. Jetzt schauten wir ihn alle an. Er sagte: »Sie haben geschrien und gestritten und so. Das kann ich nicht leiden!« Er meinte es ernst. Als ich jetzt zu ihm hinüberschaute, sah ich einen Jungen vor mir, kein Kleinkind mehr. Nick glotzte ihn an, überlegte, mit schief verzerrtem Mund, als habe er etwas Fauliges geschmeckt, als habe ihm jemand das Leben vermiest.

Ma und ich kratzten die Teller ab, spülten sie vor und räumten sie in die Spülmaschine. Ma berichtete, dass der Typ im Radio gesagt hätte, morgen Nacht sei eine Mondfinsternis, und wir könnten doch alle aufbleiben und zuschauen, falls wir nicht vorher einschliefen. Ich sagte, ich würde garantiert zuschauen und nicht einschlafen und was die Tante vom Jugendamt denn von Josh erzählt hätte? Ich frage mich allmählich, ob Ma's Angewohnheit, all ihre Gedanken aneinander zu reihen, ansteckend ist. Kommt mir nämlich so vor. Dann beschrieb Ma mit allen Details, was die Frau vom Jugendamt über Joshs Mutter gesagt hatte, die ihn nun doch nicht haben wollte, und wenn es nach ihr ginge, dann könne man ihn zur Adoption freigeben, das geschähe ihm recht, das habe die Mutter gesagt ...

Josh kam in die Küche gerast. »Mit Hud stimmt was nicht, draußen im Stall!«, kreischte er.

Ma hielt mitten im Satz inne und schoss zur Scheune rüber,

mit mir dicht auf den Fersen. Josh hopste hinter mir her und bat mich zu warten. In den staubdurchwirbelten Strahlen des frühen Abendlichts, die schräg durch die Stalltür fielen, sahen wir, wie sich Hud vom Boden aufrappelte und schwer auf eine Holzkiste setzte. Sein Gesicht war kreidebleich und mit Schweißperlen übersät. »Nur ein kleiner Schwächeanfall«, sagte er zu Ma, die mit besorgter Miene vor ihm stand. »Hab gerade Nick ausgeschimpft«, fügte er erklärend hinzu.

»Was hat er gemacht?«

»Ach, nichts eigentlich. Die Katze geärgert.«

»Und du regst dich so darüber ...«

»Er hatte so ein ziemlich langes Stück Schnur ...«

»Und du kriegst einen Schwächeanfall ...«

»Ein Ende lag der Katze schon um den Hals ...«

»Ich bring dich auf der Stelle in die Stadt zum Arzt und ...«

»Das andere Ende hing über dem Balken da. Ich bin gerade reingekommen ...«

»Sarah, du passt auf Josh auf. Ich bringe Hud zu Dr. Cornish, der ist zwar schon alt, aber er weiß, was er tut, im Gegensatz zu einigen von diesen Grünschnäbeln, die das Ende von einem Thermometer nicht von einer Pillenröhre unterscheiden können, das sieht man gleich, wenn man ihnen zuschaut, wie sie ... und hab auch ein Auge auf Nickie, wenn ich ihn nicht vorher verbläue, ich hol nur schnell die Schlüssel für den Lieferwagen und du kannst ...« Sie war schon halb im Haus.

Ich ging zu Hud rüber, der zittrig dastand. »Möchtest du dich auf mich stützen?«

»Es geht schon.« Hud stützte trotzdem seine große Hand auf meine Schulter. Ganz langsam gingen wir zum Wagen. »Bleib bei Hud«, sagte ich zu Josh, nachdem sich Hud auf dem Beifahrersitz niedergelassen hatte. Ich ging aufs Haus zu.

In der Küche führte Ma Selbstgespräche über den Verbleib der Schlüssel, ihrer Börse und ihrer Brille und ob sie auf alle Fälle das Eiergeld mal mitnehmen sollte oder nicht, weil man ja nie wisse, das Benzin könne einem ja ausgehen. Ich hörte ihr Gebrabbel nur wie aus weiter Ferne, denn es unterschied sich völlig von dem einen und einzigen Gedanken, der in mir war: Ich hatte meinen Grundsatz gebrochen, niemals zuzugeben, dass ich ein Herz besitze. Jetzt spürte ich einen Schmerz darin. Ich war hineingezogen worden. Ich fühlte mich nicht mal so sehr in einer Falle als vielmehr verwickelt in das Leben der anderen, eine Teilnehmerin, nicht mehr nur eine unfreiwillige Zuhörerin.

»Nun mach doch schon«, drängte ich Ma.

Sie hatte sich immer noch nicht wegen dem Geld entschieden. »Ich hab das meiste davon auf die Bank gebracht, als ich kürzlich in der Stadt war, Montag war das, nein, es muss wohl Dienstag gewesen sein, ich hab's auf mein Eierkonto eingezahlt, weißt du denn nicht, ach nein, es war wohl doch Montag.«

Ich sagte: »In meiner Schublade hab ich zehn Dollar; die hol ich. Das reicht dir.« Ich rannte hoch, riss die Schublade auf, in die ich das Geld gelegt hatte, unter meine Landkarten und Broschüren, und ich sah sofort, dass das Geld noch da war, aber der schwarze, herzförmige Umschlag mit der Kleinanzeige von der Frau, der war weg. Ich hatte jetzt keine Zeit, darüber nachzudenken. Ich grapschte mir das Geld, rannte damit runter und steckte es in Ma's Handtasche.

»Ich weiß nicht, was aus uns werden soll«, sagte Ma ein ums andere Mal. »Ich weiß nicht, wie wir es ohne Hud schaffen könnten. Und Nickie«, fügte sie hinzu. »Ich weiß nicht, was ich mit ihm machen soll. Er ist zu viel für mich.«

Mir fielen da schon einige Dinge ein. Ihn rauszuschleppen und mit einer Schnur an einem Balken aufzuhängen war das Erste. »Hud wird schon wieder«, sagte ich und schob Ma durch die Tür. »So ein kräftiger Naturbursche!«

Draußen sahen Josh und ich zu, wie Ma in den Lieferwagen stieg. Sie drehte den Schlüssel herum und nach einigen Versuchen heulte der Motor auf. Der Wagen schoss an uns vorbei, Ma am Steuer, Hud bereit, um rasch einzugreifen. Kurz bevor der Wagen aus der Einfahrt bog, konnte Ma ihn abbremsen. Sie kurbelte das Fenster runter und rief: »Steck Josh rechtzeitig ins Bett, wenn wir nicht zurück sind, und bring ihn unbedingt vorher aufs Klo …« Das Auto machte wie aus eigenem Antrieb einen Satz auf die Straße. Gleichzeitig und wahrscheinlich aufgrund der plötzlichen Bewegung des Wagens klappte Ma's Mund – ganz untypisch – zu. Sie setzte ihre Brille auf, die sie zum Autofahren braucht, und umkrallte das Steuerrad wie ein Kamikaze-Pilot. Mit dem rechten hinteren Kotflügel schrammte sie an dem Pfosten vom Briefkasten entlang, der erstaunlicherweise stehen blieb. Hud bedeckte mit einer Hand die Augen.

Ich ging rein, um meinen Computer anzuwerfen.

Ma rief an, um mitzuteilen, dass Hud über Nacht in Ambrose im Krankenhaus bleiben muss. Sie wollen ein paar Untersuchungen machen. »Er hat wieder etwas mehr Farbe«, sagte sie, »und er behauptet, dass er sich jetzt pudelwohl fühlt und heimkommen will, aber die Schwestern werden ihn notfalls festbinden, sagen sie.«

Ich kann mir einfach nicht vorstellen, dass der große, struppige, sonnenverbrannte Hud in einem Krankenhausbett unter schneeweißen Laken liegt, umgeben von Fremden mit Spritzen und Angst einflößenden Apparaturen. Er muss sich völlig fehl am Platz fühlen. Der bleibt nicht. Schafft er nicht. Er wird schlicht und einfach gesund werden und nie wieder hingehen. Ma hat gesagt, dass sie bald heimkommt.

Aber als es für Josh Zeit war, ins Bett zu gehen, war sie immer noch nicht zurück, deshalb hab ich ihm von den Petroleumöfen vorgelesen, die er genauso super fand wie die Schneepflüge. Das hatte ich erwartet. Als ich dann schließlich noch den Abschnitt über Kreissägen bis zur Hälfte gelesen hatte, schlief er ein.

Nick ließ sich nicht blicken, bis der Lieferwagen in die Einfahrt bog. Ich machte die Außenbeleuchtung an und ging ans Küchenfenster, sobald ich ihn hörte. Ich sah zu, wie Ma ausstieg, die Tür zuschlug, sie wieder öffnete, noch mal einstieg, die Scheinwerfer ausschaltete und schließlich aufs Haus zukam. Nick tauchte aus der Dunkelheit auf und ging mit hängendem Kopf auf sie zu. Ma blieb stehen. Ich öffnete das Fenster, um zu hören, was sie sagten.

»Das wollte ich nicht«, jammerte Nick mit hoher, dünner Stimme. »Ich hab der Katze kein Haar gekrümmt; ich hab nur so getan.«

Ma sagte: »Ich hab alles mit dir versucht, ich hab's immer wieder versucht und du weißt das auch. Aber jetzt hast du mir einen schlimmen Schlag versetzt, mein Junge, der mir tief ins Herz und in die Seele geht, denn wenn es um Hud geht, wie das heute geschehen ist, und wenn du sein Tod sein solltest, dann würde ich zugrunde gehen, ich würde einfach verwelken und verkümmern, denn ich bin nichts als ein kleines Etwas, das auf der Erdoberfläche wächst, aber er ist meine Wurzel, er ist meine eigentliche Wurzel und alles, was ich auf der Welt habe, denn ich hab nie selbst Kinder kriegen können, was ich mir so sehr gewünscht habe und Hud auch, aber er sagte, das macht doch nichts, mein Liebling, ist doch egal, mach dir nichts daraus, es gibt viele Babys, die keine Eltern haben; damit du es weißt, die Wurzel von mir, das ist er.«

Ich schalte meinen Computer für heute Nacht aus, weil die Tastatur sonst noch völlig verkrustet wird. Tränen enthalten ganz schön viel Salz.

# 9

Ma hat heute Morgen um neun im Krankenhaus angerufen. Wir drei Pflegekinder waren alle in der Küche versammelt und hörten zu. Ich saß am Tisch mit einer unberührten Schale voll Cornflakes vor mir. Nick hockte etwas abseits und spielte mit einer Schachtel Zahnstocher herum. Sein Knie zuckte auf und ab und er wandte keinen Blick von Ma. Ich sah, wie Josh stumm vom Stuhl auf den Boden glitt und sich unterm Tisch versteckte. Als ich mich bückte und drunterschaute, legte er einen Finger auf die Lippen und fing zu hexen an.

»O-o-och«, sagte Ma. Sie sprach mit Hud im Krankenzimmer. »Meine Güte, tja. So was. Ja, ich komm und rede mit ihnen. Jetzt tu du mal schön, was sie sagen. Ja. Also tu du mal ... gut, es geht ihnen gut ...«

Als sie mit Telefonieren fertig war, fragte ich sie: »Kommt er durch?«

Nick hörte auf, die Schachtel mit Zahnstochern dauernd auf und zu zu machen. Josh kam unter dem Tisch vor. Ma schwieg.

»Ma?«, schrie ich.

»Er hat kein Auge zugetan«, sagte sie rasch. »Ein Spezialist aus Ottawa kommt einmal die Woche, deshalb behalten sie ihn da bis Dienstag, und der Doktor wird ihn untersuchen, ja, der Doktor wird ihn sich genau ansehen, keine Sorge.«

Dann sah Ma mich an, von Frau zu Frau. Mit Hilfe suchendem Blick. Sie musste gar nichts sagen. Ich merkte von allein, was der Blick sagen wollte. So ungefähr: »Möglich, dass wir uns noch gegenseitig Halt geben müssen.« Ich kam mir nicht mehr wie ein Pflegekind vor, auch nicht wie ein Mündel des Jugendamtes und nicht mal wie die knallharte Tess von der Tundra.

Ma fing an, alles aus dem Kühlschrank zu räumen. Sie öffnete Deckel, schaute in Gefäße, schnupperte an Packungen und ordnete alles neu, indem sie die Sachen entweder auf die Anrichte oder den Tisch stellte. Nick konnte seinen Blick nicht von ihr nehmen, während sie zwischen Kühlschrank und Anrichte, Kühlschrank und Tisch hin- und herging. Sie machte eine Bestandsaufnahme unserer Vorräte, ohne uns anzusehen. Josh ließ zwei Katzen rein und sie sagte kein Wort.

Ich sah Ma bei der Arbeit zu und spürte, wie schwer mein Herz war. »Soll ich dir helfen?«, fragte ich.

»Nein, Liebes, ist schon gut, ich hab einfach das Bedürfnis, das jetzt zu machen, und ich allein weiß, was wir haben und was wir behalten können und was weggeworfen werden muss ...« Sie sah mir ins Gesicht, als ob sie meine Gedanken lesen wollte. »Aber du würdest vielleicht gerne was machen, manchmal meine ich, es ist gut, wenn man was zu tun hat, weil die Arbeit einen ablenkt, und ich glaube, ich weiß, was dir liegt, doch, wirklich.« Sie holte eine Tüte Zwiebeln unter der Spüle hervor. »Kannst du die hier schälen und dünn schneiden? Dann mach ich einen Käse-Zwiebel-Kuchen zum Abendessen und bring Hud was davon, wenn er das essen darf, weil es sein Lieblingskuchen ist. Wasch sie vorher mit kaltem Wasser ab, dann beißen sie nicht so in den Augen.«

Die nächste halbe Stunde schälte und schnitt ich und vergoss Tränen über dem Küchentisch. Ich blinzelte die Decke und die vier Wände an und verbrauchte eine halbe Packung Papiertücher mit Naseputzen und heulte weiter. Als ich es geschafft hatte und die Zwiebeln mit einem Teller zugedeckt in einer Schüssel lagen, fühlte ich mich besser. Ich sah allerdings schrecklich aus.

Etwas musste ich noch erledigen. Ma's Arbeit hatte ich fertig und sie war rausgegangen zu den Schafen und Hühnern. Die

Jungs waren auch nicht da. Ich suchte die Nummer vom Krankenhaus in Ambrose heraus und wählte. »Hud?«, sagte ich, nachdem man mich mit seinem Zimmer verbunden hatte.

Seine Stimme klang anders durchs Telefon. »Jau?«

»Hab ich dich aufgeweckt oder so?«

»Nee.«

»Sarah hier.«

»Dachte ich mir.«

»Was haben sie rausgefunden, was fehlt dir?«

»Nicht viel.« Er war mal wieder so mitteilsam wie immer.

»Hud?«

»Jau?«

»Ich wollte dich fragen, ob du mir beibringen kannst, den Lieferwagen zu fahren, wenn ich sechzehn bin?«

Ich musste auf seine Antwort warten. Schließlich sagte er: »Ich glaube, das ließe sich schon machen.«

»Danke, Hud.«

»Bist ein tolles Mädel, Sarah«, sagte er und seine Stimme versagte ihm fast. »Du bist goldrichtig.«

Es ist sehr spät. Heute Nacht war die Mondfinsternis und ich bin aufgeblieben, um sie anzusehen. Zuerst schien der Mond Stück für Stück zu verschwinden. Das war so traurig, dass ich beinahe weinen musste (scheint allmählich zur Gewohnheit zu werden). Und dann was ganz Komisches! Der Mond wurde zur Kugel. War ein Ball. Nicht einfach eine flache Scheibe, die am Himmel hing. Er wurde zu etwas ganz Neuem, das hat mich aufgeheitert. Jetzt ist es schon sehr spät und der Mond sieht allmählich wieder wie gewöhnlich aus. Ich würde Ruth gern erzählen, was ich empfand bei der Mondfinsternis, oder vielleicht doch lieber nicht. Ich möchte sie nicht total durcheinander bringen. Sie ist im Bellcroft. Hatte heute Abend ein heißes Date mit Grainger. Sie wollten essen gehen. Wahrscheinlich im *Lo-bersch.*

Das Nächste hat absolut keine Bedeutung, aber ich füttere es zu Verdauungszwecken in diese heißhungrige Maschine. Als ich draußen war auf den Verandastufen und den Mond beobachtete, kam Edith-Anne angeschlichen, setzte sich neben mich und legte ihre Schnauze auf mein Knie. Ich hielt den Atem an und tätschelte sie. Sie sah zu mir hoch. Ich kraulte sie hinter den Ohren und sie sah mich einfach weiter an, mit offenem Maul und halb heraushängender Zunge. Kein Knurren. Keine gefletschten Zähne. Aber ihr Atem – igitt!

Heute war ein Tag der Finsternis. Falls die Sonne geschienen hat – ich hab sie nicht gesehen. Heute Morgen haben sie Hud per Krankenwagen nach Ottawa gebracht zu einer Notoperation am Herzen. Ruth kam sofort angereist. Ruby McKericher hat Ma nach Ottawa gefahren; Ruth bleibt bis morgen bei uns und Mrs. Oaksi hat angeboten, sich danach um uns zu kümmern, falls es nötig sei. Was soll ich sonst noch schreiben?

Früher mal habe ich mit einem Löffel aus Metall Suppe umgerührt, die in einem Topf auf dem Herd stand. Während ich noch mit dem Löffel in der Suppe rührte, drehte ich an dem Schalter, um die Hitze runterzustellen. Der Schalter war kaputt. Ich bekam einen Schlag. Es war vermutlich nur ein leichter Schlag, aber ich erschrak, er rüttelte mich durch und machte mir Angst und tat auf eine Art weh, die ich nicht beschreiben kann. So fühle ich mich jetzt.

Ruth und Ma redeten lange miteinander, während sie auf Ruby warteten. Ich kann mir schon denken, worüber. Ruth hat nur zu mir gesagt, dass Hud natürlich durchkommen würde. Die moderne Medizin, blablabla, Spezialistenteams, bla, nichts, worüber man sich Sorgen machen müsse. Klar. Ich bin ja sooo beruhigt.

Eines weiß ich, und das weiß Ruth auch: Es wird Veränderungen geben. Ma kann nicht die Farm und einen Haufen Kinder gleichzeitig versorgen. Ma sagte aber zu Ruth, sie würde den Antrag stellen, uns Pflegekinder zu behalten, egal was da komme.

Ich blies den Atem scharf durch die Lippen. Klar. Alles wie gehabt. Wenn Hud nicht durchkommt, dann wird die Wirklichkeit, das wissen Ruth und ich genau, folgendermaßen aussehen: Josh kommt wieder ans Jugendamt zurück, Nick natürlich auch; und ich? Tja, ich weiß nicht. Inuvik klingt ja ganz nett. Es ist ziemlich weit im Norden. Im Nordwesten.

Darüber könnte man nachdenken. Oder über die Frau. Vielleicht liegt es daran, dass es mitten im Sommer ist, aber ich sehe alles in den Farben Grün, Braun und Korngelb vor mir. Weiß ist gelöscht. Ich kann mich irgendwie nicht mehr so ohne weiteres auf der sturmgepeitschten Tundra niederlassen wie früher. Ich sollte mich auf das Schlimmste gefasst machen. Ich sollte meinen Glaskasten versiegeln, ehe noch mehr Sarah-Moone-Essenz entweicht und sich mit dieser Huddleston-Luft hier vermischt. Ich sollte nicht herumsitzen und an Hud denken. Und die Angst. Was ist, wenn er Angst hat? Wenn Hud daran zerbrechen würde, wäre das das Ende der Welt? Ich würde gerne nicht mehr dran denken, wie Ma die Hände nach mir ausstreckte, als Ruby angefahren kam, und mich an sich drückte, obwohl ich steif wie ein Brett war. Und dann ließ sie mich los. Ich will nicht mehr daran denken, wie ich »Ma!« gebrüllt hab und ihr nachgelaufen bin, und wie ich mich, als sie auf mich wartete, zu ihr runtergebeugt und sie auch umarmt habe. Aber ich kann es nicht vergessen.

Hud hat keine Nachkommen. Keinen, der seine sanfte Kraft erben kann. Ich fürchte, es wäre tatsächlich das Ende der Welt.

Wir machen weiter, einen Tag nach dem anderen. Die Operation hat Hud recht gut überstanden. Die Ärzte sagen, wir müssen eben abwarten. Ma fährt zwischen hier und Ottawa hin und her. Manchmal bleibt Mrs. Oaksi bei uns. Wir brauchen sie eigentlich nicht, aber wir möchten sie um uns haben. Ihr Englisch wird allmählich besser. Wenn sie den Eindruck hat, dass wir etwas nicht verstehen, dann sagt sie es lauter. Sie singt ständig. Wir können nicht verstehen, was, aber es klingt beruhigend. Ihre Stimme füllt den leeren Raum. Josh, der arme kleine Teufel, glaubt, dass alles in Ordnung kommt. Hat keine Ahnung, was auf ihn wartet, wenn nicht alles in Ordnung kommt. Muss schön sein, so arglos und vertrauensvoll zu sein. Matt kommt rüber und hilft uns auf der Farm. Er will kein Geld dafür; er hat sein Stipendium bewilligt bekommen. Er will einfach nur helfen. Alle helfen. Frances schickt Essen rüber. Ruby und Pearl wechseln sich dabei ab, Ma ins Krankenhaus nach Ottawa zu fahren. Und Vern schaut ab und zu rein, um nachzusehen, ob wir auch alles richtig machen.

Edith-Anne ist verschwunden. Total merkwürdig. Ma hat gesehen, wie sie in Richtung Briefkasten getrottet ist; das tut sie öfters, aber diesmal ist sie nicht zurückgekommen. Ma ist im Lieferwagen durch die halbe Stadt gefahren und hat nach ihr gesucht, aber ohne Erfolg. Sie fehlt uns. Hört sich wohl seltsam an, wenn man daran denkt, wie feindselig sie immer war. Keiner hat sie besonders gemocht. Trotzdem, irgendwie gehörte sie dazu. Old Vern hat gesagt, dass wir einen guten Hütehund für die Schafe brauchen und dass er uns einen besorgen kann, wenn wir wollen. Ma hat noch nichts dazu gesagt.

Nick verlässt uns. Er macht den Anfang. Seine Betreuerin vom Jugendamt findet, dass er zu schwierig ist für Ma allein – zusätzlich zu dem kranken Hud. Sie hat oft und lange mit Ma telefoniert und uns auch einmal besucht. Ma ist ganz mitgenommen und hat das Gefühl, dass sie Nick irgendwie im Stich lässt. Als sie ihm gesagt hat, dass er mehr Zuwendung verdient habe, als sie und Hud ihm geben könnten, liefen ihr die Tränen über die Wangen. Sie meinte, in der Stadt gäbe es Leute, die dafür ausgebildet seien, Jugendliche beim Bewältigen ihrer Probleme zu unterstützen, die ihnen dabei helfen würden, den richtigen Weg zu finden. Sie nahm ihn in die Arme und drückte ihn fest an sich. Als sie sich von ihm löste, rückte er steif von ihr ab, mit gläsernem Blick, und sagte: »Dann pack ich wohl mal meine Sachen.«

Josh war unverhohlen begeistert, dass Nick packte. Er rannte zwischen dem Schrank und Nicks Tasche hin und her, die Arme voller Unterwäsche und Socken, Comic-Hefte und T-Shirts. Ma musste ihn schließlich unter ihre Fittiche nehmen und bat mich, die Packerei zu beaufsichtigen.

Ich nahm ein gemustertes Hemd von einem Bügel und fing an, es zusammenzulegen. Schließlich habe ich einige Übung damit. Nick durchstöberte eine Schachtel mit einem Haufen Zeug, die unter seinem Bett gestanden hatte. Er schenkte mir keinen Blick, nicht mal einen hämischen. Ich schaute ein- oder zweimal zu ihm rüber, aber es war, als würde ich für Nick bereits nicht mehr existieren.

»Hey, Nick«, sagte ich.

»Was?« Er sah immer noch nicht auf.

»Tut mir Leid, dass du woanders hin musst.« Was für eine Lüge! Nein, nicht ganz. Es tat mir Leid, dass ich zusehen musste, wie ein Jugendlicher das tat, was ich so oft hatte tun müssen: das mickrige Leben in eine Tasche zu packen, Stück für Stück. Aber ich muss zugeben, dass es mir nicht Leid tat, dass er von hier verschwand.

»Mir ist es einerlei«, erwiderte er. Er stöberte noch immer in der Schachtel herum. »Mir stinkt's hier sowieso. Ist doch total langweilig.« Er schaute mich immer noch nicht an, aber ich konnte sehen, wie seine Kiefermuskeln arbeiteten. Ich wusste, was er mit aller Macht verhindern wollte. Ich hatte nie geweint, wenn ich irgendwo gegangen war. Nicht ein einziges Mal.

»Vielleicht kommst du ja zu Ruth.«

»Wen kümmert's?«

»Sie schon. Sie ist jemand, der sich wohl darum kümmert, was in einem vorgeht.«

Er hörte auf, das Zeug in der Schachtel hin- und herzuschieben, und starrte es nur noch an. Ich riss eine Ecke von einem Blatt Papier auf dem Schreibtisch ab und schrieb etwas darauf. »Das ist ihre Telefonnummer.« Ich hielt ihm den Zettel hin, aber er warf nur einen kurzen Blick darauf und sah wieder weg. Ich ließ ihn neben Nick auf das Bett fallen und legte weiter Hemden zusammen. Aus den Augenwinkeln sah ich, dass er ihn nahm, las und in die Tasche steckte.

Als dann ein Mann vom Jugendamt kam, um ihn abzuholen, goss es in Strömen. Alle hatten sich von ihm verabschiedet. Ma hatte ihm eine Tüte mit Äpfeln und ein Dutzend Vollkornkekse als Proviant überreicht und das Auto fuhr schon aus der Einfahrt, da fiel mir ein, dass ich noch etwas mit Nick zu erledigen hatte. Ich rannte hinter dem Auto her und rief: »Nick! Warte!«

Ma war bereits mit Tränen in den Augen wieder hineingegangen und hatte Josh mitgenommen. Ich platschte durch die Pfützen und schrie dem Fahrer zu anzuhalten. Er bemerkte mich, als er beim Briefkasten vor dem Einbiegen auf die Straße bremste. Er hielt an und kurbelte ein Fenster runter. Ich ging zu Nicks Seite und bedeutete ihm, seines auch runterzukurbeln. »Entschuldigung«, sagte ich zu dem Mann. »Ich hätte fast was vergessen. Er hat noch was von mir.«

Überrascht sah mich Nick an.

»Das Ding, das du aus meiner Schublade genommen hast. Ich will es zurück.«

»Was für ein Ding?«

»Das Herz. Das schwarze Herz, auf dem was draufsteht. Da war was drin. Ein Zeitungsausschnitt. Was hast du damit gemacht?«

»Ich hab nichts genommen.« Sein Gesicht lief rötlich an, als wüsste er, dass er mir nichts vormachen konnte. »Fahren wir«, sagte er zu dem Mann.

»Nicht fahren!«, befahl ich. Der Regen klatschte mir das Haar an die Wangen und ich strich es zurück.

Der Fahrer sah uns nacheinander an und wusste nicht recht, was er machen sollte. »Möchtest du dich nicht lieber mit reinsetzen bei dem Regen?«, fragte er mich.

»Nein, ich will nur meinen Zeitungsausschnitt zurück. Ich weiß, dass er ihn genommen hat. Er war wichtig. Ich muss ihn haben.«

Nick starrte an den Scheibenwischern vorbei in den strömenden Regen.

»Na gut«, sagte der Mann. »Wir müssen wohl deine Sachen rausholen und suchen, ob du den Ausschnitt aus Versehen eingepackt hast, Nick. Hol deine Tasche aus dem Kofferraum. Du kannst sie auf dem Rücksitz aufmachen.« Er schaltete den Motor aus.

Mit ruhiger Stimme sagte Nick: »Ich hab ihn nicht.«

»Was denn nun?«, wollte der Mann wissen.

Jetzt sah Nick mich an. »Ich hab ihn nicht.«

In Nicks Blick bemerkte ich etwas wie Bedauern und in dem Moment packte mich eine eisige Furcht. Ich kannte die Antwort auf meine Frage, ehe ich sie stellte.

»Ich hab ihn der Frau gegeben. Sie war vor einiger Zeit im *Lobersch* und hat rumgefragt nach ihrer Tochter, und sie hat von einer Anzeige gefaselt, die in der Zeitung kam. Schließlich hab ich sie ihr gegeben.« Seine Worte wurden mehr und mehr zu einem Stammeln, während er mir in die Augen sah.

Ich trat von dem Auto zurück. »Warum?«, fragte ich durch den Regen.

»Um dich loszuwerden.« Seine Stimme war schrill vor Zorn. »Du kommst daher und hältst dich für so cool. Du kriegst Hud dazu, dass er dich immer alles machen lässt, dass er dir nachgibt und so. Und Ma auch. Du hast mir alles kaputtgemacht. Darum. Du hast mir einfach alles kaputtgemacht.«

Der Mann unterbrach ihn. »Wenn du den Ausschnitt also nicht hast, dann fahren wir mal besser. Es ist eine lange Strecke.« Er drehte den Zündschlüssel um und der Motor sprang an.

Ich hob die Hand hoch. »Halt!« Mein Blick durchbohrte Nick und ich sah, wie er vor mir zurückwich. Ganz ruhig und normal sagte ich: »Woher hast du von dem Ausschnitt gewusst?«

»Du bist nicht die Einzige auf der Welt, die einen Computer bedienen kann. Ich weiß alles über dich.«

Ich wandte mich um und starrte in den Regen, ohne etwas zu sehen. Ich kam mir vor, als ob man mich bis auf die Haut ausgezogen hätte.

Nick redete immer noch. »Ich hab ihr erzählt, dass du die Anzeige ausgeschnitten hast, und sie wurde ganz aufgeregt, aber sie hat zu lang gebraucht, um zu kommen und dich abzuholen, da hab ich ihr das herzförmige Dingsbums als Beweis gegeben. Ich hab zu ihr gesagt, dass du mich darum gebeten hast, weil du zu schüchtern wärst.«

Ich schloss die Augen.

Der Mann vom Jugendamt trommelte auf das Steuerrad. »Ihr könnt das alles per Telefon besprechen, wenn wir da sind, oder? Hier.« Er reichte mir ein Stück Papier. »Da kannst du ihn erreichen.«

Ich steckte es ein, drehte mich um und ging langsam durch den Regen auf den kleinen Kasten auf dem Hügel zu. Ich sah nicht auf, um den hübschen Anbau, der wie der Bug eines Schiffes herausragte, zu bewundern, wie ich es in letzter Zeit sonst oft getan hatte. Ich konzentrierte mich darauf, einen Fuß vor den anderen zu setzen.

Meine Fensterscheibe ist tränenüberströmt vom Regen. Ich sitze seit einer Weile da und starre auf den Bildschirm meines Computers. Ich hätte nicht gedacht, dass ich die Maschine auch nur anrühren könnte.

Wie ich sehe, sind noch alle Wörter drin. Ich bin noch da. Nick ist derjenige, der fort ist.

Gedruckte Wörter sind so gegenwärtig, so angreifbar. Wenn ich das Zeug hier ausdrucken würde, dann könnte alle Welt mein Geschriebenes lesen, es studieren, ihm eine Bedeutung verleihen. Der konkrete Beweis, dass es mich gibt. Für irgendjemand. Also werde ich das hier nie ausdrucken. Ich möchte lieber so was wie eine Erinnerung sein, die sicher in meinem Computer eingeschlossen liegt. Jetzt drücke ich auf ›Escape‹.

Meine Maschine läuft wieder. Ich habe einfach Abwechslung gebraucht – musste laut denken, mit einem Menschen, nicht mit einem Ding. Ich ging runter, holte das Telefonbuch hervor, schaute die Nummer nach und griff nach dem Telefon, wobei ich das Kabel hinter mir her in den Abstellraum zerrte. »Hallo, Matt?«, sagte ich.

Eine Dreiviertelstunde später war ich immer noch mit dem Telefon eingeschlossen. Josh trommelte ein paarmal an die Tür, aber ich schaffte es tatsächlich, ihn nicht zu beachten. Ich hörte, wie Josh ganz im Tonfall von Hud zu Ma sagte: »Hat sie nicht lange genug telefoniert?« Und Ma antwortete: »Sie ist eben ein Teenager, weißt du, wir müssen uns einfach daran gewöhnen, weil, ich erinnere mich noch gut an meine Jungmädchenzeit, ach, die langen Gespräche, die Hud und ich führen mussten, und mein Vater, der brüllte: ›Leg endlich den verdammten Hörer auf!‹, was ich aber nie gemacht hab, weil ich so gern mit ihm geredet hab, damals …«

Durch das Gespräch mit Matt ging es mir etwas besser. Etwas. Ich ließ mich von ihm beruhigen, dass sie mich nicht einfach an den Haaren mitschleifen kann, nur weil sie eine Art Beweis dafür hat, dass ich diejenige bin, auch wenn sie sich jetzt einbildet, dass ich mitkommen will.

»Ich hab doch auch Rechte. Ich bin fast sechzehn«, sagte ich. Dann wollte ich noch hinzufügen: »Ich kann rauf in den Norden und einfach verschwinden«, aber ich war nicht sicher, ob ich das überhaupt noch wollte. Es kam mir auf einmal wie ein Hirngespinst vor.

»Obwohl die Frau deine Mutter ist«, warf Matt ein.

»Kann sein, aber ...«
»Na ja, schuldig bist du ihr nichts.«
»Genau.«
»Trotzdem, sie ist dein Fleisch und Bl...«
»Hör auf! Sie hat mich fallen lassen.«
»Ich weiß. Ich dachte nur so, das ist alles.«
»Dann hör auf damit. Du machst das nicht gerade gut.«
»Sarah!«
»Tut mir Leid.«
»Mir nicht. Ich glaube, es gibt noch Hoffnung für mich. Wie ich bemerkt habe, bist du nur zu den Leuten fies, die du am liebsten hast.«

Darauf fiel mir nichts ein. Dann hat er mich eingeladen. Er musste das Haus hüten, weil ein Gast erwartet wurde und seine Mutter ausgegangen war. Ich könnte nicht, sagte ich. Meine Standardantwort. Ich versuchte, sie abzumildern. »Es regnet doch.«

»Es hat aufgehört.« Ich streckte den Kopf aus der Tür des Abstellraums und sah, dass es stimmte.

»Es ist fast Abendbrotzeit.«
»Komm danach. Ich hab dann Zeit.«
»Aber ich hab versprochen, auf Josh aufzupassen.«
»Bring ihn doch mit.«
»Josh?«

Nach dem Abendessen sagte Ma, natürlich könnten wir gehen, und sie stopfte uns mit Anweisungen voll, die den ganzen Abend in Anspruch zu nehmen drohten. »Und pass auf, dass Josh sich benimmt, er weiß nämlich so gut wie jeder andere, wann man bitte und danke sagen muss, aber sollte er nicht noch mal reinkommen und aufs Klo gehen, es wäre doch schlimm, wenn er ...«

Wir winkten ihr zum Abschied zu und verschwanden im Schuppen, wo das Fahrrad stand. Josh war ganz begeistert, dass er mit zu Matt durfte, bis er unser Transportmittel sah.

Ich schob das Rad raus. Josh, der geschrubbt und gebürstet war, sagte, dass er nicht Rad fahren könnte, und ich sagte ihm, das müsse er auch nicht. Ich lehnte das Rad an die Wand und klemmte ihn in die Kiste, die hinten draufgeschnallt war. Als ich aufgestiegen war, sah ich mich nach ihm um. Er hatte den Mund zu einer Schnute verzogen und schätzte den Abstand zum Boden ab. »Ich laufe lieber«, sagte er und versuchte herauszukrabbeln.

»Beruhige dich«, riet ich ihm. »Genieße lieber unsere Fahrt, denn das nächste Fahrzeug, in dem ich sitze, wird Huds Lieferwagen sein – sobald er heimkommt und mir das Fahren beibringt.« Das musste er erst mal verdauen. Und dann legte er los. Die ganze Fahrt über erzählte er mir, dass es leicht sei, einen Lieferwagen zu fahren. Man müsse nur schalten. Und mit den Füßen an die Pedale reichen. Und man müsse aufpassen, wohin man fährt. Noch so einer – der geborene Lehrer.

Bei dem Bellcroft-Schild stiegen wir ab und gingen den eingewachsenen Weg zum Haus entlang. Der Regen von heute Nachmittag hing noch in den Ästen über uns und ab und zu wurden wir von vereinzelten Tropfen überrascht, die uns auf die Köpfe fielen. Es war hier so dunkel wie im tiefsten Wald, wenn die Abenddämmerung hereinbricht. Kleine, nicht identifizierbare Wesen huschten unter die niedrigen Wacholderbüsche in Sicherheit. Ein Rebhuhn, das plötzlich mit wild schlagenden Flügeln neben dem Weg ins Unterholz flüchtete, erschreckte uns halb zu Tode. Ich ließ fast das Rad fallen; Josh klammerte sich rasch an mich. »Zwick mich nicht!«, rief er in Richtung der Wälder.

Das Bellcroft sah verändert aus. Die Veranda, die Hausfront und die Hälfte der seitlichen Wand waren frisch gestrichen. Vor der Haustür war ein Fliegengitter angebracht. Matt begrüßte uns. Er roch nach Terpentin. Das Haus hatte etwas von seiner feuchten Muffigkeit eingetauscht gegen sommerliche Wärme und frischen Farbgeruch.

»Ich will wieder raus«, quengelte Josh, kaum, dass wir drin

waren. Also gingen wir wieder raus. Ich wollte von Matt wissen, was mit den drei Bäumen war, die wie Wachtürme vor dem Haus standen. Sie hatten orangefarbene X-Zeichen aufgemalt.

»Die müssen gefällt werden«, erklärte er. »Sie sterben ab und könnten bei einem Sturm umfallen.«

»Ich will zum See«, sagte Josh. Also machten wir uns zum Bootshaus auf. Wir sahen Grainger, der auf einer Klippe mit Blick über den See saß und auf seinem gelben Block herumkritzelte.

»Sie würden viel Zeit und Geld sparen, wenn Sie lernen würden, mit einem Computer umzugehen!«, rief ich ihm zu.

Er sah auf. »Ich glaube an die elementaren Dinge«, antwortete er. »Ich glaube, dass es ganz eindeutig eine Verbindung gibt zwischen dem kreativen Teil des Gehirns und der Hand, die den Stift führt. Außerdem«, fügte er hinzu, »ich kann mich nicht entscheiden, was für einen ich nehmen soll.«

Wir gingen durch das dürre Gras hinter dem unebenen, rissigen Asphalt des Tennisplatzes, runter zum Bootshaus. Matt erreichte es zuerst. Josh hüpfte ausgelassen neben ihm auf und ab. Ich blieb in der Tür stehen. Meine Augen mussten sich erst an die Dunkelheit im Inneren gewöhnen. Auf Balken, die quer über einen der Slips gelegt waren, konnten wir den Bug eines riesigen Motorboots erkennen, das mit einem Segeltuch verhüllt war. Matt schlug eine Ecke der Plane zurück, um uns das Wunder aus Mahagoni zu zeigen. »*Albatros*. So heißt sie. Ist sie nicht wunderschön?«

Es war in der Tat ein schönes Boot. So etwas hatte ich noch nie gesehen, außer auf Bildern. »Muss ja einen ziemlich starken Motor haben!«

»Irgendwann, bevor sie ganz vom Holzschwamm zerfressen wird, mach ich sie wieder startklar.«

Josh holte uns erst mal wieder in die Gegenwart zurück.

»Ich will angeln gehen«, sagte er.

Matt machte das Ruderboot los, das auf dem zweiten Slip lag.

Es hatte ein Leck, aber nur ein kleines. Matt nahm eine verblichene Schwimmweste von einem Haken. Er wischte die Spinnweben und vertrockneten Insekten ab und zog sie Josh an, der sich vergeblich sträubte. Dann fragte er mich, ob ich schwimmen könne.

»Ein bisschen«, sagte ich.

Er griff über die Reling der *Albatros* und zog noch eine Schwimmweste hervor. »Zieh sie an«, riet er mir. »Sie wird dich ein bisschen vorm Ertrinken bewahren.«

»Das brauch ich nicht.«

»Was würdest du machen, wenn du reinfällst?«

»Du lieber Himmel.« Ich zog das Ding an.

Matt legte sich ordentlich in die Riemen und ruderte uns am Ufer entlang. Er ruderte wie wild, als ob er einen bestimmten Ort, eine Ziellinie erreichen müsse. Die einzige Bewegung auf dem stillen See waren die v-förmig auseinander laufenden Wellen, die unser Boot hinterließ. Josh saß rittlings über dem Bug und fischte mit Matts Angelrute, die er für fast genauso gut erklärte wie die in seinem Katalog. Er fing nicht viel – ein paar Algen und ein Seerosenblatt –, aber ihm genügte das.

Ich saß Matt gegenüber, sah aber lieber ins Wasser hinunter. Dann schaute ich zu, wie die Sonne zwischen den Wolkenbänken unterging und die Wipfel der Pinien in der Ferne vergoldete. Ich spürte, dass Matt mich ansah. Ich wandte mich ab vom Sonnenuntergang und er sah sich schnell um, blickte über die Schulter, um unseren Kurs zu überprüfen.

»Du wirst mir fehlen, wenn ich weggehe auf die Schule«, sagte er, immer noch in die andere Richtung schauend. Er hörte auf zu rudern und wandte sich Josh zu, um ihm dabei zu helfen, ein Seerosenblatt rauszuziehen, das sich zu widersetzen schien. Dann sah er mich an. »Vor Thanksgiving seh ich dich nicht wieder.« Er schaute mich weiter an, als ob er die Antwort von mir erwartete, dass er mir auch fehlen würde. Aber so etwas habe ich noch nie zu jemand gesagt.

Ich räusperte mich.

»Wie bitte?«, sagte er.

»Vielleicht schreib ich dir mal«, antwortete ich. »Ich kann besser schreiben als reden.« Ich glaube, das stimmt wirklich. In einem Brief könnte ich ihm sagen, dass ich das Gefühl habe, die Sonne scheint nur für mich allein, wenn er mich anlächelt.

Er lächelte mich an.

Ich spürte, wie ich weich wurde und zurücklächelte.

Ich wandte mich nicht ab und er auch nicht. Mir gefiel, wie sein Haar etwas struppig über die Stirn fiel, und ich mochte sein kantiges Gesicht. An seinen Wangen entdeckte ich feine Barthärchen in den Strahlen der sinkenden Sonne.

»Ich muss mal«, sagte Josh.

Die Wirklichkeit. Matt holte ordentlich aus mit dem einen Ruder, mit dem anderen hielt er dagegen und wir wendeten.

Die Sonne stand jetzt noch tiefer und übergoss den wolkendurchzogenen Himmel mit einem rosafarbenen Hauch. Der Kondensstreifen eines Flugzeugs spannte einen silbernen Bogen, der am Horizont verschwand. Unter uns, auf der Wasseroberfläche, glitten winzige Wasserläufer unermüdlich, ziellos und ohne auf unser Boot zu achten eilig und wichtig hin und her über ihre kleine, flache Welt.

Zurück am Bootssteg ergriff Josh das Tau, das am Bug befestigt war, und hüpfte raus. Ich nahm seine Angelrute und das Seerosenblatt und legte es auf den Steg. Matt reichte mir die Hand. Ich sah ihn möglichst abweisend an, doch er schaute mit seinem sanften, freundlichen Blick unverwandt zurück. Und wie so eine dämliche Märchenprinzessin ergriff ich doch tatsächlich seine Hand.

Josh machte sein Bächlein im Gebüsch, dann holte er uns auf dem Weg zum Haus ein. Matt hielt immer noch meine Hand. Es machte mir nichts aus. Es machte mir nicht mal was aus, dass unsere Schultern ständig zusammenstießen und unsere Arme sich berührten, während wir dahinschlenderten. Ich könnte mich wohl an so was gewöhnen. Und daran, dass unsere Finger ineinander gefaltet waren.

Wir sahen Grainger auf der Veranda stehen und rückten voneinander ab. »Die Frau hat nach dir gesucht«, sagte er zu mir. »Du weißt doch, die, die hier wohnt.«

»Was wollte sie?«, fragte ich schroff.

»Ich weiß nicht. Sie sagte, dass sie mit Mrs. Huddleston reden wolle, und ließ sich den Weg zur Farm beschreiben.« Grainger sah mich eindringlich an.

»Wir müssen gehen«, sagte ich zu Josh.

»Warum?«

»Kann ich irgendwas für dich tun, Sarah?«, fragte Grainger.

Ich sah ihn an. »Ja. Die Frau überzeugen, dass sie nicht versuchen soll, alte Geister zu beschwören.«

»Ich verstehe nicht«, sagte er.

Ich griff nach Joshs Hand. »Rufen Sie Ruth an. Sie wird Ihnen schon alles erzählen. Komm jetzt«, forderte ich Josh auf. »Ma will, dass wir vor der Dunkelheit zurück sind.«

Matt sagte, dass er mitkommen würde, und Grainger meinte, er könne sein Auto borgen. Ich schüttelte den Kopf, machte mich auf den Weg und zog Josh in Richtung Fahrrad.

»Sarah!«, rief mir Grainger nach. »Ich weiß nicht, was los ist, aber wenn ich dir irgendwie helfen kann, tu ich das. Du kannst auf mich zählen.«

Ich drehte mich kurz um und sah ihn an. Wenn ich ihn überhaupt typisieren wollte, dann würde ich ihn als gutherzigen Menschen bezeichnen. Ich bedankte mich bei ihm.

»Was is'n los?«, fragte Josh. Ich zerrte das Fahrrad unter der Trauerweide hervor, ohne zu antworten. »Warte doch auf mich«, rief er und stolperte in der Abenddämmerung hinter mir her, während ich das Rad eilig den Weg entlang auf den Wald zu schob. Ich wusste nicht, was ich tun würde, ich hatte nur das Gefühl, dass ich eine Entscheidung nicht länger hinauszögern konnte. Ich musste wählen: entweder darauf hoffen, dass die Huddlestons auch noch morgen und übermorgen und überübermorgen da sind, oder mir absolut sicher sein, dass diese Frau unlösbar an mich gekettet ist, über Fleisch und Blut, Gene, Vorfahren. Eine Mutter, die unzerstörbare Blumen macht.

Glühwürmchen blinkten mich an wie ein vieläugiges Ungeheuer. Josh war nicht bei mir. Ich hielt an und sah mich um. Nur mit Mühe konnte ich die kleine stämmige Figur in der Dunkelheit erkennen. Ich hörte seinen schnellen, keuchenden Atem näher kommen. Er stieß einen empörten Klagelaut aus, der sich anhörte, als käme er von einem von Huds Lämmern. Ich legte das Rad auf den Boden und ging hin zu ihm.

Ich hob ihn hoch und konnte ihn dazu bringen, sich in die hölzerne Kiste zu kauern, während ich das Rad festhielt. Dann schob ich es raus auf die Straße, wobei Josh schluchzte und kläglich und hoffnungsvoll »Ma!« rief. Auf der geteerten Straße stieg ich auf und strampelte heim zur Farm.

Wir kamen rasch voran. Meine Haare, die von dem Regenguss am Nachmittag ganz kraus geworden waren, standen mir um den Kopf wie ein Busch in Flammen. Tränen rannen mir langsam über die Wangen und ich wischte mir die Augen am Ärmel meines T-Shirts ab. Ich redete mit mir selbst, manchmal laut, obwohl Josh dabei war, manchmal auch nur in Gedanken.

Vor der Tatsache, dass die Frau meine Mutter ist, gab es kein Entkommen. Ich konnte den Huddlestons wohl kaum auf der Tasche liegen, wenn ich eine Mutter hatte, die mich aufnehmen wollte. ›Die mich brauchte‹, sollte ich wohl eher sagen. Die Frau hatte mir nachgespürt, bis sie mich gefunden hatte. Sie würde die Jagd wohl nicht einfach aufgeben, nur weil ich den großen Fehler begangen hatte, mich den Huddlestons anzuschließen.

Ich spürte eine Zentnerlast auf mir. Verwandte, Tanten, Onkel, Vettern und Cousinen, die schlechte Laune von dem alten Onkel Horace, die Nase von Großtante Hattie. Nicht mehr einzig und alleine ich. An der Kreuzung hielt ich an, um einen

Campingwagen vorbeizulassen, und mir fiel ein, dass sie nur von einer Tante Bella erzählt hatte. Dennoch, es gab sicher noch mehr, reihenweise Vorfahren, ganze Kompanien, alle anverwandtes Fleisch und Blut, tot und begraben. Doch dann setzte die Vernunft ein. Eigentlich war die Sache mit den Vorfahren ja sowieso wahr – ob ich nun ein Mündel des Jugendamtes war oder adoptiert oder ein angenommenes Mitglied einer echten Familie. Jeder stammt von irgendwem ab. Ein Leben nach dem anderen, bis zurück in die Anfänge der Zeit, bis zurück zu den Höhlenmenschen. Adam und Eva fielen ins Wasser und wer blieb übrig?

Ich hatte nichts von all dem gewollt. Ich hatte mich nie darum gekümmert, wer ich war oder woher ich kam. Am liebsten wäre ich einfach vom Mond gefallen und zufälligerweise hier gelandet. Am liebsten wollte ich zurück auf den Mond und dort bleiben.

Es war fast ganz dunkel, als wir schließlich in die Einfahrt eintrudelten. Sie war da, ich hatte es ja gewusst. Ich erkannte ihr Auto, das in der Nähe des Briefkastens stand, klein und blitzsauber.

»Da ist jemand zu Besuch«, sagte Josh mit einem Anflug von Angst in der Stimme. »Hoffentlich nicht meine Mutter.«

»Keine Angst, es ist nicht *deine* Mutter.«

Im Licht der Außenlaterne sah ich, wie er erleichtert aufatmete.

»Es ist meine.« Ich holte tief Luft und hielt den Atem an, als ob ich in Gefahr sei, zu ertrinken.

Leise traten wir durch die Haustür ein. Ich konnte Stimmen aus dem Wohnzimmer hören. Josh sah mich an. Er erwartete, dass ich das Rätsel löste, dass ich ihm erklärte, was los war. Ich rannte die Treppe rauf und ließ ihn mit offenem Mund unten stehen. Ich musste mich zusammenreißen, um nicht loszuheulen. In meinem Zimmer angekommen, schloss ich die Tür und legte mich aufs Bett, die Arme über den Augen verschränkt. Mein Herz klopfte ohrenbetäubend.

Es kam mir vor, als ob die Tür geöffnet wurde. Ich wartete.

»Hat sie dich gehauen?« Josh stand an meinem Bett.

Ich stützte mich auf die Ellbogen. »Geh raus, Josh«, flüsterte ich. Armer kleiner Teufel, dachte ich. Er hatte eine Mutter, die bis zu seinem vierten Lebensjahr gewartet hatte mit dem Entschluss, ihn loszuwerden.

»Wo tut's weh?«, fragte Josh.

»Überall.«

Er ging raus, kam aber kurz darauf zurück mit einer Schachtel voll zugeschnittener Pflaster. Eins nach dem anderen nahm er heraus und zog den Klebeschutz ab. Er kletterte aufs Bett und fing an, mir die Streifen auf Arme und Beine zu kleben. Trotz meines Elends musste ich fast lächeln. »Du kleiner Fratz!«, sagte ich. Er klebte mir eins auf die Stirn und eins auf die Backe und ich musste lachen. »Du spinnst ja!« Er hörte nicht auf, bis er jeden einzelnen Streifen verbraucht hatte. Ich stand auf und schaute mich in dem Spiegel an meiner Schranktür an.

»Na also«, sagte Josh. Er stand wieder auf dem Boden und trat zurück, um sein Kunstwerk zu betrachten. »Schon besser.«

»Ich glaube nicht, dass es hilft.« Ich war wieder ernst geworden. Ich saß auf der Bettkante und Josh saß neben mir, seine kleinen Beinchen vor sich ausgestreckt. Ich sah ihn an und dann auf die vielen Pflaster an Armen und Beinen. »Wenn ich schon mit jemand verwandt sein muss, würde ich gerne mit dir verwandt sein, du kleiner Schlingel.«

»Ich auch.«

»Bruder und Schwester«, sagte ich. »Zwick mich und Zwick mich nicht.«

»Jau.« Er rutschte näher an die Bettkante, damit seine Beine genau wie meine herunterhingen. In Gedanken verloren schwang er sie hin und her, immer abwechselnd erst das eine, dann das andere.

»Sarah!« Ma rief nach mir. »Sarah, Schätzchen!«

»Was?«, antwortete ich.

»Komm mal runter.«

Ich ging langsam runter und zog die Pflaster im Gehen ab.

»Nicht abmachen!«, sagte Josh. »Sonst tut's wieder weh.«

Ich zuckte mit den Schultern. Dann sah ich eben aus wie ein Flickenteppich.

Die Frau stand mit leerem Blick knapp hinter der Wohnzimmertür. Sie fing an zu reden, ehe ich die letzte Stufe erreicht hatte. »Ich habe Mrs. Huddleston gerade davon erzählt, wie lange ich nach meinem Baby gesucht habe.« Sie starrte mir in die Augen. »Ich hatte es schon fast aufgegeben, weil ich dachte, dass du mich nicht magst. Dann kam der Junge daher, wie hieß er doch, Nick oder Jake oder so ähnlich, und gab mir das hier.« Sie zog das schwarze, zerfledderte Herz aus ihrer Tasche, steckte es jedoch zurück, als sie zu mir aufsah. Ich fühlte mich fröstelig und erschöpft. Sie bemerkte die Pflaster und fragte: »Alles in Ordnung?«

»Nein«, sagte ich.

»Als der Junge erzählte, dass du ihm gesagt hast, er solle mir den Ausschnitt geben, dachte ich, dass du vielleicht doch interessiert wärst, aber wahrscheinlich einfach schüchtern, so wie ich.« Die Frau hielt inne, wartete, dass ich etwas sagte, wartete auf ein Wort der Ermutigung. »Ich hab dir die Gelegenheit gegeben, eine Andeutung zu machen, aber das hast du nicht.«

»Es tut mir Leid«, flüsterte ich.

»Mir tut es auch Leid. Weißt du, ich hab im Leben öfters Entscheidungen getroffen. Einige davon bereue ich nicht; eine aber schon. Es wäre schön, wenn man zurückgehen könnte, alles anders und Fehler ungeschehen machen könnte. Ich nehme an, dass ich das versuchen wollte. Ich hatte rausgefunden, dass du in der Nähe von Ambrose lebst, also hab ich angefangen, herumzufragen. Eines Tages hab ich in dem Café dort zu Abend gegessen. Ich bin mit der Kellnerin ins Gespräch gekommen, über mein Baby, und plötzlich steht der dünne Kerl vor mir und fängt an, von dir zu reden.«

Sie sah mich voller Hoffnung an.

Ich hatte das Gefühl, nicht genügend Luft zu bekommen, und versuchte die ganze Zeit, tief Atem zu holen. In meiner Vorstellung fiel Nick über meinen Computer her. Ma stand beim Fenster, die Hände auf Joshs Schultern, damit er ruhig blieb. Ihr trauriger Blick ruhte auf mir.

»Ich kann mich nur selten für etwas begeistern, aber ich machte fast einen Luftsprung vor Freude. Das ist meine Chance, noch mal von vorne anzufangen, dachte ich. Aber dann wurde mir klar, dass ja immer zwei dazugehören. Daraufhin hab ich ein paarmal mit dir geredet, aber du hast nicht durchblicken lassen, was du wirklich denkst. Erst vor einigen Tagen, als mir der Junge das hier gegeben hat, wurde mir klar, dass du auch Bescheid weißt. Aber ...« Sie kramte in ihrer Handtasche herum.

Ich sah von der Tasche auf zu der Frau. Zum zweiten Mal zeigte sich Bewegung in ihrem Gesicht. Traurigkeit zog ihre Mundwinkel herunter, Einsamkeit füllte ihre Augen.

»Du hast ›Zu spät‹ daraufgeschrieben.«

Ma's Räuspern war das einzige Geräusch in dem engen Zimmer.

»Aber«, fuhr sie fort, »man ändert ja manchmal seine Meinung, und du vielleicht auch?« Ein Hauch von Hoffnung lag in ihrer Stimme.

Ich blickte auf die Klebestreifen auf meinen Armen und Handrücken. Es schmerzte sogar noch mehr, trotz der Pflaster. Die Frau war soeben zu einer Person mit Gefühlen geworden. Lebendig. Verletzlich.

»Ich brauch Zeit zum Nachdenken«, stammelte ich. Dann nahm ich meine eigenen offenen Wunden, drehte mich um und rannte die Treppe hinauf, in die Sicherheit meines winzigen Zimmers. Ich schloss die Tür. Ich hörte, wie die Haustür zufiel und wie der Kies knirschte, weil jemand über die Einfahrt ging. Ein Auto wurde angelassen und fuhr fort.

Mit gekreuzten Beinen saß ich auf dem Bett und zog mir die Pflaster von den Armen. Ich genoss jedes einzelne Ziepen. Josh war unten. Ich konnte hören, wie er nach zwei Butterkeksen verlangte – einen für ihn und einen für seinen Bruder Sarah.

Du lieber Himmel!

Essen war das Allerletzte, an das ich jetzt dachte. Allein beim Gedanken daran wurde mir übel. Ich legte mich hin und versuchte, meinen Kopf leer zu bekommen.

Ich hörte die üblichen Abendgeräusche des Huddleston-Haushalts, sie waren so vertraut, dass man meinen konnte, ich hätte sie mein ganzes Leben lang gehört. Josh, der sich sträubte, ins Bett zu gehen. Die Spülung der Toilette. Das Rauschen des Wasserhahns. Ma, wie sie sagte: »Und vergiss nicht, die Zähne zu putzen.« Dann hörte ich, wie Ma an meine Tür kam und wieder wegging. Nach einer Weile kam sie noch mal und streckte den Kopf zur Tür rein, aber ich tat so, als sei ich eingeschlafen. Ich hörte, wie der Regen wieder einsetzte und sanft auf das Blechdach über der Veranda trommelte, immer weiter, bis in die Nacht hinein. Nur Huds Schnarchen hörte ich nicht.

Am sichersten wäre es, mich mit dem Gesicht zur Wand zu drehen, die Decke über den Kopf zu ziehen und so zu tun, als gäbe es sonst keinen Menschen auf der Welt. Ich rollte mich zu einem Fragezeichen zusammen, als würde ich so eher zu einer Antwort auf die Frage kommen: Was würde passieren, wenn es so wäre?

Die Sonne geht bereits auf. Ein frisch gewaschener Morgen schaut zu mir ins Zimmer herein. Ich stecke noch im Nebel, aber ich wollte die Ereignisse von gestern in den Computer eingeben, ehe sie verblassen.

Eigentlich konnte ich mir nicht vorstellen, dass ich die Kraft haben würde, den Computer jemals wieder anzumachen, aber ich musste wohl einfach. Das Telefon klingelte, kurz nachdem ich ihn abgeschaltet hatte. Zwanzig nach sechs in der Frühe. Ich wusste, was es bedeutete, noch ehe Ma in mein Zimmer kam, um mir das mit Hud zu erzählen.

# 10

Tage sind vergangen, seit ich meinen Computer zuletzt benutzt habe. Was jetzt kommt, ist alles ein bisschen unzusammenhängend. Wie ich sehe, habe ich eine Menge eingetippt von mir und Josh im Bellcroft und von der Frau und ihrem Besuch bei uns. Dann ging die Sonne auf und die Welt blieb stehen.

Na ja, vielleicht ist sie doch nicht stehen geblieben. Der gute alte Hud. Er hält sie weiter am Laufen, wo er jetzt auch sein mag. Er strahlte immer so viel Kraft aus. Aber er konnte seine Stärke so gut verbergen, dass man sie erst dann bemerkt, wenn er nicht mehr da ist.

Nachdem mir Ma alles berichtet hatte, ging ich wieder ins Bett. Ich wollte die Vorhänge zuziehen und die Sonne aussperren, aber ich schaffte nicht mal das. Ich fühlte mich schwach, wollte aber nichts essen. Es war, als ob ich zu Pudding geworden sei. Ich konnte nicht aufstehen.

Ich döste den ganzen Tag über immer wieder ein und merkte nur ganz im Unterbewusstsein, dass Ma mit etwas Dampfendem oder einem Glas mit klirrenden Eiswürfeln zu mir kam.

Ich glaube, ich erinnere mich auch, dass Ruth am Nachmittag in mein Zimmer kam, redete, wieder ging, zurückkam und wieder redete. Sie erzählte von etwas, auf das ich mich nicht konzentrieren konnte. »Versuch nicht, jetzt voreilig irgendwelche Entscheidungen zu treffen«, sagte sie, glaube ich. Entscheidungen!

Die Beerdigung. Der halbe Bezirk war da. Alle trösteten Ma. Ma: still, matt und trostbedürftig. Jedes Mal, wenn sie zu Josh und mir herübersah, nickte sie uns zu. Sie war wie ein Rettungsseil, das den Trost, den man ihr spendete, an uns weiterleitete. Ich weiß nicht, wie viel Josh von all dem mitbekommt.

Hud sah im Sarg wie aus Stein gemeißelt aus. War ihm bewusst gewesen, was ich für ihn empfunden hatte? Auf sein Grab setzten wir einen riesigen Korb mit Blumen, frisch aus Ma's Garten.

In der Nacht nach der Beerdigung, nachdem alle gegangen waren, lange nachdem es still geworden war im Haus, kam Josh in mein Zimmer geschlichen. Er bettelte, in mein Bett gelassen zu werden.

»Es ist zu eng«, sagte ich.

»Es ist groß genug. Ich bin unsichtbar.«

»Ach so.«

Aber er kam einfach nicht zur Ruhe. Ständig krabbelte er ans Fußende, um aus dem Fenster zu schauen. Er war fasziniert von dem beinahe vollen Mond. Unter dem Mond sangen die Frösche. Vor ihm zeichneten sich die Blätter des Ahornbaumes ab und raschelten leise im Wind.

»Leg dich hin, Josh«, sagte ich.

»Schau den Mond an.«

»Ich weiß doch, wie der Mond aussieht. Leg dich schlafen.« Es kam mir vor, als ob ich Hud drüben im Schlafzimmer leise schnarchen hörte.

»Ich möchte auch ›moon‹ als Namen haben.«

»Sag mal, musst du vielleicht mal?«

»Nein. Komm her und schau den Mann im Mond an.«

»Ich bin zu müde.«

Er ließ nicht locker, deshalb schleppte ich mich schließlich ans Fußende. Neben Josh hingekauert schaute ich durchs Fenster. So deutlich wie meine eigene Nase war die Nase in dem Mondgesicht zu sehen. Es war beruhigend. Da war etwas tatsächlich dort, wo es hingehörte. Josh lehnte den Kopf an mich und ich wich nicht aus.

Am nächsten Morgen wachte ich mit rasenden Kopfschmerzen und erhöhter Temperatur auf. Ma scheuchte den schlaftrunkenen Josh in sein eigenes Zimmer und murmelte etwas von Grippebazillen und Unterkühlung und sie hätte es doch geahnt, dass ich etwas ausbrüte, so käseweiß, wie ich war. Wenigstens lenkte ich Ma von ihrem Kummer ab. Sie versorgte mich wieder mit kalten Getränken und heißen Suppen, ja, sie versuchte sogar, mich zu einem kleinen Stück Karottenkuchen zu überreden. Ich glaube, ich aß nur so viel, dass sich Körper und Seele noch miteinander vertrugen. Ich lag in den Kissen und ging ein und aus in meiner Traumwelt. Irgendwo zwischen Mond und Erde schwebte ich schwerelos umher. In einem der Träume saß ich in einem kleinen, blitzsauberen Auto, das auf den Bug eines gläsernen Schiffes zusteuerte. Ich versuchte zu schreien und schlug mit den Fäusten gegen die Windschutzscheibe, um mich bemerkbar zu machen, aber keiner konnte mich hören, weil ich mit dem Auto in meiner Mutter drin steckte. Der Aufprall weckte mich. Ich hatte ein Glas mit Eiswasser von meinem Nachttisch gestoßen. Es lag auf dem Boden. Das Wasser war verschüttet, aber das Glas war noch heil.

Alle paar Stunden kam Ma zum Fiebermessen. Manchmal war die Temperatur normal, manchmal leicht erhöht. Sie rief Dr. Cornish an, der erzählte, dass eine leichte Grippe umginge, nichts Beunruhigendes. Er riet ihr, wieder anzurufen, wenn das Fieber steigen sollte.

Ich blieb noch zwei Tage im Bett liegen, nicht richtig krank, aber auch nicht ganz gesund. Josh brabbelte von der Tür aus auf mich ein. Er durfte nicht rein, weil Ma Angst hatte, dass er sich anstecken könnte. Manchmal redete ich mit ihm; manchmal döste ich ein.

»Ich hab ein neues Lieblingsbuch«, erzählte er mir.

»Was für eins?«

Er hielt einen Pflanzenkatalog hoch. »Von Matt. Er hat gesagt, du kannst ihn auch lesen. Es sind Tomaten drin, wie unsere und Mais.«

»Klingt ja toll.«

Er kam ins Zimmer gerannt, ließ ihn auf mein Bett fallen und rannte wieder raus. Ich blätterte ihn von vorne bis hinten durch, dann döste ich wieder ein. Ich träumte, ich hielte ein Maiskorn in der Hand, das zu wachsen anfing.

Ich hatte noch mehr Besuch. Matt kam mit einem Strauß Wiesenblumen, lilafarbene, margeritenartige mit einem gelben Köpfchen, vermischt mit weißen, lilienartigen Blüten.

Grainger kam auch. »Ich glaube, was du hast, ist Kummergrippe«, sagte er. Er saß auf meinem Stuhl und kratzte sich gedankenverloren am Kinn. »Ich krieg das auch manchmal, wenn die Geschehnisse in meinem Leben zu viel für mich werden.«

Ich antwortete: »Mag sein, obwohl ich das bezweifle. Ich kenne keine Gefühle. Ich bin abgebrüht.«

»Jeder hat Gefühle. Manch einer verbringt sein halbes Leben damit, sie unter Kontrolle zu halten. Deine eigene Mutter ist wohl so ein Beispiel dafür.« Offensichtlich kannte Grainger inzwischen die ganze Geschichte.

Meine eigene Mutter, dachte ich. Das hielt ich nicht aus. Ich schloss die Augen.

»Ich habe mich lange mit deiner Mutter unterhalten«, sagte er. »Sie hat mir von dem Jungen, von Nick, erzählt und welche Rolle er gespielt hat.«

Ich glaube, er hätte gerne noch weiter über die Angelegenheit gesprochen, aber ich tat so, als ob ich einschlafen würde. Er verfolgte das Thema nicht weiter.

»Hast du inzwischen wieder abgeschriebene Seiten für mich?«, fragte er.

»Nur das, was im Computer ist.«

»Hast du was dagegen, wenn ich es ausdrucke?«

»Grainger, ich bin noch zu schwach, um aufzustehen. Können Sie nicht warten?«

»Ich kann es selber ausdrucken. Ich bin kein totaler Computer-Idiot, weißt du, nur stinkfaul.« Er setzte das Ding in Gang. »Aber ich sollte dich nicht aufregen. Ich gehe also.« Er stand auf.

»Warten Sie«, sagte ich. Ich musste ihn etwas Wichtiges fragen. Ich bat ihn, mir ehrlich zu sagen, ob er wirklich an Geister glaubte.

Er antwortete: »Warum sollte ich nicht an Geister glauben? Das ist, als würde man mich fragen, ob ich an Schallwellen oder an Energie glaube. Dein Problem ist, dass deine Einbildungskraft wie in einer Art Kasten oder Schachtel gefangen ist.«

Obwohl der Drucker immer noch summte, schlief ich wieder ein und fragte mich noch, wieso er ihn eingeschaltet und dann doch nicht auf die Manuskriptseiten gewartet hatte.

Am nächsten Tag kam Ma zögernd und mit traurigem Blick in mein Zimmer und sagte, die Frau sei unten und wolle wissen, ob es mir gut genug gehe, um mit ihr zu reden. Sie nahm ein leeres Glas an sich. Ich wollte schon nein sagen, aber dann wurde mir klar, dass dieses Gespräch einmal kommen musste. Ma tätschelte mir den Arm und nickte. Als sie rausging, nickte sie noch immer, weil sie wusste, was los war.

Ich rückte mein Kissen zurecht, als die Frau ins Zimmer kam. Überlebensgroß schwebte sie über meinem Bett. Ich stemmte mich in eine aufrechte Position hoch und forderte sie auf, sich zu setzen.

Sie zog den Stuhl nahe ans Bett. »Ich bleib auch nicht lange«, sagte sie. »Es ist alles meine Schuld. Ich fühle mich wirklich verantwortlich für … für all das hier.« Sie wies mit einer hilflosen Geste in meine Richtung.

»Dass ich krank geworden bin?«

»Na ja, das und alles andere. Ich meine den Schock. Es muss dich sehr mitgenommen haben, dass sich plötzlich, mitten aus dem Nichts, eine Frau auf dich stürzt und behauptet, dass du ihre Tochter bist. Ich selbst würde das gar nicht mögen.«

»Also echt, mein Pflegevater ist gestorben. Das war der Schock.«

»Ach natürlich, das hab ich ganz vergessen, ja, tut mir Leid. Herzliches Beileid.«

Ich sagte gar nichts.

»Trotzdem, es ist wahrscheinlich ganz schön hart, nehm ich an, plötzlich festzustellen, dass man eine Mutter hat, die gesund und munter durch die Gegend gondelt. Ich würde, glaube ich, andauernd in den Spiegel schauen wollen.«

Ich sah die Frau vorsichtig an. Obwohl ich am liebsten die Augen vor ihr verschlossen hätte. Da krieg ich nicht nur plötzlich eine ungewollte Mutter, sie kommt auch noch direkt aus der Zombie-Welt. Und noch ein Gedanke ging mir durch den Kopf. Es musste mir wohl schon besser gehen. Mein Sarkasmus stellte sich wieder ein.

Die Frau wedelte nervös mit der Hand. »Das klingt verrückt, ich weiß. Was ich meine, ist: Ich würde die ganze Zeit kontrollieren wollen, ob ich noch die gleiche Person wie vorher bin.«

Ich nickte. Das klang irgendwie logisch. »Ich glaub, ich weiß, was Sie meinen.« Willkommen in der Zombie-Welt, Sarah.

Josh trudelte ins Zimmer und warf sich auf mein Bett. »Die und ich sind Brüder«, sagte er zu der Frau. Er kniff die Augen zusammen. Sie sollte es nur wagen, ihm zu widersprechen!

Hinter ihm kam Ma rein, um ihn zurückzuholen. »Er ist ganz schrecklich durcheinander«, entschuldigte sie sich bei der Frau und drückte Josh an sich, der sich heftig wehrte. Ich konnte hören, wie sie den ganzen Weg nach unten auf ihn einredete. »Sei doch nicht so eine kleine Nervensäge, der alle piesackt, wo unsere Sarah doch so krank ist, bei allem, was gerade auf ihr lastet ...«

Die Frau blieb sitzen und starrte durchs Fenster. Ich folgte ihrem Blick und glaubte Hud zu sehen, der mit einer Schubkarre aus dem Garten dahergestapft kam. Ich reckte mich ein bisschen höher und verzog das Gesicht. Falsch gesehen. Ich beschloss, die Grippe schnell loszuwerden, damit ich wieder hinaus konnte, um zu arbeiten. Ich glaubte zu wissen, wie sich Hud gefühlt haben muss, und fragte mich flüchtig, ob es wohl möglich ist, von jemand, mit dem man gar nicht verwandt ist, Gefühle zu erben.

Die Frau fing zu reden an, als ob sie alleine im Zimmer wäre. »Ich habe einmal einen Fehler gemacht«, sagte sie, hielt inne und fuhr dann fort. »Ich habe mein Baby weggegeben. Ich kann nicht mehr verstehen, wie das passiert ist, wie ich zu dem Entschluss kam.«

Mit dem Gesicht ihr zugewandt legte ich mich auf die Seite und stopfte mir das Kopfkissen unter die Wange. Ich versuchte, mir den Vulkan von Gefühlen vorzustellen, der damals zu dem Entschluss geführt hatte. Es gelang mir nicht. Ich konnte mir die Frau nicht mal als junge Mutter vorstellen. Konnte mir das Baby nicht vorstellen. Meine Phantasie weigerte sich, mein derzeitiges Selbst mit jenem hilflosen Wesen, dem Baby von damals, in Verbindung zu bringen. Was die Frau mir anbot, war eine Fahrkarte in die Vergangenheit.

»Da draußen kann man ja bis zum Horizont sehen«, sagte sie, stand auf und schob eine der Gardinen zur Seite. »Endlose sonnige Felder.« Ihr Gesicht wirkte leblos, als ob sie die Vorstellung unsäglich langweilte. Jetzt sah sie mich mit ihren leeren Augen an. »Ich hatte gehofft, dass es noch nicht zu spät ist.« Sie nahm ihre Tasche, um zu gehen, und sah mich dabei unentwegt an. Es war, als ob sie mich aus der Ferne betrachtete, wie durch ein Fernglas. Dann ging sie hinaus und schloss die Tür.

Ich verlor die Beherrschung. Meine Augen füllten sich mit Tränen, liefen über, gingen unter. Ich wurde wie von einer Welle hochgehoben und fortgetragen, nach Luft schnappend, erstickend, ertrinkend. Ich krümmte mich zusammen, zog die Knie eng an die Brust und lauschte meinem eigenen Schluchzen, bis mir bewusst wurde, dass mir eine Hand übers Haar fuhr und mir den Rücken streichelte. Ich sah auf und erblickte Ruth und fühlte mich rettend aus den Tiefen gezogen.

Ruth. In ihrem grünen Kleid. Sie trägt andauernd Grün. Eine Frau mit Haaren wie trockenes Stroh, das vom Wind zerzaust ist, und mit einem grünen Kleid. Das ist Ruth. Da saß sie in meinem Zimmer. Haarsträhnen, die hinter die Ohren gesteckt waren, umspielten ihre Wangen. Es war, als ob sie wusste, dass ich dieses Bild von ihr brauchte, als ob sie verstand, dass ich zumindest ein winziges Stück Regelmäßigkeit in meinem Leben nötig hatte. Ihre Augenwinkel zogen sich nach unten, wenn sie lachte.

Ich hatte das Gefühl, dass mein Kopf gleich explodieren würde. Wenn er es doch nur täte, wünschte ich. Ich legte mich zurück und rieb mir die Augen mit den Handrücken. Wir redeten eine Stunde lang. Länger. Ruth betonte immer und immer wieder, dass wir in der Gegenwart leben müssen. Man kann die Vergangenheit nicht noch mal durchleben oder ändern. Und was ist mit der Zukunft? Von der Zukunft soll man träumen. Sie sagte: »Du musst dich von denen um dich herum loslösen und die Lage objektiv betrachten.«

»Mich loslösen? Aber ...« Du lieber Himmel. Endlich bin ich Herr über mich selbst, da merke ich, dass ich gebunden bin, angeleint, angekettet, und zwar an so ungefähr jede einzelne Person im ganzen Bezirk.

»Was passiert mit Josh?«, fragte ich Ruth.

»Sieht so aus, als ob er hier bleiben kann, vorläufig jedenfalls. Wenn Ma nur genügend Hilfe und Unterstützung hat, dann kann er ewig hier bleiben.«

»Und was passiert mit mir?«

»Übermorgen wirst du sechzehn. Dann kannst du selbst entscheiden.«

»Wie kann ich die Entscheidung treffen, meine Mutter wieder gehen zu lassen?«

»Dass du sie bedauerst, macht es so viel schwieriger für dich, nicht wahr?«

Ich nickte. Vor diesem Sommer hatte ich nie auch nur mit

irgendjemand Mitleid gehabt, nicht mal mit mir selbst. Dann musste ich an Huds traurigen Blick denken, als ich gesagt hatte, dass ich gehen könnte, wenn ich sechzehn sei. Ich dachte an Ma, als Hud im Krankenhaus war, und wie sie mich so vertrauensvoll angesehen hatte, als ob sie sagen wollte: »Es könnte sein, dass wir zwei bald alleine zurechtkommen müssen.« Ich dachte an Josh und sah schnell zu Boden, ehe ich vollkommen vor Mitleid zerfloss.

»Arme Sarah«, sagte Ruth. »Wenn ich doch nur für dich entscheiden könnte. Ich weiß, dass deine Gefühle immer wieder mit Füßen getreten worden sind, und jetzt musst du selbst die Gefühle von anderen verletzen, egal, wie du dich entscheidest.«

»Ich komm mir vor wie durch die Mangel gedreht«, sagte ich. »Wie zerrissen. Durchgewalkt.«

Voller Mitgefühl schaute Ruth mich an.

»Und wieder ausgespuckt.«

Ruth nickte nachdenklich mit dem Kopf.

Nachdem Ruth gegangen war, stand ich auf und durchsuchte die Taschen meiner Kleider im Wäschesack. Ich ging in Ma's Zimmer, schloss die Tür und nahm das Telefon neben ihrem Bett. Ich musste ein Ferngespräch führen und ich wollte nicht, dass jemand mithörte.

Den nächsten Tag verbrachte ich wie in Trance. Ich betrachtete das Muster der Tapete, die Linien in meinen Handflächen und die Flecken, die das Sonnenlicht auf die Decke warf.

Die Zeit ging vorüber. Raum öffnete sich. Es wurde Abend und ich saß noch immer an das Kopfende gelehnt in meinem Bett. Ich hatte gerade eine Hühnerkeule mit verschiedenen Gemüsen aus dem Garten verspeist, die Ma ganz lecker auf einem Teller angerichtet hatte.

Durch die Krankheit war ich inzwischen leichter als Luft. Nur die Bettdecke verhinderte, dass ich an die Zimmerdecke stieg.

Das Essen hatte mich von innen gewärmt. Ich fühlte mich wie neugeboren.

Matt hatte mir einen Brief geschrieben. Er wirkte irgendwie förmlich und altmodisch. Er war beruhigend und vertraut und erinnerte mich an alte Bücher über andere Länder in anderen Zeiten. »Wenn du beschließt, mit der Frau zu gehen, dann besuche ich dich, und du kannst mich in der Schule besuchen. Auf ein paar hundert Kilometer kommt es doch nicht an.« Ich stellte mein Tablett auf den Schreibtisch und schlüpfte wieder unter die Decke.

Was ist Entfernung? Nichts bedeutet etwas. Was sind Zeit und Raum? Und wen kümmert's überhaupt? Auf was kommt es denn eigentlich an? Es ist alles einerlei. Das Leben geht einfach weiter. Blätter um und es geht immer so weiter. Drück auf ›PageDown‹ und lass die nächste Bildschirmseite erscheinen. Per Schnelltaste zum nächsten Lied. Ich lag einfach nur da und grübelte vor mich hin.

Und dann hörte ich plötzlich ein Geräusch. Eine Autotür wurde zugeschlagen. Ich stieg aus dem Bett, um aus dem Fenster zu sehen. Ich konnte ein Stück vom Auto der Frau sehen und ich hörte, wie Ma sie höflich begrüßte. Josh rannte über den Hof. Ich konnte nicht erkennen, was los war, aber ich wusste, jetzt ist es so weit. Jetzt musste ich mich entscheiden. Ich ging hinunter und durchquerte die Küche. Am Fenster hielt ich inne.

Ma war draußen, in ihrer Schürze. Hud war bei ihr und fuhr sich mit der Hand durchs Haar. Nein, war er nicht. Du lieber Himmel.

Josh stand in sicherer Entfernung zu der Frau, die ein Bein auf die Stoßstange des Autos gestützt hatte. Ich wollte gerade hinausgehen, da hörte ich sie sagen: »Ich weiß auch nicht, wie mir so ein blöder Fehler unterlaufen konnte.«

»Kann wohl mal vorkommen«, sagte Hud. Seine Haare standen ihm vom Kopf ab, weil er sich mit der Hand hindurchgefahren war. Dadurch sah er irgendwie erschrocken aus. Er bückte sich und kraulte Edith-Anne hinter den Ohren.

Hud war nicht da.

Mir war schwummrig. Ich zog einen Stuhl ans Fenster und setzte mich.

Ma wischte die Hände an der Schürze ab, als ob sie die ganze Schürze wegwischen wollte. Sie ging nicht gerne mit der Schürze aus der Küche. Sie hatte was gegen Schürzen. Ich hätte am liebsten über die beiden gelächelt. Josh und Ma. Sie wirkten so natürlich, so echt. So menschlich. Josh stand da und kratzte sich am Hintern, bis Ma es bemerkte und ihn am Ärmel zupfte, damit er aufhörte. Er verzog das Gesicht, aber er hörte auf. Er war mir wichtig. Plötzlich war mir alles wichtig.

Ma sagte: »Wollen Sie mit ihr reden, um es ihr selbst zu sagen?«

Die Frau lehnte sich noch immer an ihr Auto, hielt sich daran fest, als ob es ein Teil von ihr sei. Edith-Anne trottete hinüber zu ihr, als wollte sie den Kopf unter die Hand der Frau schieben.

Edith-Anne ist also wieder aufgetaucht.

Die Frau zog die Hände hinter den Rücken. »Nein, nein. Ich möchte sie nicht noch einmal aufscheuchen. Es geht ihr doch nicht gut. Ich möchte sie nicht beunruhigen. Erklären Sie ihr das mit dem Irrtum. Es wäre besser, wenn sie es von Ihnen erfährt. Natürlich ist die Zeitung daran schuld, die den Druckfehler gemacht hat, aber es hätte mir auffallen müssen. Tja, so ist es nun.«

»So ist es nun«, wiederholte Ma.

Wie? wollte ich fragen. Was ist nun wie? Was für ein Fehler ist gemacht worden? Ich stand jetzt wieder, lehnte mich aus dem Fenster und spitzte die Ohren, um jedes Wort zu hören.

Die Frau sah zum Haus her, als ob sie eine Bewegung am Küchenfenster bemerkt hätte. Ihr Blick glitt zu Ma zurück. »Mit sechzehn ist man in vielerlei Hinsicht schon so erwachsen, nicht wahr?«, sagte sie. Ich erwartete, dass Ma mit einer Abhandlung über die Zahl Sechzehn anfangen würde, über sechzehnjährige Mädchen im Allgemeinen und ihre eigenen Erfahrungen als Sechzehnjährige, aber es kam nichts. Ma stand mit gesenktem Kopf da und sah die Frau nicht einmal an.

Diese fuhr fort: »Sarah Moone ist eigentlich schon eine junge Frau, nicht wahr? Komisch, dass mir bei dem Geburtsjahr meines Babys ein Fehler unterlaufen ist, obwohl ich, wie gesagt, sicher bin, dass es nicht mein Fehler war. Die Zeitungen sind doch voll von Druckfehlern. Mein Baby kann bei weitem noch nicht so erwachsen sein, bei weitem noch nicht. Und trotzdem, morgen hat Sarah Geburtstag. Tag und Monat stimmen, das ist ja wirklich ein Zufall, wenn man es sich überlegt.«

»Allerdings«, sagte Ma. Sie hatte das Gewicht auf die Fersen verlagert und wiegte sich ein bisschen hin und her und nickte, wie Hud es immer getan hatte. Josh rannte einer der Katzen nach und fing sie ein.

»Deshalb«, fuhr die Frau fort, »hab ich hier etwas für sie.«

Nun sah Ma neugierig auf.

Die Frau holte etwas aus ihrer Handtasche. »Es ist nichts Besonderes, wirklich nicht. Man weiß nicht so recht, was so ein erwachsenes Mädchen gebrauchen könnte. Es ist nur ein Schlüsselring.« Wieder sah sie zum Haus herüber. Aber selbst wenn die Frau mich direkt angestarrt hätte, wäre ich nicht in der Lage gewesen, mich zu rühren. »Es hängt noch was dran. So eine Art Herz. Ach ja, und auch ein Schlüssel.«

»Ein Schlüssel?«, fragte Ma.

»Ähm … ja. Wer weiß? Vielleicht hat sie ja mal irgendwann vor, mich zu besuchen, wenn sie mal in der Nähe von Hamilton ist. Und wenn ich gerade nicht da wäre, täte es mir Leid, sie zu verpassen. Sie wissen schon. Sie könnte ins Haus rein, wenn sie wollte.«

Ma stand da und rieb sich die Augen. Sie nickte ein wenig.

»Also, ich reise jetzt dann zurück …«, fing die Frau an, konnte aber nicht zu Ende reden, denn Ma zog sie an sich und umarme sie herzlich. Die Frau reagierte wie ein Brett, sie bog sich praktisch nach hinten weg.

Wie betäubt ging ich zurück ins Bett und ersparte mir, das Ritual des Händeschüttelns mit anzusehen. Von meinem Zimmer aus konnte ich die Lebewohls und Glückwünsche hören und die Frau rief noch: »Das mit Ihrem Mann tut mir sehr Leid. Ich schicke Ihnen Blumen. Weiße. Sie halten ewig.« Dann hörte ich, wie das Auto auf die Straße einbog und davonfuhr.

Ma kam rauf in mein Zimmer, nachdem die Frau gegangen war, um mir die Situation zu erklären. »Ich weiß nicht, ob die Zeitung wirklich einen Fehler gemacht hat, aber ist es nicht ein Glück, dass sie darauf gekommen ist, weil ...«

»Ich weiß«, unterbrach ich sie. »Ich hab zugehört. Wir sind beide aus dem Schneider.«

Wenn Hud da gewesen wäre, dann hätte er seine riesige Hand auf meine Schulter gelegt und wäre sicher ohne ein weiteres Wort gegangen. Ma ließ in meinem Zimmer Worte wie Ballons aufsteigen, sie hüpften hoch an die Decke, in jede Ecke, bis mein kleines Reich so voll war wie bei einer Party. Sie stopfte die Bettdecke um mich fest und küsste mich auf die Stirn. Es war gar nicht so schlimm, von Ma auf die Stirn geküsst zu werden. Ich zuckte nicht mal zurück. Ma schloss sanft die Tür und ging.

Dann kam Josh. »Ich will rein«, krähte er und trat gegen die Tür.

»Geh weg, Josh.«

»Warum?«

»Weil ich schlafe.«

»Ach so.« Ich hörte, wie sich seine Schritte entfernten und dann zurückkehrten. »Stimmt ja gar nicht«, sagte er draußen vor meiner Tür, aber ich antwortete nicht. Ich wartete, bis er weg war, dann stellte ich meinen Computer an.

Grainger und Ruth sind gerade gegangen. Das Ende der Geschichte ist, dass Nick die Frau im Bellcroft angerufen und ihr gestanden hat, dass er sie damals angelogen hatte, dass er nu gelesen hatte, was in meinem Computer stand, und dass ich sogar Hud angerufen hatte, als er im Krankenhaus lag, um ihm zu sagen, dass ich hier bleiben wolle. Wer hätte gedacht, dass Nick doch noch zu etwas gut ist? Man kann eben nie wissen Natürlich ist es möglich, dass mein Anruf bei ihm etwas mit dieser Gesinnungsänderung zu tun hat. Ich glaube, ich hab ziemlich überzeugend geklungen, als ich ihm drohte, ich würde ihm gewisse Teile seiner Anatomie abschneiden.

Heute habe ich Geburtstag. Kurz vor Sonnenaufgang wachte ich auf und fühlte mich wohl und springlebendig und ich war, das muss ich zugeben, froh darüber. Ich stand auf, zog ein Sweatshirt über den Schlafanzug und schlüpfte in meine Mokassins. Draußen im Flur konnte ich Ma's tiefes, regelmäßiges Atmen hören. Von Josh hörte ich leise Schmatzgeräusche. Er lutscht im Schlaf am Daumen. Ich schlich die Treppe runter und tapste durch das dunkle Haus. Ich war fast sicher, Hud schnarchen zu hören, aber ich glaube, das war das Summen vom Kühlschrank in der Küche. Der Küchenboden knarzte, als ich zu dem neuen Zimmer ging, das Hud gebaut hat. Hier hatte ich alles im Blick.

Der Mond, der im Südwesten unterging, schien ungewöhnlich hell. Der Sonnenaufgang im Osten färbte den Horizont rötlich, erhellte ihn jedoch noch nicht. Ich schloss die Schiebetür auf und schob sie zur Seite. Draußen stach das taunasse Gras wie Eis in meine nackten Knöchel. Da stand ich wie angewurzelt zwischen Mond und Sonne, eingebunden ins Universum, Teil der Erde, verknüpft mit meiner Familie.

Das einzige Licht kam vom Mond und ich lief darauf zu. Die Formen um mich herum waren nicht eindeutig erkennbar. Im Augenblick sahen die Dinge aus, fand ich, als könnten sie irgendwas sein. Alles um mich herum steckte voller Möglichkeiten. Ich blieb stehen und sah zurück zu dem kleinen würfelförmigen Haus mit dem schiffsähnlichen Vorbau, das wie eine

Verheißung auf dem Kamm des Hügels lag. Ich stand da und prägte mir die Welt ein und dachte, vielleicht sollte ich zurück in mein Zimmer und darüber schreiben. Ende August war es kühl um diese Stunde, prickelnd kühl. Ich ging wieder zurück. Hinter mir konnte ich hören, wie Edith-Anne meinen Schritten tapsend folgte.

Die Sonne war so weit hochgekrochen, dass sie nun selbst etwas Licht verbreitete. Das Aussehen der Dinge änderte sich allmählich. Sie wurden deutlich. Ich konnte die Schubkarre hinten im Garten erkennen und dahinter Reihen von Mais, die von farblos über graugrün zu grün wechselten. Die Schubkarre wartete darauf, mit Mais gefüllt zu werden. Der Mais wartete darauf, geerntet zu werden. Ein arbeitsreicher Tag näherte sich, Dinge würden erledigt, Arbeiten ausgeführt werden. Es war mein Geburtstag.

Grainger!

Ich kam in mein Zimmer zurück, um auf meiner Tastatur herumzuhacken, sah schließlich zum Drucker hin und entdeckte, was er getan hatte. Er hatte meine Datei ausgedruckt, nicht seine! Ich habe es gerade entdeckt. Ich kann es nicht glauben! Es ist mir peinlich, es zu lesen. Wie konnte er nur? Und überhaupt, warum hat er das gemacht? All die Worte, die mich jetzt verfolgen. Warum sollte ich den ganzen alten Quatsch lesen wollen? Ich muss zugeben, dass ich mir immerhin die Mühe gemacht habe, die Seiten zu ordnen, von vorne bis hinten, aber ich werde nicht einmal einen Blick darauf werfen. Ich zerreiße sie. Verbrenne sie. Nehm sie mit zum See und versenke sie. Oder vergrabe sie im Garten.

*Sei bloß still. Am liebsten würde ich meinem Kopf sagen: Sei bloß still.*

Richtig.

*Ich kann Menschen ausblenden.*

Falsch.

Josh war wach. Ich hörte ihn auf der Treppe. Er setzt sich immer ganz an den Rand der obersten Stufe, wackelt nach vorne und rutscht dann auf dem Hintern Stufe für Stufe nach unten. Und unten kichert er. »Wo er das nur gelernt hat?«, fragte Ma einmal. Ich hab's ihm beigebracht, aber das hab ich damals nicht verraten. Ich hab das nämlich auch gemacht, als kleines Kind.

Jetzt konnte ich hören, dass Ma auch schon herumwerkelte.

Ich schaute meinen Stapel mit Blättern an. Ich könnte sie vielleicht in die Schublade legen, dachte ich. Für später aufheben. Überbleibsel der Vergangenheit. Wörter sind so gegenwärtig. Wenn man mal was niedergeschrieben hat, kann man nicht mehr so tun, als ob man nicht existiert.

»Ma!«, hörte ich Josh vom unteren Ende der Treppe her rufen. »Ma, jetzt bin ich stecken geblieben! Ma!« Manchmal, wenn er nach unten kommt, dann steckt er die Beine gerne durch die senkrechten Streben vom Treppengeländer. Die kleine Nervensäge. Ich weiß noch, dass ich das auch gemacht habe.

*Tineke Hendriks*

# Das Haus mit dem blauen Dach

Aus dem Niederländischen von
Julia Cremer
198 Seiten, gebunden

Die meisten Menschen halten Jinta zunächst für eine Chinesin oder Japanerin.
Als sich Richard, der Freund ihres Bruders, für sie interessiert, wird Jinta unsicher. Es ist nicht zu übersehen: Sie sieht tatsächlich ganz anders aus als all die anderen Mädchen, und sie fühlt sich auch anders, nämlich fremd.
Richard hat einen Stein ins Rollen gebracht: Jinta muss wissen, wer sie ist und woher sie kommt. Sie macht sich auf den schwierigen Weg, ihre leibliche Mutter zu finden. Wer ist diese Frau, die sie vor vielen Jahren in Südkorea im Haus mit dem blauen Dach zur Adoption freigegeben hat? Warum tat sie das? Und wie wird Jinta ihr jetzt begegnen?

URACHHAUS